BRUNO TOLENTINO

AS HORAS DE KATHARINA

com a peça inédita *A andorinha, ou: A Cilada de Deus*

FILOCALIA

COLEÇÃO BRUNO TOLENTINO

Dados Internacionais de Catalogação na Publicação (CIP) de acordo com ISBD

T649h
Tolentino, Bruno
As horas de Katharina: com a peça inédita A andorinha, ou: A cilada de Deus / Bruno Tolentino ; coordenado por Guilherme Malzoni...[et al.]. - São Paulo : Editora Filocalia, 2023.
536 p. ; 14cm x 21cm.

Inclui bibliografia e índice.
ISBN: 978-65-88143-21-6

1. Literatura brasileira. 2. Poesia. I. Malzoni, Guilherme. II. Primo, Jessé de Almeida. III. Perez, Juliana P. IV. Cunha, Martim Vasques da. V. Moraes, Renato José de. VI. Título.

2023-67
CDD 869.1
CDU 821.134.3(81)-1

Elaborado por Odilio Hilario Moreira Junior - CRB-8/9949
Índice para catálogo sistemático:
1. Literatura brasileira : Poesia 869.1
2. Literatura brasileira : Poesia 821.134.3(81)-1

Editor: Edson Manoel de Oliveira Filho
Produção editorial: Editora Filocalia
Capa e projeto gráfico: Chagrin
Diagramação: Mauricio Nisi Gonçalves | Nine Design
Preparação de texto: Nestor Turano Jr. | Abordagem Editorial

Editora Filocalia Ltda.
Rua França Pinto, 509 • São Paulo • SP • 04016-002 •
Telefone: (5511) 5572 5363
atendimento@filocalia.com.br •
www.editorafilocalia.com.br

Este livro foi impresso pela Gráfica Assahi em fevereiro de 2023. Os tipos são da família Bergamo Pro e Montserrat. O papel do miolo é o Avena LD 80g., e o da capa, Duplex Ipona 250g.

Bruno Tolentino

AS HORAS DE KATHARINA

com a peça inédita *A andorinha, ou: A Cilada de Deus*

Edição revista

COMENTÁRIOS e NOTAS
Juliana P. Perez & Jessé de Almeida Primo

COORDENAÇÃO – EDIÇÃO OFICIAL
Guilherme Malzoni Rabello
Jessé de Almeida Primo
Juliana P. Perez
Martim Vasques da Cunha
Renato José de Moraes

FILOCALIA

SUMÁRIO

NOTA À PRESENTE EDIÇÃO | 9

NOTA DOS EDITORES DA SEGUNDA EDIÇÃO | 11

APRESENTAÇÃO | 13
O Livro de Horas de Bruno Tolentino – Alcir Pécora

AS HORAS DE KATHARINA | 27

Primeira Parte: Os longos vazios (1880-1909)
Interlúdio: O castelo interior (1903-1907)
Última Parte: No carmim da tarde (1909-1927)

A ANDORINHA, OU: A CILADA DE DEUS | 149

Primeiro Ato
Segundo Ato
Terceiro Ato

NOTAS EDITORIAIS | 517

REFERÊNCIAS BIBLIOGRÁFICAS | 525

NOTA À PRESENTE EDIÇÃO

Esta é a terceira edição de *As horas de Katharina*, de Bruno Tolentino. A primeira foi publicada em 1994, pela Companhia das Letras (SP); a segunda, uma edição anotada e comentada, foi publicada pela Editora Record (RJ) em 2010. Esta inicia a Coleção Bruno Tolentino publicada pela Editora Filocalia (SP).

A edição de 2010 foi coordenada por Guilherme Malzoni Rabello, Jessé de Almeida Primo, Juliana P. Perez, Martim Vasques da Cunha e Renato José de Moraes, que foram incumbidos pelo próprio Tolentino de cuidar de sua obra após seu falecimento, em 2007, e também assinam a organização desta nova edição. Os livros de Tolentino foram publicados em diferentes editoras – Massao Ohno, Companhia das Letras, Topbooks, Globo, Record – e nenhuma logrou conquistar definitivamente a obra completa de Tolentino para seu catálogo. Com a Editora Filocalia, esperamos realizar o grande desejo de publicar os livros de Tolentino em sua integralidade, com edições cuidadosas, com notas e comentários. Para tanto, contaremos também com o auxílio de outras pessoas, que se integrarão aos poucos no projeto de publicar edições à altura de sua poesia e seus ensaios.

O leitor verá, pela nota que escrevemos em 2009, que pouco foi alterado nesta edição de 2023: algumas notas foram reescritas, outras retiradas (sobretudo no que se refere a figuras bíblicas, anotou-se apenas a passagem do Novo ou Antigo testamento correspondente). Mas a estrutura permanece a mesma: os comentários, em nota de rodapé, referem-se sobretudo a clássicos da literatura universal, aos Evangelhos e a escritores da tradição católica; as variantes encontram-se nas notas de fim. A edição de 2010 apresentava um ensaio de Alcir Pécora, que publicamos mais uma vez aqui. Tampouco alterou-se o desejo de que o livro de Bruno Tolentino preencha as horas de inúmeros novos leitores.

Os organizadores
São Paulo, 3 de fevereiro de 2023

NOTA DOS EDITORES DA SEGUNDA EDIÇÃO

A elaboração de uma edição de poemas anotada e comentada sempre traz o risco de superficialidade e arbitrariedade, pois só é possível realizá-la mediante suposições a respeito de um grupo de leitores que se desejaria alcançar. As notas desta edição de *As horas de Katharina* e da peça *A andorinha, ou: A Cilada de Deus* correm duplo risco, pois se dirigem a dois tipos de leitores: aos que desejam simplesmente conhecer o livro sem se perder nas alusões e referências feitas por Bruno Tolentino e aos que, já familiarizados com sua obra, conhecem outras versões dos mesmos poemas.

Para o segundo grupo, foram elaboradas notas sobre as variantes dos poemas encontradas sobretudo em *O mundo como Ideia*, publicado por Tolentino em 2002, e em outros livros do autor. Jessé Primo, investigador cuidadoso de todas as variantes, utilizou como base a primeira edição de *As horas de Katharina*, publicada pela Companhia das Letras em 1995, para estabelecer o texto desta edição. Para o primeiro grupo foram elaboradas notas explicativas que se referem às três grandes fontes do imaginário de Tolentino: os clássicos da literatura universal, os Evangelhos e os escritores da tradição católica. Em tais notas, elaboradas por Juliana P. Perez, apresentam-se breves referências a passagens da literatura cujas fontes podem ser consultadas ao final do livro (cf. *Referências bibliográficas*). Cada leitor deve decidir quando e se as deve consultar, conforme a familiaridade que tenha com tais textos.

Utilizou-se o mesmo critério para a peça *A andorinha, ou: A Cilada de Deus*, que veio a público pela primeira vez na edição de 2010: os editores dispunham de diferentes versões do texto de Bruno Tolentino, todas legitimadas pelo autor e distribuídas a amigos ou conhecidos. Uma delas trazia o título *A undécima hora*. Escolheu-se como texto-base o arquivo que Tolentino revisou poucas semanas antes de sua morte; as variantes de cena e de trechos completos foram, mais uma vez, detalhadamente anotadas por Jessé Primo. As outras notas da peça perseguem o mesmo objetivo que as notas dos poemas: fornecer ao leitor alguma informação de que ele talvez não disponha ou não se recorde.

Tanto em *As horas de Katharina* quanto em *A andorinha, ou: A cilada de Deus*, os comentários explicativos (em algarismos arábicos) vão em nota de rodapé na mesma página do texto a que se referem; as notas de variantes dos poemas e da peça são assinaladas com algarismos romanos e foram reunidas no final do livro.

Esperamos que o duplo risco desta edição ofereça a seus leitores ao menos um ganho: despertar seu interesse por um dos maiores escritores de língua portuguesa do século XX.

Os editores
São Paulo, 15 de agosto de 2009

O LIVRO DE HORAS DE BRUNO TOLENTINO

Alcir Pécora

Bruno Tolentino é seguramente um dos maiores poetas da língua portuguesa, na era pós-João Cabral. Estranha, portanto, que tão poucos ainda o digam, estudem, amem. Talvez porque o tenham lido menos do que repudiado as suas declarações polêmicas; ou porque se sentiram intimidados pelos muitos protocolos teóricos, estéticos, ideológicos, ou teológicos até, que propôs ou pretendeu impor para a leitura de seus livros; talvez ainda porque lhes pareceu anacrônica uma poesia com métrica e rima; ou mesmo, quem sabe, porque lhes tenha soado pobre uma poesia que ao rimar ilusão não exclui coração nem paixão, como um Roberto Carlos dos ricos. No entanto, são todos motivos frívolos.

Já não passou o tempo em que a intenção do autor era a dona da obra e o nervo da crítica? Não está superado aquele outro no qual o verso livre e branco era celebrado como ruptura heroica com a literatura ornamental e institucionalizada? Pois agora, ao contrário, é ele o absoluto senhor da situação: ruptura formal, se alguma couber, não passa por aí; ou, se passar, significará, antes, entender a liberdade de dar novo emprego às formas tradicionais do verso e, ao mesmo tempo, às formas mais banais da frase. Fosse hoje novamente posta a questão do "mérito das rimas", a resposta não se poderia contentar, como antes ocorria a Olavo Bilac e Guimarães Passos, com a constatação de que "as [rimas] em ão, ar, ado, ava, issimo, etc., são vulgares".[1] São vulgares, *et pour cause*, podem ter interesse, dizer muito a nosso respeito. Tolentino é dos que mais contundentemente o demonstraram.

E cabe também perguntar, em face do desdém com que muitos se desocupam de um poeta que dirige versos a seu Deus: que tema é estranho à poesia, quando ela verdadeiramente existe? Pois é tal a natureza do seu poder que, quando ela existe, todos os deuses inexistentes a que ela eventualmente se dedique passam a povoar o mundo, perdurar, ser plenamente na duração do seu canto. E como saber que a poesia existe? Aqui, não há outra medida, nem meio, senão o da leitura própria, isto é, tão irredutivelmente pessoal como submissa ao campo transcendental da cultura; tão disposta a descobrir os diferentes decoros dos signos como a se expor e se deixar conhecer pelo que vai lendo.

★

A presente edição de *As horas de Katharina*, a obra mais conhecida de Bruno Tolentino,[2] encontra-se aqui integralmente reeditada, com precisas correções e anotações, que esclarecem alguns pontos importantes de sua confecção. Vem ainda acompanhada de uma bela e surpreendente peça inédita, *A andorinha, ou: A Cilada de Deus*, que o poeta finaliza no ano de sua morte, em junho de 2007, aos 66 anos de idade. Bela, sobretudo porque apresenta um sequência admirável de diálogos, cujos argumentos e turnos tensos são capazes de compor com poucos traços caracteres muito consistentes, e ainda de suportar uma trama afetiva

[1] *Tratado de versificação*. 4. ed. São Paulo, Rio de Janeiro: Livraria Francisco Alves, 1921. Citação à p. 77.
[2] *As horas de Katharina*. São Paulo: Companhia das Letras, 1994.

carregada de eloquência dramática. Surpreendente também, pois não imaginava o domínio maduro que Bruno demonstra do gênero, nem, ainda menos, podia suspeitar da grande diferença que a peça introduz em relação aos poemas de *As horas de Katharina,* seja em seu cenário, externo ao convento; seja em suas informações de enredo, no qual a relação com o pai e a mãe ganha novos contornos, absolutamente centrais no desenvolvimento da trama; seja, enfim, no tocante às suas questões de fundo, nas quais a dimensão religiosa emerge mais das situações de confronto áspero dos temperamentos do que da experiência quotidiana, monótona e arrastada da via mística.

Desse modo, o conjunto aqui apresentado lança luzes diversas, controversas, sobre o entendimento de ambos os trabalhos. Mesmo quem já conhece bem o primeiro livro não deixará de experimentar alguma novidade ao relê-lo ao lado da peça, entendida então como uma contrafação ou um comentário parcialíssimo do poema, e não como simples acréscimo complementar.

★

Os 166 poemas de *As horas de Katharina* têm, como assunto único, os sentimentos experimentados pela *persona* poética, e também protagonista da peça, a condessa Elisabeth Katharina von Herzogenbuch, desde a sua entrada no Convento das Carmelitas Descalças de Innsbruck, no Tirol, em 1880, aos 19 anos de idade, até a sua morte no mesmo convento, em 1927. Herzogenbuch, ao que parece, é apenas um topônimo de lugar nobre (sendo o *buch* relativo a "faia", atualmente *buche* em alemão), mas, para quem pensa em decupagens possíveis para o poema, pode ser interessante imaginar que o nome abriga também a palavra *Buch* (o termo alemão para “livro”). Há outros exercícios anagramáticos a observar nesse sobrenome ilustre, mas poupo deles o leitor. O que importa é perceber que, no livro de Tolentino, o espaço de confinamento físico da cela conventual é também o tempo da aventura moral, mística, da personagem, o que abre imediatamente para o conjunto do livro um plano de descrição histórica e, outro, de interpretação espiritual, sem que qualquer deles possa ser dispensado de seu papel central na articulação dos sentidos básicos dos textos.

Os poemas estão distribuídos em três partes, segundo três períodos determinados da vida de Katharina no claustro. A primeira parte, e também a mais longa do livro, se intitula *Os longos vazios* e é composta por 87 poemas. Em termos do tempo enunciado, inicia-se com o ingresso forçado no convento, aparentemente por ordem do duque, seu pai, que lhe recusa a mão de um pretendente, e se estende pelo período posterior de quase 30 anos, no qual permanece ali, como interna e freira. Nesse primeiro período, que é também relativo ao primeiro degrau da via mística, predominam a revolta e o desgosto diante do dia a dia monótono das monjas, a memória dolorosa do antigo amante, a morte de uma ou outra irmã já deliquescente e morta antes de morrer, e, enfim, os pequenos acontecimentos vazios entre quatro paredes: súbitos insetos e passarinhos que humanizam o lugar, matizes breves da luz do dia, ofícios e tosses, visões enviesadas do pátio e da rua através da janelinha da cela.

A segunda, que é a parte mais curta, consta de apenas 22 poemas e se nomeia *O castelo interior*. Descreve um período de "interlúdio", posterior à desejada permissão para finalmente deixar o monastério e ao seu surpreendente retorno voluntário a ele pouco tempo depois. Tal momento intervalar é constituído quase que exclusivamente por uma interpretação tão precisa como pessoal das *Moradas do castelo interior*, de Santa Teresa de Ávila, em concordância com a leitura de *Noite escura*, de S. João da Cruz, as obras decisivas dos dois autores e diretores espirituais decisivos para a reforma da Ordem do Carmelo no século XVI.

A familiaridade que Tolentino demonstra ter com a obra mística e poética de ambos os autores lhe permite apresentar concentradamente, nesse breve meio-tempo, tanto a exigência da vontade livre, do livre-arbítrio do amante pecador e humano em busca do amado perfeitíssimo, quanto a natureza ineludivelmente cega dessa busca, na qual a razão não tem uso, a não ser para distrair da imensidade intensa que se anuncia, ainda que não se veja, e ainda que nenhum mérito próprio se sustente como caução da esperança.

A última parte, composta de 57 poemas, recebe por título um trocadilho, brincalhão e literal simultaneamente, como muitas vezes ocorre na poesia de Bruno: *No carmim da tarde*. Ocupa-se do tempo posterior ao retorno de Katharina ao convento e se estende por um período de 18 anos até o momento imediatamente anterior ao de sua morte. É então que a freira, já despojada das vaidades do mundo, se despede dos seus escritos, seus guardados últimos, e os entrega, como um *liber vitae*, ou um precioso "livro do coração" que finalmente se lança, sem amarras, ao abismo de Deus.

Pág. 18 Em meio a essas duas balizas, o retorno ao convento e a preparação da morte, os poemas se detêm exemplarmente na insistência da luz da tarde, que alcança a monja em todas as três celas para as quais se muda. Trata-se de uma luz que é anúncio do ocaso da vida, como o fim do dia se anuncia pelo sol que se põe, mas que é também presságio da vida eterna, com os seus rasgos de vermelho-sangue, como os arrancados ao corpo de Cristo, vítima expiatória a redimir o crime do homem.

Neste último grau da via mística, alternam-se os voos abruptos da levitação, com os sustos da incerteza que vêm com a fé. Os fulminantes raptos místicos são concomitantes aos presságios extremados da dor, nos quais a obediência a Deus se torna igualmente aceitação da pena de viver. Mais ainda, torna-se reconhecimento de que apenas a vontade de martírio é caminho justo para a participação íntima na transcendência.

⋆

Compreende-se, por esse brevíssimo resumo de seu argumento poético, que "as horas de Katharina", medidas e acompanhadas ao longo do livro, equivalem, página a página, à composição de um Livro de Horas. Como é sabido, o Livro de Horas é um volume de orações destinado prioritariamente à devoção privada. De modo geral, imita com grande licença o *breviário*, livro oficial da pregação litúrgica para uso do clero. À diferença deste último, contudo, o Livro de Horas é bastante independente do ciclo litúrgico ou da sucessão das festas da Igreja, conquanto ambos possam lá ter lugar. Historicamente, a sua difusão no âmbito laico do catolicismo foi imensa, sem qualquer uniformidade rígida de conteúdo ou de forma, esta última sempre manifestamente permeável à condição econômica, social e intelectual de seu usuário.

De acordo com o especialista Pier Luigi Mulas,[3] tanto a origem como a grande fortuna do Livro de Horas está associada a dois fatores concomitantes a atuar fortemente a partir dos séculos XIV e XV. De um lado, a afirmação e valorização da oração individual, solitária, paralelamente aos ofícios coletivos e à missa; de outro, a importância crescente do culto mariano, predominante nas ordens religiosas já a partir dos beneditinos. Não por outro motivo, o verdadeiro núcleo de todo Livro de Horas são as orações à Virgem – referida primordialmente em seu papel de intercessora dos homens junto à justiça de Deus para remissão última de seus pecados.

Em termos mais precisos, as "horas" desses livros devocionais são estabelecidas por analogia às oito horas canônicas do clero, aquelas em que os padres e freiras rezam o ofício divino. São assim distribuídas: *matutina* e *laudes* (ao levantar), prima (seis da manhã), terça (nove da manhã), sexta (meio-dia), nona (três da tarde), véspera (seis da tarde) e completa (ao deitar). Quer dizer, o livro das orações de Katharina vai se fazendo privadamente, em analogia com as orações que faz enquanto freira, vivendo segundo as *regula* do convento. Trata-se, portanto, de emprego, interpretação e apropriação pessoal das regras coletivas, reordenadas agora como canto solo. Para que o ponto se esclareça e ajude a conhecer os sentidos básicos do Livro de

[3] "*Libro d'Ore*", in *Il libro religioso*, organização de Ugo Rozzo e Rudj Gorian. Milão: Edizioni Sylvestre Bonnard, 2002. Referências mais diretas às páginas 179-83.

Horas de Katharina, anoto aqui algumas alterações históricas decisivas sofridas pelas formas conhecidas de oração à Virgem, as quais estão documentadas desde pelo menos o século VIII. De acordo com Pier Luigi Mulas, na passagem do século XII ao XIII, a junção das orações à Virgem com passagens dos Salmos tornou-se frequente no uso devocional associado à leitura do Livro de Horas.

Ao longo do século XIII, ao volume misto do Saltério-Horas agregaram-se ainda calendários, salmos penitenciais e diversas formas de litania. Nos séculos XIV e XV, o agora chamado definitivamente de Livro de Horas alcançou sua forma estável e mais celebrada, com imenso prestígio sobretudo na França e nos Países Baixos.

As oito partes principais que deram forma definitiva ao Livro de Horas se compõem de calendários, com a marcação dos dias do ano, balizados pelas principais festas litúrgicas, muitas delas de devoção local; passos da vida de Cristo extraídos dos Evangelhos; orações da Virgem; orações dedicadas aos passos da Cruz; orações às manifestações do Santo Espírito; seleção de salmos penitenciais: ofícios fúnebres; ladainhas várias dedicadas aos santos. De todas essas partes se encontram exemplos n'*As horas de Katharina*, demonstrando aquilo mesmo que está prometido no seu título, vale dizer, que a sua composição poética está estruturalmente modelada por esse tipo de volume devocional, cujo apogeu se assinala no final da Idade Média.

Entretanto, pode ser interessante notar que, se o Livro de Horas se faz como inscrição pessoal análoga ao breviário mais técnico dos padres, a poesia de *As horas de de Katharina* se faz também como análogo discursivo das ilustrações que, em geral, acompanhavam o Livro de Horas medieval. Quero dizer que os poemas evidenciam o significado das orações ditas ao longo do dia, exatamente como fazia no passado o aparato iconográfico, muitas vezes magnífico, do Livro de Horas. Enquanto análogos de imagens, os poemas são o que a retórica antiga chama de *écfrase*, composição discursiva que busca produzir o efeito de uma pintura a acompanhar e sintetizar cada um dos momentos registrados no livro. Nesses termos, os poemas não apenas referem (ou são) orações como referem e geram imagens que as ilustram, devendo, portanto, ser concebidos também como *ornato*. Nada a ver, entretanto, com a ideia redutora de ornato entendida contemporaneamente como aspecto decorativo e externo ao nervo da coisa. No "Livro de Horas" medieval, aqui refigurado com mestria por Bruno Tolentino, o oração ornada – poesia – cuida de mover o leitor com a força do apelo piedoso, da facilitação mnemônica e da inteligência dialética, inscrevendo-a no cerne de uma história pessoal de conversão pela presença palpável, *ostensiva*, da palavra verdadeiramente *inspirada*.

Para explorar um pouco mais essa dimensão ecfrástica, descritiva, dos poemas, vale lembrar algumas das séries mais tradicionais das ilustrações de Livro de Horas. No calendário, por exemplo, elas costumam ser relativas aos signos zodiacais, aos trabalhos do campo e atividades associadas aos diferentes meses do ano, os quais estão penetrados de "crenças populares e retalhos de cultura pagã".[4]

[4] *Ibidem*, p. 182.

Pág. 22 Os extratos dos Evangelhos trazem geralmente imagens dos evangelistas; as orações de Nossa Senhora portam imagens da Anunciação, Esponsais, Nascimento de Jesus e Natividade; as orações da Cruz trazem a riquíssima iconografia relativa aos Passos da Paixão de Cristo e à Crucificação; as do Espírito Santo são ilustradas com cenas do episódio de Pentecostes; imagens de caveiras, esqueletos e funerais ilustram as orações fúnebres; nas ladainhas, o mais comum é a presença de imagens dos santos, ou de objetos que os identificam.

Com tais imagens em mente, não é difícil observar que elas fornecem um verdadeiro roteiro para a leitura dos poemas contidos em *As horas de Katharina*, sobretudo porque tendem a valorizar a presença de elementos locais, particulares e populares, ao lado dos temas mais gerais da liturgia e da erudição eclesiástica. Não por outro motivo, os poemas têm esse aspecto misterioso, elevado, cultíssimo e, ao mesmo tempo, quase canhestro, senão simplório, nos quais as categorias mais altas da Escolástica ou se deixam arrastar ao chão como a pança do lagarto que vive a se arrastar sorrateiro pelo quintal do convento, ou se espalham no quarto fechado como a tossinha insistente da freira tísica, ou simplesmente são deixadas de lado, como imprestáveis para o coração, que não quer saber de nada que seja insípido e indolor. Pois, nessa gramática mística particular, apenas o que é incômodo, padecente, ocupa a mesma área semântica do anúncio do gozo aos joelhos do Senhor.

★

A mesma profusão híbrida de elementos em torno de uma haste central ereta, perfeitamente consistente, se encontra no sistema métrico, rítmico e rimado dos poemas. Quem nota neles, superficialmente, apenas a existência de formas fixas, medidas tradicionais e rimas, associando-a logo a esquemas engessados de composição, não faz mais que se deixar apanhar na rede dos lugares-comuns da crítica moderna. Um exame mais atento dos aspectos formais dos poemas lhes descobre uma enorme riqueza de fatura, na qual o amplo domínio das divisões da tradição amplia, ao invés de reduzir, o efeito de naturalidade do ajuste discursivo ao verso.

De fato, há, em Tolentino, certa arte de esconder a arte, que faz passar ao leitor como sendo sem trabalho, como queda e cadência casuais, o que é fruto de muita aplicação técnica. Muito notável nesse aspecto é a variedade de seus esquemas de versificação, de que faço aqui um incompletíssimo resumo.

No tocante ao número de sílabas, predominam, pela ordem – a considerar a contagem habitual portuguesa até o último acento tônico, e a desconsiderar os poemas sem predomínio claro de um único tipo, o que ocorre algumas vezes –, os seguintes versos: decassílabos, com 46 poemas; hexassílabos, com 39 poemas; heptassílabos, com 35 poemas; pentassílabos, com 20 poemas. Juntos perfazem 90% da totalidade dos versos. E, embora o decassílabo seja o verso isoladamente mais utilizado, se tomados em conjunto os versos mais curtos, de sete ou menos sílabas, são eles os predominantes no livro, ocupando cerca de dois terços de todo o volume.

No tocante ao número de ocorrências das formas poéticas tradicionais, as mais frequentes são as do soneto e da canção, havendo nelas, entretanto, muita variedade de execução. No caso da canção, predomina a divisão estrófica em quartetos, como no modelo petrarquista. São 38 poemas nessa disposição, mas há muitos outros com estrofes com números maiores de versos – de 11 ou 13 versos, por exemplo. No caso do soneto, a sua forma fixa quase desmente a categoria, tanto o varia Tolentino. Dos 70 poemas em que aparece, muitos tomam a forma de sonetilhos, com versos regulares menores que os decassílabos usuais; outros, de sonetos compostos pelo decassílabo e outros versos, correspondentes ou não ao hemistíquio; outros ainda, de maneira bastante frequente, adotam a forma do soneto contínuo, sem qualquer subdivisão estrófica em seus 14 versos, que podem ser redondilhos maiores ou menores, mas nunca decassílabos.

Além dessas formas predominantes, ocorrem, com incidência razoável no livro, tercetos, quintilhas, sextilhas, sétimas e décimas, além de outras menos aplicadas. Simplesmente não há como desprezar o emprego da maquinaria versificatória que está a serviço da poesia de Bruno Tolentino. Quem quer que a estude deverá se demorar aí, para dar conta de seus efeitos extraordinários, relevantes para uma discussão contemporânea da medida. Seja como for, está evidente que não há intimidação ou redução do sentido pelo cuidado formal ou pela escolha da forma fixa, mas proliferação das possibilidades significativas pelo domínio dos recursos rítmicos.

Não conheço poeta contemporâneo brasileiro com idêntica capacidade de fazer fluir o raciocínio mais complexo, e mesmo aquele de arremate arrebatado, de maneira mais ajustada e aparentemente fácil às divisões métricas – quase como se fizesse questão que a poesia não perdesse um resquício de fala, de conversa ou de monólogo oral. Nesse aspecto, em termos de poesia nacional, Tolentino é muito claramente herdeiro da naturalidade de Bandeira, sem deixar de emular o ritmo meditativo de Drummond ou das escavações místicas de Murilo.

Mas de modo algum é conveniente restringir-se ao âmbito da poesia brasileira, quando se trata de atribuir modelos e êmulos para a poesia de Bruno Tolentino. A permanecer exclusivamente no âmbito dessa disposição da sua poesia medida para ajustar, num corpo único, um efeito de naturalidade com um apertado raciocínio culto, é obrigação mencionar o diálogo com os poetas metafísicos ingleses – John Donne, em particular, que sempre me parece muito presente em *As horas de Katharina*.

Tolentino é evidentemente cúmplice do deão de S. Paulo, quando seus versos pretendem colher a experiência ordinária, acolher generosamente a banalidade das coisas, para aí mesmo, no achatado e pedestre delas, surpreender os nexos de sua orientação mais peregrina e transcendental. A poesia se concebe então como aula que se recebe graciosamente da natureza, da mesma maneira que se furta um fruto ao pé, ou se vai ajeitando como dá o corpo que descansa no chão.

Por vezes, tal poesia não exige sequer que a vontade humana se mova, pois já há suficiente movimento do sol e das sombras, e os mais esquisitos sestros dos animais e insetos que povoam

Pág. 26 um passeio no campo ou sobressaltam a cela mínima. O mesmo efeito de naturalidade mitiga o eventual didatismo, e, em sentido contrário, exacerba o humor e o estrépito um tanto bizarro escondido no aparentemente mais prosaico.

Vai sem dizer que o visivelmente engraçado no livro de Katharina também responde fielmente ao profundo sentimento de Maria, a cheia de graça.

AS HORAS DE KATHARINA (1971-1993)

In memoriam
Ingeborg Bachmann,[1]
que inspirou estas músicas,

e

a José Joaquim Dutra de Andrade,[2]
que as foi buscar às gavetas do silêncio.

[1] Ingeborg Bachmann (1926-1973): escritora austríaca.
[2] Primo do autor.

RESPONSABILIDADES E CORRESPONDÊNCIAS [3]

A suposta autora destas páginas, tivesse sido encarnada numa só pessoa física, teria nascido em Veneza, aos 11 de novembro de 1861, como Elizabeth Katharina Maria von Herzogenbuch e falecido aos 29 de outubro de 1927, no Convento das Carmelitas Descalças[4] de Innsbruck, como Sóror Katharina da Anunciação e do Suor de Sangue.

A não ser assim, poderia ser com certeza qualquer um desses inconfessos filhos bastardos que Deus ama e reclama. Como, por exemplo, um que outro *hypocrite lecteur*[5] ou no caso o inveterado autor, ou tradutor, deste *Stundenbuch*.[6]

[3] Alusão ao poema *Responsibilities*, escrito por W. B. Yeats (1865-1939) em 1914, sobre o qual Tolentino também escreve poema de mesmo título, publicado no livro *Os deuses de hoje* (1995), e ao poema de Charles Baudelaire (1821-1867), "Correspondences", quarto poema de *As flores do mal* .

[4] Carmelitas Descalças: ordem religiosa que se inicia em 1562, com a fundação do Convento São José, por Santa Teresa de Ávila, na Espanha. O Convento São José é primeiro mosteiro reformado do Carmelo. As alusões a Santa Teresa de Ávila, bem como citações diretas de sua obra, criam uma dinâmica de espelhamentos no poema: a personagem principal, Katharina, percorre um caminho de conversão *dentro* do convento e em idade já madura, tal como aconteceu com Teresa de Ávila e, como sugere o parágrafo seguinte, com o próprio autor. (Cf. TERESA DE JESUS, S., 1995)

[5] Citação do poema "Ao leitor", que introduz *As flores do mal*, de Charles Baudelaire.

[6] Em alemão, "livro das horas". Alusão ao livro de Rainer Maria Rilke (1875-1926), *Das Stunden-Buch*, publicado em 1905. Para o significado do Livro das Horas, cf. a apresentação de Alcir Pécora ao presente volume.

PRIMEIRA PARTE

OS LONGOS VAZIOS
(1880-1909)

Andorinha, andorinha, minha cantiga é mais triste!
Passei a vida à toa, à toa.[7]

Manuel Bandeira

[7] Versos do poema "Andorinha", do livro *Libertinagem* (1930), de Manuel Bandeira.

1 O adeus

Vi-te montar teu cavalo.

A majestade, a beleza
de cada montanha presa
à correlação de um vale,

de repente é insuportável!

Vi-te atravessar a praça.
A coroa de fumaça,
diadema do diáfano,

com certeza é sem retorno.

Vi-te ao longe, só cabelos...
Os translúcidos novelos
das nuvens com a luz em torno

são só brilho, são só água.

Mas que fazer disso tudo?
Vi-te ereto, ao longe: estudo
teu reflexo em cada lágrima,

lâminas, golpes agudos.

2 Noturno

Porque o amor não entende
que tudo quer passar,
nunca, nunca consente
a nada o seu lugar.

Planta presa, de alpendre,
sacudindo no ar
braços impenitentes,
tenazes, em lugar

de aceitar que não prende
nada, o amor quer dar
apaixonadamente
laços à luz solar

e é noite de repente.

II

Se ainda te iluminar
com um olhar novamente,
sei que não vais estar
tão perto; a alma entende,

o corpo quer gritar!
Porque o olhar apreende
mais do que alcança dar,
à distância, na mente,

de que vale um olhar
com a noite pela frente?
Essa noite que tende
a unir e separar

inapelavelmente...

3 Solilóquios

Mas não tem importância,
aqui estamos nós
outra vez... À distância,
eu sei, mas ainda a sós.

Que importa, eu nunca fiz
sonhos de perspectiva
e uma chaga furtiva
vale uma cicatriz.

E ainda que não houvesse
nem uma nem a outra,
quem muito busca encontra:
tu vens, tu me apareces.

4 Via Crucis

A Via Crucis foi uma selvageria,
a Crucifixão uma brutalidade;
mas em três, quatro horas, acabou a agonia,
baixou a eternidade.

Eu vivo aqui, crucificada noite e dia,
carrego da manhã à tarde
o meu lenho de opróbrio e a noite me excrucia,
lenta, fria, covarde.

Ah, como eu preferia
que me crucificassem de uma vez, sem o alarde
de algum terceiro dia!

Mas toca-me seguir nessa monotonia,
a agonia de alçar-me do catre
e abrir de novo os braços, vazia.

5 Metáforas

A fogueira absurda
de um corpo de mulher
não tem comparação!
Uma pilha qualquer
de lenha opaca e surda,
mera coisa do chão,
não basta como símile
dessa desolação
inútil: o sublime
que não se frutifica,
o grão que seca... Fica
cada vez mais difícil
encontrar a metáfora
para o estranho suplício
de um corpo que está fora
da vida, o seu destino
pingando como bica
num beco que conduz
de estranheza em mistério.

Um ventre, um ventre estéril,
é como o sol a pino
de que não desce a luz.

6 Pavana sem luxúria[8]

As incontáveis sementes
que andaste desperdiçando
em abraços miserandos,
estéreis e impenitentes!
Pensar que o melhor que tinhas,
aquelas pétalas brancas
que nunca mais serão minhas,
deixaste-as cair em vão,
ah, pensar que as minhas ancas
como estreitas esperanças
podiam ter se alargado
contendo de lado a lado
tantas pálidas crianças
que entregaste à escuridão!

[8] Pavana (It. *pavana*, *padovana*; Fr. *pavane*; Al. *Paduana*: Dança cortesã do século XVI e início do século XVII, de provável origem italiana. Cf. BROWN, 2001). Não foi possível identificar uma fonte exata para a menção de Tolentino, que pode ter conhecido tanto alguma peça musical renascentista, dado o seu interesse pelo período, quanto peças de compositores como Gabriel Fauré (op. 50, 1887) ou Ravel (*Pavane pour une infante défunte*, 1899; 'Pavane de la belle au bois dormant' de *Ma mère l'oye*, 1908-1910), ou ainda a Pavana de "Gloriana" de Britten (op. 53), para citar apenas alguns exemplos.

7 O anjo anunciador[I]

– Ouve, Maria,[9] a nossa
(não, não te assustes!) é uma luminosa
tarefa: retecer[II]
o pequeno clarão que abandonaram,
o lume que anda oculto pela treva![III]
Porque irás conceber!
Porque a mão, desejosa
e tosca, que O tentara[IV]
reter, ainda que leve,
desfez-se ao toque, assim como uma vez
tocado o sopro se desfaz a avara,
a dura contração do peito ansiado...[V]

Mas a haste,[VI] o jasmim despetalado,
é tudo o que ainda resta
dos canteiros do céu[VII] aqui na terra,
que um seco vento cresta
e uma longa agonia dilacera.
No entanto a morte há de morrer se tu quiseres,
ó gota concebida
bendita entre as mulheres[VIII]
para que houvesse vida
outra vez, e nascesse desse fundo
obscuro do mundo,
o ninho incompreensível do teu ventre.

Não, não toques ainda
nem a fímbria do manto nem o centro[IX]
do mistério que anima a tua túnica:
aguarda, ó muito séria, a ave mansa[X]
e recebe em teu corpo de criança
a Verônica única,[XI]
a enxurrada de pétalas te abrindo.

[9] Referência a Lc 1,26-38.

Em tumulto reunidas,
as cores da perdida Primavera
vão retornar, virão
numa enchente de asas, aluvião,
púrpura, sempre-viva, nascitura
estranheza do amor da criatura,
constelação descendo ao rosto teu:
é Ele, é O que reúne o coração
e o grande anel da esfera,
o fogo, a língua ardendo, o incêndio vivo,
a coluna de luz, o capitel[XII]
que se perdeu...
                                        Que eu

venho anunciar apenas a um esquivo,
humílimo veludo, a frágil chama
que há de crescer em ti, que hás de ser cama
ao parto do Perfeito, e hás de ser cântaro
e fonte e ânfora e água,
hás de ser lago
em que as sombras se afogam, que naufragam
no imenso, ó jovem branca como um lenço;
hás de conter a lágrima
do Infinito, o Seu[XIII] vulto
e os tumultos da luz na travessia
entre a dádiva, a perda e a renúncia:[XIV]
quando de um certo dia
cheio de luz amarga
em que serás enfim a sombra esguia[XV]
que O deu à luz e que O assistiu morrer...
Atravessa, ó Maria,
os abismos do ser,
ouve este estranho anúncio
e deixa-te invadir para colher,
mais fundo que a razão
e o corpo, o sopro cálido, o prenúncio
da mais viva alegria:
entreabre-te ao clarão

da visita suave,
mas terrível, terrível, deixa a ave
do imenso sacrifício te ofender.

Ó pétala intocada,
hás de sofrer
intensa madrugada
e num lago de luz como afogada
hás de durar suspensa
entre a graça imortal e a dor imensa.

Mas canta, canta agora
como a fonte borbulha, como a agulha
atravessa o bordado,
canta como essa luz pousa ao teu lado
e te penetra e tece a nova aurora,
a nova Primavera e a tessitura
do ramo que obedece e se oferece
para o mistério e pela criatura.[XVI]

Canta a alucinação,[XVII]
o toque enfim possível dessa mão
que há de colher para perder e ter
o infinito que nasce do deserto
e a semente que morre se socorre
tudo o que no estertor tentava ser.

Canta a canção do lírio e do alecrim,
essa canção que és e que na treva,[XVIII]
na escuridão da carne, andava perto
da imensidade que te invade. E assim
como o imenso te ampara,
ó voz tão clara
que consolas e elevas,
                                        vem, desperta,[XIX]
matriz da eternidade e d'O sem-fim,[XX]
ó mãe de Deus, canta e roga por mim...[XXI]

8 A donzela[XXII]

– Do engano da linguagem
desenganada, imploro
à corda menos ágil
da lira de meu ventre[XXIII]
que, nesse onipresente
que assim se me incorpora,
me ajude a celebrar
a glória d'Esse estranho
que me quis habitar
de Seu peso e tamanho,
como se desde sempre
e nada mais eu fora
senão a Sua ânfora
ou o Seu alguidar.

Sinto-me tão pequena
para o imenso murmúrio
que me invade, me chega
como na noite cega
o voo da falena
que busca a chama e brusca
e nua ao fogo puro[XXIV]
deixa-se confundir.
Só que eu não Te procuro.
Só que és Tu que me buscas.
E toca-me fugir
a tudo quanto eu tinha,
que para ser eu Tua
não me cabe ser minha.

De fogo obscuro e frio
penetrado, meu corpo
diz ao corpo vazio
que era o meu e perdi:
o peso que eu suporto

é mais que o infinito[XXV]
que me habita, é um aceso
desejo de ter peso
outra vez, porque o Espírito
que raptou meu corpo
abandonou-o absorto
à beira de uma calma
alheia como o hábito[XXVI]
de ser somente alma...

Abraça-me e perdoa
minha carne banida
das coisas desta vida
que agora se me voa,
cada vez menos minha:
a minha carne tinha[XXVII]
qualquer coisa da pressa,
da promessa da vinha
neste mundo e, agora
que eu virei Tua ânfora,
será lenta agonia,[XXVIII]
uma vela de cânfora
cujo pavio chora,

meu Filho, essa alegria...[XXIX]

9 À Imaculada

Ó Maria, ó Maria,
que mal tiveste um filho,
como eu te compreendo!
Roubaram-te a alegria.
Tudo em nome do exílio
de um corpo, o nosso, horrendo,
frágil como um rastilho
de asas, como o brilho
desta vela que acendo.
Pobre, pobre Maria,
o preço foi tremendo!

10 O embrulhinho

Eu me debato dentro de um vulcão. A esperança
de ainda voltar a ver-te
dói como uma criança
com medo de nascer, sufocando em meu ventre.

Ah, se, para arrancar-me
esse pedaço que ainda hoje te pertence,
eu pudesse matar em silêncio
esse fantasma que atormenta a minha carne!

Mas não. Padeço com um vulcão por dentro, sem
[coragem
para esse assassinato.
Tu, que me inseminaste de doçura e de ultraje,
ensina-me esse parto!

11 Silêncios

Ó silêncio, ó silêncio,
devias consolar,
cada vez mais imenso...
Mas que nada! Calar

é entupir de barulho
o vazio da alma,
é pintar por orgulho
a máscara da calma

na cara da agonia.
Calo, disciplinada,
e deduzo do nada
minha cacofonia.

Ah, silêncio! Vestal
com avental de cozinha,
tua pureza e a minha
acomodam-se mal...

12 A Lázaro[10]

Está bem, está bem,
abriram-te a caverna,
sacudiram-te o sono,
mandaram-te sair,
e o cão à voz do dono
abandona ao ouvir
a solidão que tem.

Mas a tua era eterna!
Ninguém te perguntou
se querias voltar,
sofrer, recomeçar,
ser... Gritaram-te: "Vem!"

Eu não ia... "Não vou!"

[10] Cf. Jo 11,1-44

13 Medeia[11]

Não sei mais nem que horas são,
quanto mais que dia é!
Sei que amanheço de pé
com um rosário sempre à mão
todo santo dia em vão;
rezo, mas não tenho fé.

Vou por onde as outras vão,
mas não tenho mais ideia
do que faço. Há uma Medeia
em toda separação,
mulher cada vez mais feia
que vai caindo na teia

de alguma reparação
cada dia mais medonha,
caricatura que sonha
com os venenos da ilusão
sem que felizmente ponha
a mão sequer num facão.

Irmã Hilde, coitadinha,
teve a boa inspiração
de banir-me da cozinha...
Quando eu por lá ia o pão

[11] A figura de Medeia, feiticeira, filha de Eetes, rei da Cólquida, e neta de Hélios, está ligada a diversos episódios da mitologia clássica que envolvem engano, astúcia e morte. Em um deles, ela participa do assassinato do próprio irmão; em outro, engana suas primas, sugerindo que elas assassinem o próprio pai e cozinhem o cadáver; em um terceiro, ao se ver abandonada por Jasão, seu esposo, Medeia envia uma túnica que elas assassinem o próprio pai e cozinhem o cadáver; em um terceiro, ao se ver abandonada por Jasão, seu esposo, Medeia envia uma túnica envenenada como presente à sua rival e assassina seus próprios filhos, descendentes de Jasão. Por isso, muitas vezes Medeia é compreendida como a própria imagem do caos e de forças maléficas (cf. a tragédia homônima de Eurípides, entre outras fontes).

sofria que nem o Cão
porque eu lhe arrancava a espinha

em manhãs iguais a esta.
Mas não sou Medeia não,
sou a sombra que protesta
caladinha, a assombração
que definha na floresta
sonhando um bicho-papão...

14 *Aux diables!*[12]

Ontem o velho Abade
desta congregação
de espectros, disse não
a uma simples vontade

da sombra temporã
que vagueia de um lado
para o outro... Coitado
tão correto! Amanhã

a minha solidão
não terá esquecido
o seu pobre pedido:
terá feito a canção

que agora ando fazendo,
e aquele emparedado
medíocre, gordo, horrendo,
balindo como gado

que acorda sonolento,
dirá sua oração
e seu Amém. Eu não!
Eu, àquele momento,

estarei à janela
à cata de um qualquer
sinal do céu àquela
que por nascer mulher

foi enterrada viva;
eu falarei à chave
que um velho Abade grave
engoliu; eu, à esquiva,

[12] Em francês, "aos diabos!".

à oblíqua maneira
das mortas-vivas, sei
que não acordarei
a mesma, a prisioneira,

a falsa freira, ah, não!
Amanhã serei eu!
Amanhã, com esta mão
rasgarei este véu

e aos diabos o céu!

15 Corredores

Rápidos passos
nos corredores,
alguém à escuta?

Longos espaços,
vagos vapores
como de gruta,

falsos palácios,
vazios, torres
que uma permuta

cruel e irônica
vai transformando
em estalactites

de pura insônia,
como se um bando
(dedos em riste,

olhos de amônia...)
fosse domando
o que resiste

e insiste em ser...
Eu vivo aqui.
Sombra insistente

do bel-prazer
que, mal vivi,
subitamente

foi-se esconder,
cheguei aqui
quase contente

de me apagar...
Mas é tão lento,
tão frio e tão

crepuscular
cada momento
neste caixão,

que ando a vagar
de encolhimento
a indecisão.

Aonde vou
que não me esqueço
nem de onde vim,

do que ficou?
Desapareço,
mas não de mim!

Se tento o voo
o ar é espesso
como é sem fim

cada agonia
de uma rotina
desesperante.

Dizer que um dia,
quase menina,
tive um amante,

uma alegria!
Que guilhotina
caiu cortante

e inesperada
entre o que era
e o que afinal

sobrou de nada?
A alma é uma fera
instintual,

uma enjaulada,
uma quimera!
Pobre animal...

Valse oubliée[13]

Certas estrofes perdidas
longe de papel e lápis,
vão e vêm e doem-me ainda,
tão límpidas quanto rápidas,

como certos, certos fatos
de uma fluida inconsequência
na rapidez da existência,
certos rasgos, certos raptos,

certas cenas, certa faca
de que às vezes sou bainha,
afiada quando ataca
e cega quando sozinha.

[13] Em francês, "valsa esquecida", possível referência a peças de piano de Franz Listz (1811-1886).

17 O lagarto

Dança, dança, lagarto,
primo do crocodilo,
invasor do tranquilo
silêncio deste átrio,

salta entre as pedras, dança!
Faz assim, olha, assim!
Põe os olhos em mim
e gira, arrasta a pança

nas pedras carcerárias
deste lugar. Eu danço
assim também, de manso,
ao ritmo das árias

de uma luz que me chega
de onde não vou jamais!
Dança! A falena, a cega
de luz, a que anda atrás

da chama, do arremedo
da liberdade afim
da morte, dança assim
também, cheia do medo

de seus próprios desejos.
Dancemos os dois juntos,
como dançam os defuntos
na treva, os percevejos

na carne mal lavada
e as angústias sem voz
na garganta do algoz,
do silêncio e do nada.

Dança, meu companheiro
entre paredes mudas,
dança! Eu cheguei primeiro,
antes das outras todas

que já vêm por aí!
Aproveita, que em pouco
lá vem o bando louco
que tem terror de ti!

18 Estreitezas

Madalena, Madalena,[14]
no escuro da minha cela
penso em ti como naquela
que passou pelo portão
mais estreito: o do perdão
depois do doce pecado.
Mas meu corpo encarcerado
não tem nenhuma opção;
na estreiteza desta cela
a pele ardente e morena
que me acossa e me flagela
não conhece remissão.
Na comprida noite fria
como na manhã vazia,
minha carne, Madalena,
não tem escolha ou perdão.

[14] Cf. Lc 7,36-50 e Lc 8,2

19 *Vade retro*[15]

Não, não fui possuída
jamais por um diabo,
um demônio sequer!
Não me têm tanto apreço.
Não vivo nem da graça
de Deus nem do que der
o outro: uva encolhida
que vai virando passa,
enquanto não acabo
de ser uma não chego
a ser outra, e ninguém,
nem um capeta quer
a coisa indefinida
que não chega a ser bem
um resto de mulher,
é uma coisa qualquer
seca, passa, esquecida...

Ah, *vade retro*, alguém!

[15] Em latim, "afasta-te", "recua". Cf. Mc 8,33.

20 Romanza[16]

Minha peregrinação...
De uma janela a uma esquina,
de uma visão repentina
à longa antecipação
solitária, viperina
por filha da humilhação
de uma paixão tão contínua
quanto anda longe a menina
que estende os olhos em vão...
E essa quase assombração,
essa tocha feminina
ardendo atrás da cortina,
pendurada à oscilação
fortuita de um coração,
de uma alma peregrina
encerrada no porão
de uma existência assassina;
a faminta da ração
de uma vida que termina
onde começa a lição
de ferrolho de um portão;
essa sombra vespertina
que uma vez por mês se não
ressuscita se ilumina
tentando ver, por um vão
de quase seteira, o chão
em que passam casco e crina
do teu cavalo alazão;
a aparição sibilina
e rara como o esturjão,
vista de fora, da sina
de quem passa sem razão

[16] Gênero poético medieval de origem francesa, muitas vezes de caráter narrativo, em que se mostra a perspectiva feminina a respeito de uma relação amorosa.

de olhar (talvez) para cima
uma vez ou outra (ou não),
a um olhar que contamina
os restos de um coração,
essa aparição franzina
como há de ser? Como hão
de ver tamanha intrusão
teus olhos, daquela esquina
que uma vez por mês germina
ante uma flor de balcão?

21 O pátio

Vivo entre sombras agora,
figuras que muito embora
encontrem certo prazer
no hábito de dizer:
"A vida ficou lá fora..."
demoram muito a morrer.

Agonizo sem saber
se o pátio destes passeios,
circulares como cheios
de ângulos, tem poder
de atardar o entardecer
de espantalhos tão alheios.

Não parecem fenecer.
São como as últimas ramas
da vinha, pequenas chamas
renitentes a tremer
segundo o tempo esparrama
as nulidades do ser.

Dizem-me que é assim que as amas...

22 O velho relógio

Tocaram-me no braço!
Pegaram-me no pulso!
Deram-me corda a um lasso
relógio tão convulso

e tão enferrujado,
que a inesperada esmola
partiu a velha mola
desse pobre coitado

que anda parado há anos!
Ah, coração exausto,
que susto o teu! Os panos
que te envolvem o fausto,

assim entreabertos
um brevíssimo instante,
deixaram-te diante
de ávidos desertos...

Tocaram a minha pele!
Por detrás da cortina
outra mão como a dele
tocou numa menina

que não vivia mais.
E vão passar os séculos
sobre a mão, sobre as teclas
da música fugaz...

23 Herodíade[17]

Trazei-me esse rosto
que me desespera,
entregai-o à fera
que dança em meu peito,
que me dilacera.
Trazei-me esse rosto,
arrancai-o ao resto
do corpo perfeito,
o corpo que eu quero
e que não me quer.
Ah, fosses mulher
tu me entenderias,
João que eu detesto
menos que este corpo
todo calafrios,
todo desespero,
todo fome vã!
Corpo de asas tristes,
corpo de mulher,
a mulher que insistes
em chamar de irmã...

[17] Cf. Mc 6,17-28; Mt 14,3-11; Lc 3, 9-20; Lc 9,7. O poema, assim como o próximo, também pode aludir ao drama *Salomé*, de Oscar Wilde, publicado em Londres e em Paris, em 1893.

24 Salomé[18]

Visses-me dançar
como Salomé,
podias até
negar-me outro olhar,

fugir do lugar
ou ficar de pé
como a estátua, o par
de olhos sem fé,

sem pupilas dela.
Mas não poderias
não achar tão bela

quanto as cotovias
que mataste, aquela
a que fugirias...

[18] Cf. nota anterior.

25 Myrian-Maria

Myrian-Maria, a quem um dia
um anjo fora rodear de luz,
anunciar-lhe o infante Jesus,
e vejam só: Myrian-Maria,

sendo mais limpa que a luz do dia,
o anjo buscava-a e não a encontrava!
E olhava, olhava e se impacientava:
"Myrian-Maria!" (onde andaria?)

tão igualzinha à mais pura luz,
que o pobre anjo vira, procura
e quase enlouquece! Era tão pura,
quase não pôde nascer Jesus...

26 Salgueiros

Salgueiros! Os salgueiros
solenes, debruçados
sobre si mesmos, coitados,
anos, anos inteiros,

iguais às insepultas cabeleiras
dos belos enforcados.
É como os vejo por todos os lados,
ou ainda como fundas olheiras

espiando-me à noite, entre as soleiras
e as pupilas, pendentes dos telhados...
Quando sonho com eles são caveiras
de hirsutos malfeitores, condenados

à eternidade assim, despenteados...
Sentinelas dos lentos desesperos,
coitados dos salgueiros
de convento! Dão medo, são sagrados.

27 *Méchanceté*[19]

Deparei-me, no último degrau,
com a pobre salamandra
a que cortaram o rabo...[20]
São coisas do Diabo,
coisas do bicho-mau
que perambula no jardim, que anda
(dizem) atrás de mim.

Naturalmente não duvido, assim
como jamais discuto.
Calo-me, ando de luto
por toda a Criação! Pela calhandra,
pelo breve carmim
da rosa intacta ainda,
pela coisa mais linda

como por tudo enfim.
Pelo Bicho também.
O bicho de olhos verdes que não vem,
que prefere a pequena salamandra
a mim, a mim,
que espero e espero, espero e desespero
e abano o rabo preto na varanda...

[19] Em francês, "maldade", "impiedade".
[20] Possível alusão ao verso 109 de "Tabacaria", de Fernando Pessoa (Álvaro de Campos): "Talvez tenhas existido apenas, como um lagarto a quem cortam o rabo".

Dommage[21]

Que lástima que as poças
dos olhos, lacrimosas,
não guardem nada! As rosas
do fugaz, como as coisas
mais triviais, são nossas
um belo dia e pronto,
acabou-se! Se resta
dependurado à testa
nosso sólito par
de espelhinhos convexos,
são tão frágeis os nexos
nesse mínimo mar,
que um gesto, um rosto, um tronco
acabam por ser nada:
neles nada um reflexo
multirrápido, e pronto,
adeus... Baixa as cortinas,
é a breve madrugada,
ergue-as: foi tudo um conto
que aqui esteve de leve,
interrompido ou breve
demais, adeus e pronto!

[21] Em francês, "que lástima", "que pena".

29 Talvez

Vem quase todo dia
aquela hora muito lenta, aquela
oscilação da hora fria
em que a sombra amarela

do dia embobinado na procela
balança, assume a forma esguia
de um casulo, e sugere a agonia
de algum verme: antecipa-se a bela,

a futura, a perene borboleta,
e é como a eternidade
que se insinua, a esquiva silhueta

pairando como às voltas de si mesma
com um aroma de luz e de umidade:
a alma entre o nada e a lesma?

II
Algo intangível anda pelos cantos
deste lugar estreito
quando os corpos transbordam do leito
e enrolam-se nos mantos

de uma conspícua viuvez, os agapantos
dos campos desolados do perfeito...
Algo que agora não se vê direito,
se algum dia se viu, entre tantos

trapos, espectros, ângulos, promessas...
Algo invisível como a própria alma
balança-se com a calma

dos morcegos que dormem com as cabeças
apontadas de dia para o chão.
Há resquícios assim em mim. Acordarão?

Sóror Bernarda é maluca,
aposto que não regula!
Passa tanto a mão na nuca,
tanto se ajeita a cogula[22]
que um dia desses termina
sob alguma guilhotina.
Algum diabo a cutuca
lá por trás, alguma gula
de carícia ou de arapuca...
Quando canta desafina,

mexe e remexe com a boca,
mas não acerta a harmonia.
Decididamente é louca.
É devota de Maria
(diz) mas faz tudo ao contrário:
já partiu mais de um rosário,
meia dúzia é conta pouca,
e toca a ajeitar a touca
e tocar-se o escapulário.

Sóror Venância é pior,
não lembra nunca do nome
de ninguém, sabe de cor
apenas nome de homem...
Lembra até o do companheiro
do filho do jardineiro,
até o do Vigário-Mor
que morreu. E como come!
Só do bom e do melhor,
franguinho, leitão, cordeiro,

[22] Espécie de túnica larga usada por religiosos monacais, ou parte do hábito que cobre a cabeça do monge.

vai do olho ao mocotó.
Tem tamanho de Priora
e pudera, não tem dó
nem de peixinho em salmoura!
Se engordar um pouco mais
assusta até Satanás,
mas dá quilos de ouro em pó
(é muito conversadora)
por uma conversa só
(ou a sós) com algum rapaz...

Já a dona deste convento
é pura cafajestice,
enfeia até o sofrimento:
teve vez que até me disse
que a morte de uma pessoa
é uma coisa muito boa,
que a vida é um longo lamento.
Mas com franjinhas! Quem visse
a cela desse portento
gastaria o tempo à toa

tentando entender: o preto
é do mais fino veludo,
e um pedaço de esqueleto,
ou seja, um crânio queixudo,
tem seu pedestal de ouro,
o susto como tesouro...
Só mesmo vendo o amuleto
dessa penitente! E tudo
em nome de Deus, o espeto
dourado do mau agouro...

Não sei o que deu em mim
quando achei de me enfiar
que nem fita de cetim
neste bendito lugar!

Só depois de dar o laço
é que fui achar espaço
e tempo, tempo sem fim!,
para poder me queixar.
Mas não sei mais a que vim,
mal sei ainda o que faço.

Faço versos, melodias
de minhas decepções,
e vou enchendo meus dias,
falando com meus botões,
com quem hei de conversar?!
Dissimulo, assumo o ar
beato das confrarias
amargas que nem limões
e componho livrarias
com o intuito de me livrar...

31 Outra prisão

A vida vai tão depressa,
que às vezes o coração
dependurado à canção
já não sabe onde começa,
onde termina a ilusão.

O tempo, o velho ladrão,
leva tudo ao mesmo tempo,
a miragem, o sofrimento,
a alegria, a solidão.
Substitui-os um vento.

Um vento e uma procissão
de sombras mal-assombradas,
velas pálidas que vão
ficando mais desbotadas
ao alvor das madrugadas.

Pelas capelas então,
mausoléus abandonados,
repletos do ar malsão
que envenena os condenados
dia a dia em seu porão,

como aqui nesta enxovia
vem o tempo e passa a mão
em tudo quanto esvazia
dia e noite, noite e dia,
seio, cela, solidão.

Um tique-taque sombrio
de invisível procissão
que se vai embora, um rio
que se evapora, tão frio
quanto uma evaporação

é lenta... Às vezes a gente
sente-lhe um roçar de mão
como um calafrio rente
à pele que murcha e não
entende bem o que sente,

já não sabe onde termina,
onde começa a ilusão...
Coitado do ser, cortina
do que some! Sobra um vão,
os trapos de uma neblina,

as horas de Katharina...
Todas passam, algumas são
gravadas aqui, com mão
diligente, feminina,
o arabesco que termina

por tecer outra prisão.

32 Outra ainda

Todos, ah, todos os dias,
com pachorra de rendeira
minha mão de bordadeira
costura mais poesias,
abiscos, algaravias
dos tumultos de uma freira
cujas pobres fantasias
remexem-na a noite inteira,
o dia todo... E que havias
de fazer, alma estrangeira
a tudo o que fazes, fias
ou desfias, sempre à beira
de tuas monotonias?
Mal cabes em ti e, queira
ou não queira o que querias
quando, de alguma maneira
atrás de mitologias,
chegaste a esta ratoeira,
tua febre sobranceira,
teus raptos de prisioneira,
são mesmo o que preferias
desde bem novinha... Havias
de achar o modo e a maneira
de isolar-te entre porfias
só tuas, a brincadeira
que, ainda garota faceira,
desde sempre escolherias.

Não me enganas, sou meeira
dessa herança tua, os dias
e as noites que bordarias
sozinha, ausente da feira
de vaidades e alegrias
que cobiçavas mas vias
sempre de fora, da beira,

da quina esconsa... Sofrias?
Sofres agora? Besteira!
Mentirinhas que dizias
às pobres das tuas tias
quando, a cada sexta-feira,
falsa penitente, ias
à casa delas, Marias
do Carmo, da Choradeira,
as Dores... Estripulias
suspirosas de matreira,
a que eras e a que irias
ficar sendo a vida inteira,
de pretextos a agonias
até achar a maneira
destas tuas harmonias,
fios da dor costumeira,
tua velha carcereira,
profissões de fé nas frias,
tuas sempre, por sombrias,
vocações de carpideira.

33 A mais segura

Fingidora,[23] como sofres!
Como me fazes sofrer
para destilar-me o ser
e guardá-lo nos teus cofres!

Gostas mesmo é do teu ritmo.
Se sentes falta de algo,
exumas algum fidalgo,
arrancas-me algum legítimo

assunto de ritmar...
Não me enganas, te conheço
pois sou eu quem paga o preço
deste sombrio solar

que vais erguendo sozinha
onde quer que um dia estejas,
conventos, porões, igrejas,
castelos, nuvens... A minha

é apenas a função,
se não bem de acompanhar-te,
alma nascida da arte
e só para a arte, então

a de encontrar-te um pretexto
e pouco a pouco vestir-me
da desolação mais firme
que te justifique o texto...

[23] Possível alusão ao poema "Autopsicografia", de Fernando Pessoa (1888-1935).

34 E a ratoeirazinha

Cuidado! A dor inventada
acaba tão parecida
à cara nua da vida,
que um encontro de calçada
pode virar despedida...
Garoa vira enxurrada,
lagrimazinha esculpida,
finamente musicada,
pode transformar subida
em queda fora de alçada,
fora de qualquer medida
e todo controle: o nada
tem a energia escondida
da ratoeira calada
ali no canto... Ó fingida,
alma minha apaixonada,
muito cuidadinho a cada
nova sílaba sofrida...

35 *Somewhere, Somehow*[24]

Porque é possível fazer
a verdade disso tudo
como quem faz um estudo,
sem que ao cabo do lazer,

do prazer de havê-lo feito,
tenha-se enfim feito nada
daquilo tudo: a estocada
já estava mesmo no peito.

Imagino algum poeta
nalguma língua estrangeira
este mesmo instante à beira
de escrever isso... Há uma reta

que, pelo meio da gente
como uma régua da vida,
é uma frase repetida,
a mesma, insistentemente:

"...porque é possível fazer
toda a realidade disso[25]
sem o enfadonho exercício
de fazê-lo, de o viver..."

[24] Em inglês, "em algum lugar, de alguma forma". Possível alusão à canção "Somewhere", do famoso musical da Broadway "West Side Story", exibido em 1957, composto por Leonard Bernstein e Stephen Sondheim.
[25] Possível referência ao verso 108 do poema "Tabacaria" de Álvaro de Campos, heterônimo de Fernando Pessoa: "(Porque é possível fazer a realidade de tudo isso sem fazer nada disso)".

Badulaques

Tenho vários, pequenos amuletos:
dois deles de prata, dois elos
unidos de corrente
indiferentemente
partida pela vida; quatro ou três
fios de um ouro antigo, de uns cabelos
que enchiam a noite toda;
e uma caixa de música
de que me sai, aveludada, uma abstrusa,
eterna valsa, ta-ti-tan, valsinha doida
e lenta, lenta, com seus velhos espectros
enlaçados, cada vez mais distan-
-tes, ta-ti tan-ta-ti-tan...

E tenho, é claro!, um lenço
bordado, desbotado e tão, ah, tão cansado
de oscilar entre seus dois fantasmas
rápidos, dispersados
e reunidos e perdidos de novo e assim por diante...

Olho-os às vezes, estes meus objetos: pasma,
pergunto-lhes, pergunto-
-me a mim mesma: foi assim tua vida?
Um desbarate desconexo que se junta
em pedaços, o imenso,
o informe vazio entre um e outro?

E escuto um eco: "...e existiria
outra medida,
outro retrato,
outra soma da vida,
da poesia
dessa história banal que é tudo o que começa e
termina de encontro
a nada, em estilhaços,

a estátua sem cabeça
ou sem os braços,
o barato
relicário roído de tudo o que foi grato...?”

37 As horas de Katharina

Passando, quem sabe, os dedos
por estas folhas, alguém
séculos depois e sem
compaixão destes segredos,

levando os dedos à boca
entre um e outro gemido
que vai lendo distraído,
como quem bebe e sufoca,

essa figura que eu vejo
entre a indiferença e o gozo,
noiva, amante, mãe, esposo,
esse espectro sem desejo

talvez diga folheando:
"As horas de Katharina..."
Talvez a luz peregrina
caindo de longe e dando

naquela fronte curvada,
seja esta mesma, a perene
luz de sempre, a luz que treme
e envelhece reclinada.

Talvez a sombra indiscreta
manuseando estes desenhos
como aos poucos a ampulheta
se esvazia, cerre o cenho

e deixe cair de lado
um suspiro e este livrinho...
E o meu bordado sozinho
outra vez abandonado

nalgum fundo de gaveta,
de novo idêntico à dona:
no escuro, uma silhueta
que se esquece, se abandona...

Noli me tangere[26]

Madalena, entre nós duas
há um ponto de contato
meio paradoxal:
tu andaste ao lado Dele,
pousaste-Lhe a mão na pele,
tomaste-Lhe as mãos nas tuas
e até Lhe lavaste os pés.
Eu também guardo no tato
a cicatriz ideal:
toquei um deus e cerquei-lhe
de lágrimas e cabelos
aquela última vez
a curva dos tornozelos
(os deuses vão-se descalços).

Tu viste-O gemer de braços
abertos; vi-o ao meu lado
chorar de olhos fechados
depois de dizer-me adeus.
Tu foste-O buscar ao túmulo,
encontraste-O antes do céu,
e Ele, Seus olhos nos teus:
"*Noli me tangere!*" É o cúmulo
da coincidência: o meu
também foi um não-me-toques,
o adeus de uma vida inteira,
sempre à vista, sempre à beira...
Só que tem que (não te choques)
a intocável era eu!

[26] Em latim, "não me toques". Referência à cena do Evangelho em que Madalena encontra Jesus ressucistado e estende a mão para tocá-lo, sendo impedida de o fazer com as palavras: "*Noli me tangere*" (cf. Lc 20, 1-2; 11-17, na *Vulgata*).

39 Da canção

Para fazer a lista
das tuas sete dores,
prefere a mão do artista
que une as sete cores

do arco-íris à sua. O ilusionista
na realidade colhe como flores
as ideias e passa-as em revista,
interroga-as; se fores

como eu, uma daquelas
que perambulam entre palavras e janelas,
abelha entre a colmeia

e a cera da canção, crê-me: uma ideia
pode virar prisão. Prefere as celas
da dor às da ilusão, pinta-as, semeia...

II
Mas não te entregues, minha vaga irmã,
à morte voluntária
que há nas ideias, tece a tua ária
como uma detalhada tecelã

resignada apenas à manhã.
Não te deixes colher numa vicária
consolação: a máscara mortuária
da solidão vulgar, a alma pagã

não se salva jamais ao simples preço
de uma decorativa abstração;
nada se salva ao custo da emoção,

nem um corpo! Mereces (e eu mereço!)
salvar alguma coisa: uma canção
nesta vida de gesso...

40 O beijo

E era aquele o teu menino!

Não se parecia a ti...
Nem ele me conhecia
nem eu te reconheci
naquele olhar cristalino,
naquela boca macia,
naquela fronte serena.
Não eras tu, era ela!
Certamente era a falena
que consumiu tua chama
e apagou-se como a estrela
era ela, a que morreu
sozinha na tua cama,
como aqui na minha cela
noite e dia morro eu.

O teu único menino...

Eu teria dito a ele
que aquela sua orfandade
e esta minha viuvez
equivalem-se; e na pele
tão diferente da tua,
mas tu ainda, talvez
eu tivesse posto um beijo,
misto de casto desejo
e doce cumplicidade:
ele é dela e eu sou tua,
de longe, como a alma nua,
mas sem função à nudez,
sem o olhar em que se espelhe...

A cada um uma orfandade.

41 *Anfechtung*[27]

Desolado crucifixo
noite e dia encarcerado
com teus dois braços abertos,
trespassei-me lado a lado
neste teu longo olhar fixo,
abracei-me a teus desertos
tantas, tantas, tantas vezes
que andamos nos parecendo...

Tu calado e eu gemendo,
dois moribundos que deuses
e homens abandonaram.
Treze frios anos! Treze
simetrias que acabaram
por misturar-nos um pouco:
dois corpos cheios do peso
desnaturado dos loucos...

[27] Em alemão, na linguagem religiosa, "tentação"; na linguagem jurídica, "contestação".

Lamentos da descida da Cruz[28, XXX]

– Tudo é leve, tudo é escombro.[XXXI]
Esse que ardeu e desce em nossos ombros
já não tem peso: soçobrou o mundo,
sobrou o ar. Agora
canta o arroio de luz envenenado
que aos poucos descolore
as coisas, os sabores, os instantes
e os perfumes, enquanto
cada vez mais distantes[XXXII]
vamos virando nuvens...

E no entanto
sonhávamos também o sonho absurdo,
o sonho à cata de que tudo acabe
no incêndio de repente, lábio a lábio.
Rosas sem corpo,
profusão sem rumo,[XXXIII]
ah, como andamos longe
do simples horto natural por onde
andam a morte e o volúvel
sêmen da noite perfumando tudo...
Estrelas fragilíssimas se apagam
a cada vez que respiramos,
vamos[XXXIV]
já sem sede e sem calma
pelas vagas
dissoluções da alma entre rosais
vazios e sem voz
e como nós
tu também pouco a pouco esquecerás...[XXXV]

[28] "Lamento": Peça vocal (ária, canção, recitativo) de caráter triste e choroso; alusão à tradição das "lamentações", cânticos baseados nas Lamentações de Jeremias e utilizados na liturgia da Semana Santa.

43 Estrela-do-mar

Deram-me, quando criança,
uma estrela-do-mar,
e eu guardei dela a esperança
de durar

seca, ao longe, arrancada
também ao meu país
natural, a raiz
apenas, sem mais nada

que houvesse sido dela.
E vim parar aqui,
uma estrela
do mar, longe de tudo o que perdi.

Mas não deu certo:
a coisa inanimada,
longe ou perto,
tardinha ou madrugada,

é sempre igual a si.
A criatura não.
O ser é uma emoção.
Eu sou feita de tudo o que senti.

Miserere[29]

"*Miserere, miserere!*",
cantam sombras de mulheres
que, se escolheram o que fazem,
não fazem nunca o que querem.
"*Miserere!*", ondeia a gaze

de um lamento cotidiano
que se dilacera, um pano
rasgado pairando à toa.
"*Miserere!*", o peso humano
na voz que estremece e voa...

"*Miserere!*" De joelhos
como espantalhos tão velhos
que já não espantam um demônio,
dobradas como os artelhos
dos mortos, num pandemônio

de lamentos musicados.
"*Miserere!* – São mais brados
do que gemidos, os gritos
daqueles pobres coitados,
os espantalhos aflitos

recomendando-se a Deus.
Que desolação! Os meus
não são gritos nem gemidos,
e não se dirigem aos céus
senão aos cinco sentidos

da demente amortalhada
em si mesma, como o nada
num monte de trapos pretos.

[29] Em latim, "misericórdia". Cf. Sl 51.

"*Miserere!*", ó mascarada,
pomba entre urubus discretos,

pomba de sombra e recusa!
"*Miserere!*" Tua musa
protesta, mas se acomoda
de arremedar essa música
idiota a vida toda...

45 *Pourquoi pas?*[30]

A Madre Superiora
guarda em sua cela um crânio
e acorda sob o instantâneo
dessa luz constrangedora;
quanto à mera luz de fora,
àquela estoica senhora
não passa de um sucedâneo
da outra bem mais promissora.

Eu poria uma caveira
inteira, a coisa completa,
nua, pendurada à beira
desta minha cela: a meta,
a perfeita companheira
das lamúrias do poeta, das
insubmissões da freira
e da esperança indiscreta.

Não sofrer pela metade,
mas acordar sempre ao lado
do espantalho pendurado
com toda a solenidade,
seria assim meu cuidado;
creio bem que, por vaidade
ou não, eu, de braço dado
com minha mortalidade

seria mais natural,
pois prefiro à intimação
do susto, o susto total!
Sempre fui assim, o mal
que me atormenta a razão
e seduz o coração

[30] Em francês, "por que não?".

é o corpo todo... Afinal
que importa o fim, por que não?

Em plena vida

Não sei por que o Mestre,
o Criador
da delícia campestre,
põe a cor

da treva por debaixo
da sempre-viva...
Não sei, mas acho
uma pena que viva

tão fragilmente a coisa
que vai morrer!
O ser,
a abelha, a mariposa,

tudo o que brilha e passa
me compadece.
Tudo parece
a lenha já fumaça.

Quem sabe que razão,
que argumento,
sustêm-Lhe o pensamento
na amplidão

diante do que se esvai.
A minha,
o meu, são este ai,
a erva daninha

queixando-se do Pai...

47 O camafeu desfeito

Um ar de madrepérola,
uma garganta pálida,
duas águas-marinhas
e duas mãos de opala
indecisa, daquela
indecisão daninha
que tosse: a nuvem cálida
tossia mas mantinha
uma graça de inválida
resignada... A cela,
o cortil, a capela
e até mesmo a cozinha,
como que abriam alas
à cegonha grisalha,
doce, pausada, bela.

Minha breve vizinha
pairava como a pétala
de alguma flor de palha,
modelo da camélia
muito clara; tranquila,
sorveu a camomila,
acercou-se à janela,
despediu-se da vinha,
e apagou-se à noitinha,
com a timidez da vela,
da cera que definha:
sua boca vermelha,
como a mecha apunhala
o ar, mordeu a tela
da escuridão, sozinha.

48 De como se desfez

A morte vem, se aninha
num cantinho qualquer,
num peito de mulher,
uma mulher sozinha,

uma sombra que tosse
e tosse mais depressa
cada dia... Começa
a morte a tomar posse

de um rosto que emagrece,
que, imperceptivelmente,
como uma garça desce
ao lago, de repente

parece se afogar...
A ave num acesso
de tosse, a flor de gesso
na umidade do ar

a tremer, a tremer...
A morte lança a rede,
esbarra na parede
e prende sem querer

a frágil silhueta
que ali estava, e parte!
É muito estranha a arte
da pescadora quieta...

49 A lupa

A morte num convento
devia acontecer
como um entardecer
tranquilo, sonolento,

calafrio no ar
esbatendo-se lento,
calmo, familiar,
um acontecimento

sem nenhuma importância,
senão sem sofrimento,
desaceleramento
do tempo na distância...

Mas cada vez que chega
a capenga, o momento
da estranha guia cega
de um corpo, um pé de vento

horrível se levanta
por todo o comprimento
deste lugar cinzento:
surge de uma garganta,

estende-se às mobílias,
entra no pensamento
das sacrossantas filhas
da sombra com o cimento

e, como um grito agudo,
uma lente de aumento,
amplia, entorta tudo!
Povoa-se o convento...

Sete dias já na cova.
Uma semana estendida
num caixote, pondo à prova
a incógnita desta vida,
a fé que tinha... Tão nova!
Criança que leva a sova
sentindo que é merecida,

coitadinha... Enfim, quem sabe...
Nada faz muito sentido,
lei nenhuma, aqui se cabe
num código de Hamurabi,[31]
num caixão ou num gemido,
não se cabe é num vestido
até que tudo desabe,

e então sim! A morte branca,
a noiva em gaze e cetim,
grinalda, buquê... E a tranca
na porta, a que não tem fim,
a que ninguém mais arranca,
virgindade de anca a anca,
o falso esponsal... Assim,

alva, quieta, já sem tosse,
lá foi ela, deitadinha,
à espera da única posse,
do estranho amante que a vinha
cortejando como a um doce,
guloso como se fosse
noivo mesmo, ela a andorinha

[31] Código de Hamurabi: conjunto de leis babilônicas, elaborado cerca de 1700 a.C.

que lhe pousara no braço...
Apagou-se assim, de leve,
tão calma, que até o cansaço
de tanto tossir esteve
dando-lhe uns ares de maço:
florzinhas murchando ao passo,
ao ritmo mais, mais breve

da respiração difícil.
Secou como seca a poça,
devagarinho; ao início
da agonia ainda era a moça,
logo a criança, um resquício
de temor do precipício
no salto, no olhar de corça.

E lá despencou, metida
na regalia nupcial,
a gazelinha que a vida
maltratou, tratou tão mal,
que já à porta da saída
à guisa de despedida
jogou-lhe o buquê fatal.

Nunca a vira assim, com flores,
nunca punha as mãos em nada,
juntava-as como penhores
de uma entrega resignada,
apertava-as quando as dores
aumentavam-lhe a orvalhada
no rosto: suava as cores

de um dolorido poente
que a desbotava, e lá ia,
as mãos juntas sempre à frente,
junto ao peito... Na agonia
separou-as de repente,
ergueu-as e sorridente
fez-me sinal que subia!

Talvez subisse, na certa
qualquer coisa se evapora;
tinha em cada mão aberta
não o gesto que apavora
mas o toque que desperta,
aquela tensão alerta
da asa que vai embora.

A que eu lavava e vestia,
o corpo magro da freira,
tinha de certa maneira
uns vestígios de harmonia,
saudades da companheira...
A que sobrara cabia
numa caixa de madeira

com tal mestria e leveza
que faltava a rigidez
da pobre matéria presa
à ultima hediondez.
Quanto a imaginá-la ilesa,
intacta, não sei... Talvez
fossem duas! Com certeza

quem muito sofre se apaga
como a vela que se queima
e vira a fumaça, a vaga
evaporação, a extrema
unção do fogo... Se a saga
de um corpo não vira teima,
pode ser que cada chaga

vá-se tornando perfume,
pétala virando aroma,
ar virando vaga-lume,
lume virando redoma
de iridescências, estrume
virando o jardim, a soma
perfumada de um negrume...

Um leve buquê de ossos
foi baixando à terra fria
gravemente, como os nossos
pensamentos ante a pia
batismal... Vagos esboços
de uma ansiada harmonia,
os frutos sem os caroços,

a intenção de cada dia...
Era um feixe de canseiras
resgatadas na alegria
de resvalar pelas beiras,
de cair onde caía,
vinda de fundas olheiras,
a lágrima de Maria

pela mais doce das freiras...

51 Canção de cadafalso

Praça de São Bento,[32]
torturavam o homem
no teu pavimento,
abusavam um nome

sacrossanto... O vento
que nada recorda,
que balança a corda
mais o comprimento

do dependurado,
se leva o lamento,
o ai estrangulado
do sufocamento,

da agonia horrível,
hoje, este momento
de maneira audível
repete-os, e eu tento

não ouvi-lo em vão,
ouço tudo: o lento
esfacelamento
de uma solidão

violentada, erguida
no alto do vento
como a despedida,
o adeus violento

contorcendo a mão
na fumaça, lento

[32] Uma das praças da cidade de Ávila. São Bento (480-547), pai do monaquismo, nasceu em Núrsia, na Itália.

como o esgarçamento
da sufocação...

Praça da agonia,
mentira, memento
de selvageria,
não, não te inocento

só porque te chamas
Praça de São Bento,
ao contrário! As chamas
do padecimento

atiram-te o nome
como escárnio ao vento!
Réplica do homem,
pedras e cimento,

duro monumento
aos donos do dia,
sob a sombra fria
de um triste convento...

Ó Santa Escolástica,[33]
irmã de São Bento,
que horrenda ginástica
o arrependimento

segundo o sagrado
concílio de Trento![34]
Tudo em vão... E o gado
muge, sonolento.

[33] Santa Escolástica (480-547), irmã de São Bento, também nascida em Núrsia.
[34] Concílio realizado entre 1545 e 1563, na cidade de mesmo nome.

Septuagésima[35]

Descendo à raiz
dessa noite escura
em que a criatura
é sempre aprendiz,
a alma, infeliz
porque nada dura,
às vezes procura
e encontra o país
em que cabe inteira;
mas não a maneira
de permanecer
tão próxima ao ser,
e entristece à beira
de um entardecer.

II
Pobre forasteira,
é triste te ver
enrolar a esteira
e partir sem ter
sequer o prazer
de uma noite inteira!
O corpo te quer
como companheira,
mas entre a poeira
e um corpo qualquer
tu és a estrangeira,
não tens o poder
de unir-te à fogueira,
só de vê-la arder.

[35] Tempo anterior à Quaresma, retirado do calendário litúrgico em 1969. Foi criado no século VI,e era marcado por três domingos anteriores ao início da Quaresma, chamados, respectivamente, Septuagésima, Sexagésima e Quinquagésima – tempos correspondentes a 70, 60 e 50 dias antes da Páscoa.

III
Vai, vai, vai sozinha
aonde vais agora,
única andorinha
que não se demora
nem sabe onde mora.
Voa, vai, caminha,
sobe como a vinha
pelo ar afora,
que importa aonde vais?
Ninguém te lamenta,
nada te contenta,
tudo te é demais
ou de menos... Tenta
não olhar atrás.

IV
Tu és como a freira
que tudo o que tem
é às vezes alguém
junto à cabeceira,
sombra carpideira
falando do além...
O além! Brincadeira
de mau gosto, trem
no túnel escuro
de que não sai mais...
Que importa o futuro?
O futuro faz
cócegas demais
mas não pula muro.

V
De noite, de dia,
quando me levante,
cá estou diante
de maçonaria,

parede, enxovia,
a jaula constante
e eu perambulante
de cela vazia
a sala mais fria.
E instante a instante
essa alegoria
fria, inquietante,
de uma parceria:
a alma e a agonizante.

VI
Porque a alma e eu
somos parecidas,
temos duas vidas:
uma já morreu,
a outra só no céu...
Desapercebidas
uma e outra, ao léu,
velhas encardidas
como um solidéu,
há duas saídas
para nós: o breu
das horas perdidas
ou o vago escarcéu
das arrependidas.

VII
A sétima dor
não sei qual seria,
qual a que hei de pôr
na última elegia:
a dor da alegria?
A marca do amor
na carne que esfria?
Seja lá qual for
a agonia, meto

na ferida o dedo
e acabo o soneto
com a dor do segredo:
amo e tenho medo.
Amar é incorreto...

53 Penélope[36]

Em face dos rendilhados
da teia verde da hera
à procura dos telhados
no céu outonal e à espera
desde então da Primavera,
diante desses bordados
tão fiéis, minha quimera,
meus vagos versificados
interrogam-me: quem era

a princesa cuja tela
tecida durante o dia
à noite ela desfazia?
Não lembro, mas sei que aquela
bela fluidez sumia
na escuridão... A janela
entreaberta me revela
de um lado a hera tão fria,
tão constante quanto a pérola,

do outro este meu caderno
com a tinta empalidecendo:
comparo-os e compreendo
que a minha versão do eterno,
retalhos do que mal lembro,
do que fiz antes do Inferno,
jovem ainda este Novembro,
uma vez passado o Inverno
vai envelhecer... Tremendo

[36] Na *Odisseia*, de Homero, a esposa de Ulisses, que espera mais de vinte anos por seu retorno, criando estratagemas para não ser novamente desposada. Uma de suas estratégias para adiar um novo casamento consiste em dizer que casará assim que terminar de bordar uma manta, que ela mesma desmancha à noite, ao estar sozinha.

este parentesco meu
com o tempo, o padecimento,
o que se esvai! Quando tento
salvar do que se perdeu
um perfume, um pensamento,
olho as heras, vejo o breu,
sinto a noite, o esfolhamento
da criatura que sou eu
e solto as tranças ao vento...

Penélope! Era o seu nome...
Ela era a esposa de Ulisses.
Como às heras, quem a visse
intacta ante o que consome,
indiferente a crendices,
veria a sombra do homem
que certo dia lhe disse
que voltaria. O abdômen
se alimenta do tangível,

quando não come definha;
mas a alma, essa rainha
quase viúva, sozinha
se alimenta do invisível...
Pode parecer incrível,
mas como as heras a minha
lucidez, imperceptível
a olho nu, por mais daninha
que seja, busca esse nível.

As luas

A ladeira das pedras apressadas
vai baixando, rolando tão depressa,
que não se alcança ver onde começa,
onde acaba o contorno das calçadas,

das carroças batendo nas beiradas,
sumindo... Não sei mais como não peça,
a quem pedi-lo, que me deixe essa
ou aquela ilusão de tantas dadas

ao redemoinho em vão de uma janela.
Baixo a cabeça; como a lua solta
as tranças cor de vento, dou de volta

o que é inútil querer: que fazer dela,
desta noite vazia, eu, ainda envolta
nas tranças de outra lua tão mais bela?

II
Aquela essa não é! Não é a mesma,
nem pode sê-lo. Aquela era tão quente!
Queimava-me o cabelo, dente a dente
rasgava-me o cetim... Essa é uma lesma,

aquela era um clarim! A mente cisma
até que sejam duas realmente...
A que nos viu amar compunha um prisma
a cada gesto, parecia gente!

Quando ouvi afinar uma viola
pela primeira vez, tomei um susto,
jamais me acostumei; não sei, eu custo

a me render e não aceito esmola,
queria a outra lua... Esta é uma bola
inútil como as duas do meu busto.

55 O espelho

Ó fuga de um rosto, ó rastro
que te pareces comigo,
nesse espelho em que resistes
vê-se melhor o inimigo,

o mesmo que ceifa o resto
da tua sósia vestida.
Para que mostrar-me um rosto
que andava nu pela vida

e agora aos poucos se veste
de vagas teias de aranha?
Quando te olho detesto
teus fulgores de artimanha!

O gavião

Pousava aqui como quem chega
pesaroso de alguma lousa,
de uma tumba qualquer; já não pousa
como certa mulher, a cega

que mendigava por aqui
quando eu era ainda noviça;
as primeiras vezes que o vi
lembrei-me dela e da carniça

que lhe davam, suas unhas duras
e sujas agarrando aquilo!
Onde andará? Se nas alturas,
terá modificado o estilo

e provavelmente a ração;
senão... O gavião é o mesmo,
disso estou certa! Mas desde então
cresceu muito, já não voa a esmo

por aí, hoje arrebata a caça,
e quando mata chega de outro jeito,
com outro ar: pousa satisfeito,
é todo a máscara, a couraça

da arrogância! Dá-me raiva vê-lo,
prefiro o modelo anterior...
Como uma escultura de gelo,
esse de agora é ameaçador,

frio, irreal, o senhor das caçadas
traz o nada no bico e no porte:
não vem dos mortos, vem da morte!
Tinha antes só suas pegadas,

era solene como um cemitério;
hoje ele mesmo faz-se um e é o *Não*
que chega aqui com um ar estéril
e pousa desprezando o chão.

57 Meu auto-da-fé[37]

Tento há tempos viver com uma fogueira
peregrina, contínua e de passagem,
no entanto as labaredas da linguagem
mal tocam a realidade, a coisa inteira...

Um modo de dizer o mundo cheira
a carne chamuscada, mas a imagem
consome-se, mal vale a aprendizagem,
e tudo acaba em vaga fumaceira.

Junto tudo o que posso e não consigo
subir ao centro ardente e luminoso:
talvez porque o intelecto é o inimigo,

talvez porque é incapaz do mesmo gozo,
vivo entre o vício cognitivo e o antigo,
o sacro sacrifício pavoroso.

II
Cantar não deixa marcas no fugaz,
não molda o passageiro, não alcança
nem sequer os perímetros da dança,
o canto é apenas outro sopro a mais.

A mente quer sumir, fundir-se atrás
da sombra de uma chama, não se cansa
de tentar, mas parece uma criança[XXXVI]
buscando se esconder sem ser capaz

senão de amontoar-se entre os lençóis...
Não vejo como alcance atravessar
o centro da fogueira e virar voz:

[37] "Auto-de-fé": ocasião em que eram proclamadas e executadas as sentenças do Tribunal do Santo Ofício, também pode indicar o suplício dos condenados pelo fogo. No teatro, composição alegórica ou satírica dos séculos XV e XVI, de cunho místico ou moral.

o grito que circunda de lugar
em lugar o real desfaz-se em nós
e o que alcança dizer some no ar...

III
Em cada vago feixe de alusões
o fantasma febril é prolongado
por uns instantes mais; mas onde pões
tua fé, alma vã, anda um passado,

o resto todo foi carbonizado,
o que dele disseres são noções:
tudo começa a ser ressoletrado
no instante exato em que as dissoluções[XXXVII]

instauram seu reinado purgativo.
O canto é a instauração do absoluto,
e esse não cabe no fugaz, no vivo,

o instante é morituro, anda de luto
o que tentas dizer... Ó fugitivo,
tua fogueira é coisa de um minuto.[XXXVIII]

Ars poetica?[38]

Essas colheitas,
as que procuras
entre as alturas
as mais perfeitas,
são bem mais puras
do que suspeitas...
É em vão que deitas
mãos imaturas
a essa distância:
fio por fio
tocas a ânsia
de um fogo frio,
não a elegância
desse vazio.

II
Se queres, canta!
Abre cavernas,
enche a garganta,
levanta as ternas,
doces lanternas
do canto e espanta
o escuro! Hibernas
sozinho, e é tanta
a escuridão
entre a laringe
e um coração,
que a alma finge
cantar, mas não:
canta outra esfinge...

III
Planta, ó cantor,
tuas palavras

[38] Em latim, "arte poética".

entre o esplendor
perdido e as lavras
mudas do amor.
Deixa o que gravas
no ar, e a dor
com que te cravas
tantos punhais;
larga essa lida,
tenta bem mais:
deixa que a vida
viva ferida,
mas viva em paz.

59 Teologias

O lagarto que viveu
acompanhando um enterro
teve mais sorte que eu,
cansou-se e foi para o céu.
Presumivelmente é um erro

supor que um pobre animal
acuado a vida inteira
entre um pátio e uma fileira
do tipo conventual,
vá onde há de ir a freira,

não de volta ao paraíso
que perdeu quando o agarraram,
mas ao que nos reservaram;
no entanto, quando é preciso
destacar sombras que andaram

dando voltas a si mesmas
e os pacatos animais,
as almas que andam atrás
de seus corpos como as lesmas,
cada uma é mais capaz

de invocar-se um raciocínio
teológico... E a um lagarto
condenado ao apolíneo,
sem direito à dor do parto
como elas, negam quarto
nas pousadas do divino...

60 Os remorsos

Como as coisas, os remorsos
envelhecem, são quebrados,
caem por todos os lados,
como pedaços de torsos

esquartejados, pescoços
que um dia foram beijados
e enrugaram-se, coitados,
peles coladas aos ossos,

amarelos pergaminhos...
Nossos réus baixam sozinhos
à escuridão, com o desleixe

de um amontoado, um feixe
de noções que a dor remexe
às vezes, devagarinho.

61 *Blutvergiftung*[39]

O sangue dos mártires
frutifica: o meu,
um velho judeu
que comprou um cárcere,

ficou esperando
vir o Messias
e gastou os dias
e as noites num quando

que nunca chegava.
O meu sangue estéril
só verteu palavras
no eterno mistério

da inutilidade.
O sangue dos santos
vira eternidade,
o meu, pelos cantos

da dor musical,
anda a quatro patas
entre duas datas:
a de um esponsal

que ainda não deu fruto
e a indeterminada
hora da chegada;
minuto a minuto

à espera Daquele
que ao pedir-me a mão
enrugou-me a pele,
trancou-me o portão

[39] Em alemão, "septicemia", "contaminação do sangue".

e não, não entrou...
Ou vai ver que veio
e o meu sangue, cheio
de asas sem voo,

nem sequer notou-O...

62 A fogueira

Ao fio e à medida
que os dias passam, vão-se acumulando
a mágoa não, a cinza desta vida.
À medida que os anos vão chegando

e passando, e amanhece e anoitece
outra vez, sempre mais
a vida te enriquece, porque vais
deixando para trás, como quem desce

sem perceber uma longa ladeira,
os pedaços inúteis, e eis
que tudo te enobrece, à maneira

do avaro milionário que uma vez
que acendeu a fogueira
vai-lhe entregando tudo quanto fez.

63 Outro auto-da-fé

E assim, queimando cartas
na velha chaminé,
ajoelhada e farta
do que juntei de pé,

vou ficando mais rica
à medida que a chama
recebe e purifica
tudo o que o peito ama.

Ou amou... Pouco a pouco,
como desaparece
o resumido louco

de tudo e nada, e esse
holocausto arrefece,
fica um vão, sobra um oco...

64 Semelhanças

Sei que não tenho nada
a ver com a borboleta,
mas sua sombra preta
como eu, projetada

da vidraça à almofada,
nos aparenta... A seta
de luz, a alfinetada
que a trespassa e aquieta,

desenha a criatura
que vai morrer mais pura
do que eu, e tão bela

quanto nasceu. À altura
da luz, junto à janela,
sou como a sombra dela...

65 *Le revenant*[40]

Que foi, coração?
Foi o anjo, a besta?
Tocaram-me a testa
com tal mansidão,
que foi-se-me o chão!
Caí pela fresta
da velha emoção,
mas não sei que festa,
que baile risível
dão no labirinto
do que agora sinto...
Pairo agora ao nível
do que andava extinto,
mas será possível?

II
Com certeza não.
Com certeza resta
qualquer emoção
na alma e se presta
a uma encenação
sem razão, seresta
para um coração
que acordou da
sesta à hora da ceia
e tomou um susto!
Mas se tenho ideia
de qual seja o custo,
não sei que sereia
nina-me no busto.

III
Que figura é essa?
Do que me recordo?

[40] Em francês, "o retorno". Também tem o significado de "ressurreição dos mortos".

De um jardim? De um tordo?
Da luz que começa?
Do vulto e da pressa
de um moço, hoje gordo,
calvo, o ator na peça,
mas que, sem o acordo
do autor, é o poltrão
que de madrugada
bate em retirada?
Por que, coração,
essa volta a um nada,
o arabesco em vão?

IV
Não, falta uma peça
para ser um todo,
a esse doce engodo.
Há quem reconheça
a carícia avessa,
ou feita de modo
tão tardio? Espessa
como a mão no lodo
e, claro, hesitante
porque temporã.
Se por um instante
pensei na manhã,
vi-a mais distante,
ainda mais vã.

V
Gostei de revê-lo,
de me figurar
todo o seu cabelo,
a tocha no ar,
solta, a crepitar...
Daquele novelo
fiz a lã de amar,
teci meu apelo

inútil, secreto.
Tudo tão discreto
que ao vê-lo outra vez
pudera talvez
trocar meu espectro
por aquela tez...

VI
É ainda tão belo
que doeu no olhar!
Foi como pregar
o ser a martelo
na emoção: revê-lo
ocupando o ar,
o mesmo lugar,
a alma nua em pelo...
Mas o belo passa.
A ilusão também.
Talvez a desgraça
seja ainda um bem.
Vai longe a fumaça.
Mais longe que o trem.

VII
Cristo meu, Cristo Rei,
Cristo morto de medo
naquele Horto, eu sei
que nunca é tarde ou cedo,
que esta vida é arremedo
do madeiro de lei
em que morreste e amei;
sei que a dor é o levedo
da humana condição
e não mero castigo;
que cada rosto é antigo
como o teu, que a ilusão
não é a ressurreição...
Mas por quê, meu amigo?

A carta começada

Senhor, as dispersões do dia curto
demais, cheio demais para buscar-Te,
como as fúrias do instinto mais o furto
capcioso do instante, o amor da parte

sem o todo, o mesmo tordo que criaste,
e a doce cotovia e o eterno susto
das coisas balançando pela haste,
o esplendor que estremece e cada vulto

que passa e há de passar, porque é mister
que tudo passe porque assim quiseste,
tudo isso, Senhor, quando eu puder,

tudo isso hei de deixar para adorar-Te.
Difícil por enquanto: eu vivo neste
envelope cruel que endereçaste.

II
Se a carta começada e abandonada
indecifrável sobre a escrivaninha,
a carta sem sequência foi deixada
para que eu a acabasse e fosse minha

a assinatura mísera e mesquinha;
se a carta era um pretexto para cada
investida do amor por esse nada
que o circunda, é possível que sozinha

a alma termine bem aquela carta?
Não sou eu a missiva, eu sou o assunto
e não sei o que diga. A alma anda farta

dos rascunhos de tudo, do presunto
enigma senciente que não basta,
Senhor... Senhor, por que me abandonaste?

67 A estrela-d'alva

Não soube destacar-me
do que amei e mal tive
e, de susto em alarme,
segundo o que se vive

como se morre, andei
de um lado para o outro
sempre segundo a lei
do mesmo desencontro.

Desencontrei-me até
comigo mesma e pude,
como a bola de gude
que a criança de pé

se consegue jogá-la
dificilmente acerta,
pude rolar na sala
da solidão alerta.

De resto, que dizer?
Que às vezes acredito,
às vezes não? Que o ser
com ser breve e infinito

ao mesmo tempo é pouco?
Que nada me bastou,
nem a lição do voo
nem a emoção do louco

que refaz o que quer?
Que fui como o regato
revolto, como o ato
contínuo de correr

sem sair do lugar?
Que não sei se a corrente
é o instante presente
ou se o ser para estar

tem de voltar atrás?
Se digo tudo isso
com o acento enfermiço
de quem não pode mais,

hesito e acrescento
uma única ressalva:
amei a estrela d'alva!
Foi meu contentamento.

68 O grito

Talvez a esta existência
falte uma explicação,
mas é uma impertinência

pedi-la ao coração.
Talvez cada mistério
tenha toda razão

em ser muito mais sério
que o coração mais grave.
A dor, o grito estéril,

como a ânsia da ave
é um voo ruim:
a gaiola é sem chave

e tanto faz enfim,
a asa se estilhaça...
Lembro, neste jardim,

um meu grito e uma garça
que me ouviu espantada;
o sol numa vidraça

passava a mão dourada,
seus rápidos pincéis
completavam a alvorada

em rápidos anéis,
ensanguentavam a vinha;
os gerânios fiéis

calavam-se e sozinha
uma dália no meio
daquela angústia minha

resistia-me... Creio
que vi um contrassenso
em tudo aquilo, o veio

perfeito do silêncio
que eu mesma esfrangalhara.
É possível que o imenso

seja uma joia rara,
um cristal, mas tão frágil
que a mão que se prepara

a alçá-la ao colo, ágil
que seja, é inadvertida.
Tive então o presságio

que me poria a vida
de pernas para o ar:
de que é joia perdida

por muito a cobiçar
esta vida, um fragmento,
um resquício solar,

e em nosso encantamento
sequer nos damos conta
de faltar-lhe o elemento

vital... A joia pronta
a ser apenas brilho
é como o ocaso, conta

a história de um exílio,
de um baile que não passa
de engano, de um rastilho

de luz sobre a vidraça...

69 *La blanchisseuse*[41]

Por fim os pecados alheios
doem-me tanto quanto os meus.
Não creio em pecado de amor,
onde há amor há dom de Deus.

Ainda assim, seja lá como for,
carrego os pecados mais feios
deste mundo, sou um mata-borrão:
as manchas dos outros e as minhas
misturam-se numa confusão
de fazer dó!
Mas quem sabe um dia
a paciência de Maria,
mãe de Deus e perpétua madrinha
dos perpetradores da vida,
naquele informe labirinto
do que sou, do que fiz, do que sinto,
não por mim, mas pela criatura,
consiga destrinchar a leitura
desse meu texto e, por simpatia
com nossa excelsa imperfeição,
haja por bem achar saída
e conduzir-me, confundida
como sempre andei, até ela.

Porque há de ser por sua mão
que hei de chegar talvez até
seu santo Filho. E uma vez ao pé
do tremendo trono de luz,
talvez me atreva a perguntar:
– "Santo, Santíssimo Senhor,
Filho e Pai da mais doce donzela,
por que me tocou carregar

[41] Em francês, "a lavadeira".

entre todas justamente aquela,
a cruz dos erros e dos pesos
tão alheios quanto meus? Às vezes
aceitei caminhar ao Teu lado,
mas como quem faz um favor!"

Pensando bem, não digo é nada.
Fico bem calada e esquecida
da inexplicável barafunda
que fiz de tudo neste mundo,
onde todo sofrimento é herdado
para que seja redimido
pelo suor da lavadeira
que a alma por aqui sempre é...

A pobre, cuja roupa suja
é dela e dos outros, e cuja
trouxa enxaguada e ainda pesada,
uma vez subida a ladeira
de esperança, caridade e fé,
ela depõe ao pé de Deus.
Porque afinal toda sujeira
é de todos. Brancos só os ossos.
Que enfim o rol dos meus remorsos,
o rol dos erros e desvios meus,
é o mesmo rol dos nossos.

Este é o quarto, o quarto
dos velhos desesperos
useiros e vezeiros,
este é o lugar do parto
do coração, do cheiro
da solidão de quatro,
da dor do corpo inteiro
estatelado, farto
de dar à luz um feto
tão patético e preto
quanto o monte de tiras
da múmia que o parir.
Este é o lugar de ouvir
e de dizer mentiras.

II
Esta é a nudez da hora
do corpo, da agonia
da carne vã que o dia
embalsamou e agora
se desamarra e chora
como uma múmia fria,
a jovem múmia loura,
pecadora e sombria.
Este é o busto dela:
dois montes pendurados
como sacos de tela
soltos, manuseados
pelo vazio, pela
mão dos ventos gelados.

III
E estes são meus pecados:
um espelho escondido,
uns bilhetes rasgados

e recolados, lidos
e relidos, dobrados
com cuidado e metidos
entre os cinco sentidos;
e por todos os lados,
nos rápidos cabides
da ilusão, meus espectros
deslumbrantes, secretos,
pendurados às vigas
de umas cenas antigas
em que andavam despidos...

IV
Este é o meu jardineiro,
que tirava a camisa
e pendurava-a à brisa
debaixo do salgueiro,
do cipreste... O primeiro!
Tinha a pele tão lisa
num corpo tão ligeiro
que o olhar ainda precisa
correr-lhe atrás depressa!
Tinha a fina cabeça
do jovem leopardo
e parecia um dardo
seu braço ágil, pardo,
flecha na luz travessa...

V
Este... Naturalmente
este é o maior de todos
e ainda tem os modos,
o porte irreverente
da estátua, do demente
que, de comum acordo
com a alma impaciente,
beijava como eu mordo

meu lábio inferior,
assim! com todo o ardor
do girassol contente
de entregar-se de frente
ao sol que vai se pôr...
Este é o maior ausente.

VI
Este pende vazio.
O meu cabide triste
no longo espaço frio
do que já não existe.
Este, na luz em riste,
inútil como um fio
num labirinto esguio,
infindável insiste
em não ser, em não dar-se...
Este é só um cabide.
O de Semiramide[42]
em seu jardim suspenso.
Nele penduro um lenço
às vezes, seu disfarce.

VII
Este é um quarto vazio
que só a imaginação
povoa com um sombrio
cortejo temporão,
os cabides, a mão
que acaricia o fio
do labirinto frio,

[42] Semiramide (ou *Sémiramis*), lendária rainha da Babilônia, teria fundado a cidade e ordenado a construção dos Jardins Suspensos no século VI a.C. A figura de Semiramide é mencionada em diversos escritos antigos, sobretudo no relato de Diodorus Siculus, texto que deu origem ao mito, e se funda sobre o modelo de diferentes rainhas assírias.

sem Minotauro[43]... É em vão
que cumpres tua parte
nesse idílio de morto,
coração absorto,
aqui a tua arte
é a de embalsamar-te
na múmia do meu corpo.

VIII
Este meu povoado
oculto, fantasmal,
entre a noção do mal
e o mal de haver amado,
este armário fechado,
este velho arsenal
de arcabuzes ao lado
do hábito da vestal
que, se nasceu desnuda,
quando enfim ficar muda,
fria, quieta talvez,
não vestirá o negro
de cada dia – entrego-o
a ti, se ainda me lês...

IX
Abre tu este armário,
sacode-lhe a poeira
um dia, ó vaga herdeira
do sonho perdulário
de uma vida ao contrário:

[43] Figura da mitologia grega. Para provar aos cretenses que gozava do favor dos deuses, o rei de Creta, Minos, pede um sinal a Poseidon. O deus faz surgir um belo touro branco do mar e pede-o em sacrifício. Minos, entretanto, não permite que o touro seja sacrificado. Como vingança, Poseidon faz com que Pasífae, esposa do rei, apaixone-se pelo touro. Da união nasce o Minotauro, misto de touro e homem, que a pedido do rei de Creta passa a vida aprisionado no labirinto projetado por Dédalo (cf. Ovídio, *Metamorfoses,* canto VIII, entre outras fontes).

o hábito da freira
joga-o fora, da beira
da janela do aquário
em que viveu, a torre
fria da Lorelei[44]
que encanto algum socorre...
O resto, cada ai,
cada cabide, vai
com ela aonde se morre!

X
Este é o testamento
da sombra sonhadora
que viveu aqui dentro
desde que caiu fora
da vida; a pecadora
que entrou por um convento
como a dor pelo centro
da carne que demora
a se apagar de todo.
Este é o grito doido
que uma sombra gravou
no papel, como um voo
contínuo entre paredes.
Ah, que nunca o arremedes!

[44] Figura de lendas referentes a um trecho do Rio Reno, na Alemanha, em que o rochedo denominado Lurlaberg ou Loreberg tornava a travessia de embarcações especialmente perigosa e em que as cavernas do penhasco produziam um estranho eco. Há lendas antigas com relação ao rochedo, mas a figura de Lorelei surge apenas no século XIX, em uma balada de 25 estrofes escrita pelo poeta alemão Clemens Brentano (1778-1842) e publicada no romance *Godwi* (1801). Trata-se de uma jovem cuja beleza atraía a si todos os homens; ela mesma, entretanto, dizia-se abandonada por seu amor e sentia extremo pesar pelo fascínio que exercia. Ao ser levada para um mosteiro para salvar sua vida, Lorelei (ou "Lore Lay") engana os cavaleiros que a escoltam e se joga do penhasco. Com o passar do tempo, a história ganhou outras versões de escritores importantes, como Heinrich Heine, e versões populares.

71 *Post-scriptum*

Este é um *post-scriptum*
vários anos após.
O eco daquele grito
ouvido quando a voz
no retângulo atroz
de um reino tão restrito
sufocou-se. Hoje, a sós
com o que deixara escrito,
ocorreu-me indagar
se seria possível,
talvez, não sofrer tanto.
Mas não sofrer enquanto
a carne chamejar
é uma noção risível.

72 O desmaio

Desmaiei certa vez
na varanda, no espaço;
caí, quebrei o braço
tentando ver as três

Pessoas da Trindade,
buscando entender Deus!
Invejava aos ateus
sua tranquilidade,

a douta indiferença
que abole o invisível
e instala o ser ao nível
do canudo que pensa.

Hoje invejo bem menos
esse ser doutoral
que os olhinhos serenos
da ave, do animal.

Fui olhar de soslaio,
resvalei num vazio
e não O vi: senti-O...
Mas desde seu desmaio

a douta equilibrista
de patinha engessada
já não inveja o artista,
inveja a passarada

feliz de não ver nada...

73 *In extremis*[45]

Gnomos do ar,
(rompei) ajudai
(o cristal) meu pai,
que não pode mais
ver ou respirar
o ar natural
ou meu rosto igual
ao seu e ao de Deus.
Pelos seus pecados
não, mas pelos meus,
Senhor, ordenai
os gnomos do ar
que queiram erguer
com todo o cuidado
esse cortinado
já quase final para
que meu pai
possa me enxergar.
Gnomos de Deus
que ordenais o ar,
donos do cristal
que rodeia o ser,
vinde, obedecei
e purificai
pela última vez
vosso cortinado
para que meu pai
possa respirar,
consiga me ver!
Senhor que sois Três,
perfeitaTrindade
que nunca se fez,
fazei a vontade

[45] Em latim, "no extremo", nos últimos instantes de vida.

de quem vai morrer,
suspendei as leis
da vida e, malgrado
os gnomos do ar
que cumprem as leis
da morte, mandai
que agora meu pai
possa respirar
uns instantes mais
e no rosto meu
pouse o seu olhar
vendo o que ele fez.
Maria, Maria,
vós que conheceis
a humana agonia,
acorrei, rogai
que ele possa ver
para abençoar
antes de morrer...

Um dom dado de graça

A paz que elude o humano entendimento,
a paz que o ser cobiça mas não vem
nem da delícia cobiçada nem
das simplificações do alheamento;

aquela paz que chega como um vento
ou como a brisa mansa, mas que tem
raízes dolorosas muito além,
aquela é a paz que nasce do tormento,

da Cruz... A tua paz, porque só Deus
dela dispõe e só no sofrimento
Ele a concede toda, e só aos Seus,

pede-a a Deus Pai como um coroamento
inefável de espinhos: Ele deu
Seu filho para o teu contentamento...

II
A vida terá sido uma procura
desnecessária: tudo estava ali,
cravado àquela Cruz, um colibri
de luz sangrando na madeira escura.

Um dom dado de graça! E dado a ti
e a mim por puro amor da criatura,
quando o ferro rompeu a tessitura,
a unidade de um corpo que eu traí

mas que veio perdoar... Foste perdoado,
fomos todos perdoados pelo Pai
porque Seu filho foi crucificado

aquela vez e agora em ti, que vais
morrer, ressuscitar e nunca mais
hás de deixar de vê-Lo do teu lado.

III

A incompreensível solidão da Cruz,
que era muito maior que o teu martírio
e o meu multiplicados pelo pus
que ferve em nós por causa do delírio

que idolatramos entre a sombra e a luz,
a solidão do Cristo no Calvário,
tão necessária à tua e à minha e ao vário
rebanho desvairado que Jesus

veio buscar por ela, a solidão
do único inocente, do mistério
que tudo explica, aquela expiação

salva-nos do confuso e do ilusório.
Confia nela, põe teu coração
nas mãos Daquele grande solitário.

IV

Vai, entrega-te a Deus, que Ele te quer
e veio procurar-te nessa cama
em que agonizas, onde o corpo ama
e morre: todo filho de mulher

deita a cabeça quando Ele quiser.
Deita-a no colo de Maria, a ama
de leite que O ninou e que Ele chama
de mamãe, Deus é filho de mulher...

Como o menino que Ele foi, que és,
confia-te também às mãos daquela
que O amamentou para juntar-lhe os pés

ensanguentados. Confiado nela,
hás de te levantar, mas desta vez
perfeito, e hás de correr como a gazela!

V

Tudo se acaba, devagar, depressa,
de repente... Tudo é breve nesta vida
que nos confunde e, se não tem medida,
tem o nome trocado na etiqueta.

Tudo é remédio e nada cura dessa
desolação gratuita que convida
e desaponta. À porta da saída
a alma volta a cabeça e irrequieta

desiste de entender-se. Mas a alma
não pertence a este chão em que engatinha
o corpo, a alma tateia e só se acalma

quando flutua. A tua alma (e a minha)
pertence à perfeição, procura o umbral
maior que o mundo a que desceu sozinha.

VI

Atravessa, meu pai, aquele umbral
e esquece-te do corpo que definha
porque a não pode acompanhar e tinha
que abandonar-se: o corpo era um sinal,

um primeiro rascunho do real.
Aqui, no andar de baixo, na cozinha
de Deus, somos só pó, somos farinha
que o levedo da dor, sacramental,

misturando-nos lágrima e suor,
prepara para a grande majestade
da transfiguração. Deus é o escultor

que refaz o imperfeito, essa metade
que somos aqui embaixo e por amor
Ele vai completar na eternidade.

VII

Entrega tudo aquilo que te resta
à ultima operação do Criador,
que há de fazer de tudo o que não presta
um corpo glorioso como a cor

do cristal mais perfeito. E se não for-
te fácil imaginar tamanha meta,
fecha os olhos e pensa numa seta,
uma seta que sobe e que no ardor

de ir subindo se vai fragilizando
e transformando em asa de libélula.
E o voo é pura música, e há o bando

dos querubins e serafins e aquela
que concebeu Jesus e Deus chegando
e te envolvendo, como a madrepérola...

75 Vinheta final

Vai-se o moribundo
entre as folhas soltas,
desfolha-se o mundo,
ele não: fecundo
em idas e voltas,
sobra um coração
em tumulto; ao fundo
a ressurreição...

É mentira que o corpo é inevitável.
O corpo é necessário, mas um pouco.
Inevitável neste mundo louco
é sair dele. O corpo é do inefável,

o resto é propaganda: o incontrolável
instinto de abusar de um pobre toco
plantado ali para encaixar-se a um oco,
é uma grande mentira. É um peso grave

o corpo, a carregar como uma cruz,
como a que foi usada por um corpo
para que cada corpo desse à luz

a própria solidão como arcabouço
da transfiguração: o sangue, o pus
e o suor são rascunhos, mas de um sopro.

II
Existe a realidade e existe o sopro
do real, a vertigem instauradora;
existe aquele susto e, mais não fora,
existe a grande aspiração do corpo.

Porque existe no corpo uma incorpórea
inquietação, a vocação do morto
em ser mais que seu corpo. Porque o corpo
nesta vida estraçalha-se por fora

[46] Alusão a São Boaventura (1212-1274), para o qual toda a criação era um vestígio de Deus, e o ser, algo como um rascunho: em seus escritos, o itinerário humano consiste em saber ler os vestígios de Deus na criação e em reconduzir a pessoa, imagem de Deus, ao próprio Deus (cf. São Boaventura, *Itinerário da mente a Deus*).

mas é salvo por dentro. Existe aquilo
que os sentidos agarram na corrida
e largam para trás, por não feri-lo

demais, o corpo ponto de partida.
Nobre demais para viver tranquilo.
Pobre demais para conter a vida.

III

A alma é como a sombra desse corpo;
ou talvez como a túnica que veio
cobrindo aquele outro até o Horto,
as carnes do homem-deus, Seu corpo cheio

de solidão, cheio do desconforto
do amor que ninguém quer, o amor do alheio...
A túnica por fim caiu no meio
dos vazios do mundo e, como o corpo,

a alma enjeitada atira-se no chão,
e geme, e todos dormem... Pobre túnica,
arrancada e pisada e sem noção

do que vale entre os dados...[47] Será única?
Ou só indivisível, disputada
por capricho de Deus ao homem e ao nada...?

[47] Cf. Mc 15,23; Lc 23,34; Jo 19,23-24.

77 A visitante

Às vezes imagino-a,
o mais das vezes não,
vejo-a mesmo: a visão
de um vulto de menina,

a forma feminina,
a saia de balão,
a testa pequenina
e algo – não sei – na mão...

Eu como fui um dia?
A doce visitante
se me para diante,

sorri como eu sorria
e abre a mão, confiante
da oferta: está vazia.

Depois do estrago
lá venho eu,
alga no lago
que Deus me deu...
Pairo, divago,

mas exagero:
de mão no queixo
o dia inteiro,
passo e não deixo
marca nem cheiro

na longa poça
da vida estéril...
Fosse mais moça
levava a sério
a arte insossa

de ser Narciso,[48]
mas não: repito
meio sorriso
e o pobre mito
vaga impreciso

como a neblina
que ronda o ser.
Assim termina
o entardecer
e, entre a colina

[48] Narciso, filho do Rio Cefiso e da ninfa Liríope, rejeita o amor de todas as ninfas e também da ninfa Eco. Como castigo por seu orgulho, a deusa Nêmesis condena-o a também apaixonar-se e não possuir o objeto de seu amor. Assim, o jovem apaixona-se pela própria imagem (refletida na água) e, aos poucos, definha (cf. Ovídio, *Metamorfoses*, canto III).

e esse ninguém,
sinto-me velha;
sinto também
que o que se espelha
no escuro tem

o mau contorno
da podridão,
o mal em torno
da assombração,
o peso morno

da sombra fria...
Sou como o resto
de uma heresia,
a forma, o gesto
sem harmonia

de um espantalho
de beira d'água;
sei que não valho
nem essa mágoa,
dou-me ao trabalho

de ser reflexo
sem nem sequer
o débil nexo
de ser mulher!
Vulto convexo

no grande espelho,
assim ficou-me
o esboço: velho,
solto, sem nome,
lábio vermelho,

olhar de trapo,
marionette
de olheiras, papo,
empáfia e sete
pintas de sapo

na cara inchada!
Sarnas de orgulho,
manchas do nada,
sobras do entulho,
da mascarada

que ando fazendo
da minha vida...
Destino horrendo
não ter saída,
ficar vivendo

porque o elástico
não arrebenta!
Mas é fantástico:
cumpro quarenta
e volto ao claustro

por minha escolha!
Podia ir-me,
fui, mas que folha
sente-se firme
soltinha? E a bolha

quer céu, quer paz...
Abrem-me a porta
e eu volto atrás:
a semimorta
já não quer mais

andar à toa...
Mas volta exausta,
farta da boa
notícia: a Fausta[49]
que Deus perdoa...

[49] Referência à figura Dr. Fausto, que de acordo com algumas fontes teria vivido na Alemanha entre os anos de 1470 e 1540. O Fausto histórico teria buscado o conhecimento universal em várias universidades; depois teria percorrido a Alemanha oferecendo serviços de magia e astrologia; mais tarde, frustrado com os limites do conhecimento humano, teria assinado com o próprio sangue um pacto com o diabo. A história tornou-se popular e ganhou várias adaptações literárias, entre elas, o *Fausto*, de Goethe.

79 À aniversariante

Dou-te, por teus quarenta,
alguns anos a mais
para voltar atrás;
joga fora a placenta,

pega em ti e amamenta
essa dor tão tenaz,
tão tirânica: tenta
ser como os animais,

faz como eles, lenta,
pacientíssima, traz
a ti o que atormenta,

dá-lhe colo e verás
a chaga purulenta
adormecer em paz.

Wiedergekommen[50]

E aqui venho de volta e Te agradeço
me haveres socorrido,
porque não levo mais no corpo combalido
a dor que ainda mereço.

Perdi-me muitas vezes, mas paguei logo o preço,
e por fim o alarido
do fogo eterno já não faz nenhum sentido.
A minha longa litania foi um terço

rezado às escondidas,
sem que a consolação
da vida eterna me curasse desta vida.

Mas Te agradeço que um martírio sem razão
fechasse uma ferida
sem culpa e sem perdão.

[50] Em alemão, "de volta". Do particípio passado do verbo "*wiederkommen*", retornar.

81 Correntemente

O alarde triunfal daquelas anarquias,
do instante imorredouro,
já não pertence ao corpo, ao seco escoadouro
que as longas agonias

umedeciam humanamente enquanto os dias
gritavam por socorro:
este corpo em que morro
não tem mais nada do que eu tinha e não colhias.

Ah, mas o doce alarde
daquele tilintar de gemas escondidas
escapa, escorre ainda

livre de tudo o mais, e é muito, muito tarde
para abolir-lhe o jorro, a fonte irreprimida,
o arroio, a inteiridade!

Nackt wie Gott sie schuf[51]

Corre, meu coração, não desesperes!
Ninguém, nada, jamais
há de deter-te o jorro livre, os belos ais,
tão altos, tão estéreis,

colar no colo da mais casta das mulheres!
Não te atormentes mais.
Leva os teus malmequeres
aonde quiseres, livres, longe do fugaz,

longe deste lugar vazio, ó perdulário!
Morre, meu coração, como viveste:
louco, assombrado, vário,

partido em mil pedaços, mas com este
delírio teu do uno, corolário
da adaga libertária que me deste!

[51] Em alemão, "nus como Deus os criou". Possível alusão ao filme austríaco de 1958 de mesmo nome, dirigido por Hans Schott-Schöbinger e baseado em um romance de Johannes Mario Simmel.

83 *In die illa*[52]

Só o santo há de chegar ao céu
melhor do que de lá desceu;
mas queira Deus que ao tocar-Lhe à porta
todos estejam bem mais limpos,
muito mais limpos do que eu.

Quando afinal a alma absorta
na perpétua contemplação
da perfeição do absoluto
que não tem fim porque é o Princípio
que engendra o contínuo de tudo;
quando afinal naquele olimpo
modelar o meu surdo-mudo
e cego e enfermo coração
se abandone, se restitua
à pura origem que era sua,
porque os filhos de Eva e de Adão,
em que pesem a Queda e a Expulsão,
são sempre os netos naturais de Deus;
quando já despida do luto,
do medo corporal da morte,
eu for enfim restituída
ao esplendor inevitável
e enfim me renda, enfim me prostre
ao pé do trono inabalável
que é como o umbigo desta vida;
in die illa e pelos meus
erros, desvios e destratos,
oxalá entre os anjos e os santos
a alma em paz, o coração

[52] Em latim, "naquele dia". Expressão característica dos livros proféticos do Antigo Testamento, alude aos dias da passagem ou da vinda definitiva de Iahweh (cf., por exemplo, Is 27,1-2, entre muitos outros), e também responsório do Ofício dos Mortos ("Libera-me, Domine, de morte aeterna, in die illa tremenda"), que inspirou diversos compositores.

resgatado de algozes e irmãos
roguem por mim, por meus desencantos
inesgotáveis, por meus atos
e omissões, e pela idolatria
a que me entreguei noite e dia
como quem não sabe, ou quem finge
não saber. Porque o rosto da esfinge,
como a promessa de um sorriso,
não respondem nunca a essa fome
de completude que há no homem.
Só a face de Deus é origem
e resposta. Só o Divino Narciso
reproduz-se na fonte virgem
que é o olhar da Sua criatura.
E quando ao fim da noite escura
se encontrarem reflexo e modelo,
que a luz dos que me precederam
desembrulhe o meu olhar e eu veja
desemaranhar-se o novelo
de minhas culpas e cegueiras
para todo o sempre. E assim seja.

84 O último temor

Não fiquei melhor, fiquei calma.
Já não tenho medo de mim.
Tenho medo só de que a alma
se me evapore antes do fim.

85 O relâmpago

Quero a totalidade que incendeia,
pau de lenha que sou. Tudo o que tenho
dou-o para que venhas: veia a veia,
a hemorragia ao pé daquele lenho

plantado para sempre aqui no meio
da condição que herdei! Teu reino venha
ou não venha, quem sabe, mas que eu tenha
perpétuo acesso aO que sacrifiquei.

O reino não importa, o reino é o resto.
É entre nós dois que tudo cabe e conta.
É entre nós dois que o pão do último gesto

sustenta a fome enorme. A alma anda tonta
e quer ceder, deixar-se, ah, a alma quer
o relâmpago – ou venha o que vier!

II
Mas que venha depressa, sem demora,
sem mais o tique-taque na cabeça,
o tufão na garganta, o arremesso
em vão do corpo todo, hora após hora,

como se a eternidade fosse o preço
e o prêmio a paciência... Como fora
a espera suficiente! Vem depressa.
Vem, chega sem aviso, vem de fora

ou vem de dentro, mas depressa. Vem!
Vem, porque a alma é fraca e a carne é forte,
inutilmente forte e já ninguém

aguenta mais, atado a esse vaivém
de esperar e esperar. Quem sabe a morte,
quem sabe O prometido, O que já vem...

86 Velhos papéis

Só mesmo um quase-nada,
a palidez da tinta
na folha amarelada,
confessa que são trinta,

são trinta anos hoje
desde uma certa tarde,
desde o dia covarde
em que, como quem foge

do nada no vazio,
cerquei-me das paredes
deste lugar tão frio.
Ah, mas se as velhas sedes

envelhecessem assim,
eu não me queixaria
do tempo nem do dia
em que saí de mim

e entrei por este cofre
adentro! Mas que nada,
a folha amarelada
não recorda, não sofre,

como a tinta não chora,
desbotada mas seca.
Que dizer da boneca
que aos poucos foi-se embora?

87 A andorinha

Debateu-se, solitária,
entre paredes, compôs
e recompôs sua ária
desesperada, e depois

de muito sofrer, lutar,
dar de lado, dar de frente,
dar nas pedras, de repente
imobilizou-se o ar:

cansada de esvoaçar,
entregou-se àquele espaço.
Como o falcão no antebraço,
como a múmia milenar,

mantinha os olhos cerrados;
se tinha a intenção de ver
espaços insuspeitados
atrás desse anoitecer

que a alma imagina e sozinha
como intrépida percorre;
se os suspeitava e mantinha
a máscara do que morre,

a expressão de fixidez
do corpo que renuncia
a si mesmo e à luz do dia,
comovia-me: a mudez

daquele *não* que se impunha
reverberava-lhe em torno
como o sim da testemunha,
a confissão sem retorno.

Renunciara ao esforço,
fechava os olhos à luz
que lhe punha sobre o dorso,
sombra da grade, uma cruz...

Durava imóvel, apática
no centro de seu quadrado
como a afirmação enfática
do seu *não* emparedado.

Quando lhe abri a janela
abriu os olhos: não era
a que entrara, era uma fera
que se devorara, aquela

que não sairia mais!
Tomei nas mãos a andorinha
com pena da pobrezinha
que não voltaria atrás

e soltei-a... Voltejou,
indecidida voltou-se,
doou-me um olhar mais doce
do que a doçura do voo

e enfim desapareceu...
Fechei os olhos então,
fiz como ela e fui eu,
eu mesma minha prisão.

INTERLÚDIO
O castelo interior[53]
(1903-1907)

Qui dabit mihi pennas sicut columbae,
et volabo et requiescam?

Salmos 54,7[54]

[53] *Castelo interior* (1577), obra de Teresa de Ávila, em que a autora define a alma como "castelo interior" e explica os meios de habitá-lo. Katharina inicia aqui sua leitura pessoal do texto de Teresa de Ávila. A título de exemplificação, aqui serão citados apenas alguns trechos da obra.

[54] "Quem me dera ter asas como pomba, para eu sair voando e pousar..." (cf. Sl 55,7).

Como um diamante, um quartzo de cristal
radiante, o castelo que Teresa[55]
evocou de maneira genial
segundo ela é a alma, a alma ilesa

vestida do esplendor da natureza
original, da limpidez do sal
a que o Cristo aludiu, dessa pureza
que antecede ou sucede todo mal.

O ser livre da mácula, Teresa
concebeu-lhe a visão como a um pombal
alvíssimo e afirmou que é a natureza

sensível que o habita, e é natural
que, havendo-o abandonado, com certeza
a ele retorne, exausta do irreal.

[55] "Falo de considerar a nossa alma como um castelo todo de diamante ou de cristal muito claro onde há muitos aposentos, tal como no céu há muitas moradas. [...] Consideremos portanto que esse castelo tem, como eu disse, muitas moradas, umas no alto, outras embaixo, outras dos lados. E, no centro, no meio de todas, está a principal, onde se passam as coisas mais secretas entre Deus e a alma." (cf. *Obras completas*, "Primeiras moradas", cap. I, p. 441).

89 Segundo a santa é o corpo o habitante
do castelo da alma, que deserta
para entregar-se a um mundo inebriante.
Mas como ele deixara a porta aberta

ao partir, ele pensa a todo instante
que um dia voltará. E é coisa certa
que há de voltar, se aos poucos, ofegante
e incerto de encontrá-la ainda aberta.

Se a porta se fechasse não há chave
neste mundo capaz de a reabrir.
Mas naquele castelo vive O suave

zelador, ocupado em consentir
entrada ao corpo desertor e, ave
por ave, à revoada que há de vir...

E é assim que os sentidos vão chegando,
voltando devagar, esvoaçantes
em torno da mansão que havia antes
e talvez haja ainda... Como quando

as pálpebras caídas e os instantes
perdidos se confundem àquele bando
de asas mansas que aos poucos vão voltando.
E canta a luz que cai entre os diamantes

desertos e buscados, sobre as torres
de cristal desejadas, se distantes,
a que tentam tornar os desertores.

Pobres pombas chegando coruscantes
de saudade aos perdidos esplendores
do pombal tão igual ao que era dantes![56]

[56] Em vários trechos, Santa Teresa utiliza a metáfora da pombinha que voa para designar a alma que se alça a Deus. Cf., por exemplo, "Parece-me que desejais saber o que faz a pombinha mencionada e onde pousa, pois fica claro que não é em gostos espirituais nem em contentamentos da terra. Mais alto é o seu voo." ("Quintas moradas", cap. IV, p. 504)

91

Porque se fácil fora abandoná-lo,
que difícil o ofício de voltar!
Com que dedicação há que escalar,
para habitá-lo, os graus desse castelo!

Para as pombas cansadas de esvoaçar
no engano cá de fora, o pesadelo
agora é vê-lo e não poder entrar...
Porque será preciso conquistá-lo

outra vez e ir subindo: dos miasmas
do andar de baixo, onde se arrasta o réptil,[57]
o corpo tropeçando em seus fantasmas,

à segunda mansão; do chão decrépito,
das náuseas do porão e dos abismos
sensíveis, ir subindo, rapto a rapto.

[57] "Os primeiros aposentos ainda abrigam pessoas muito absorvidas pelo mundo, engolfadas nos contentamentos e desvanecidas com as honras e pretensões. Assim sendo, não têm força os vassalos da alma – que são os sentidos e faculdades naturais que Deus lhe deu –, sendo essas almas facilmente vencidas, embora nutram desejos de não ofender a Deus e façam boas obras. [...] Notareis que essas primeiras moradas quase não recebem nenhuma réstia de luz que sai do palácio onde está o rei. Embora não estejam escuras e negras como quando a alma está em pecado, estão de alguma maneira obscurecidas e não se consegue ver quem está nelas. Isso porque [...] deixaram entrar com a alma tantas cobras, víboras e animais peçonhentos que não a deixam ver a lua. [...] O aposento está claro, mas a alma não o percebe por causa dessas feras e alimárias, que a obrigam a fechar os olhos para não ver senão a elas. [...] Para entrar nas segundas moradas, convém abrir mão das coisas e negócios não necessários, cada um de acordo com seu próprio estado. Isso é tão importante para se chegar à morada principal que, se a alma não o começa a fazer, considero impossível a empreitada, sendo difícil até mesmo manter-se sem perigo nos primeiros aposentos, entre animais peçonhentos, que não a deixarão de morder uma vez ou outra." ("Primeiras moradas", cap. II, p. 450)

Mesmo assim, se alcançado, cada andar
tem perigos só seus, que o Tentador
agarra-se aos sentidos, vem propor
descidas deliciosas como o mar

em maré baixa, cheio do langor
e do embalo da volta. Mas voltar
é voltar ao princípio instaurador,
não é voltar atrás: se o corpo for

atrás de sombras perde-se, o momento
da subida se esvai e no acalanto
enganoso se afoga o pensamento.

Aqui há que nadar contra a corrente
do mar interior, que por enquanto
tudo é dilúvio e nada é permanente.

93 Mas se o exilado persevera e vence
o combate com o príncipe do exílio
sobe às mansões centrais, de maravilha
em maravilha e silêncio por silêncio.

Espera-o aquela fonte que borbulha[58]
a inesgotável limpidez intensa,
mansa e prodigiosa, e folha a folha
vai despontando o páramo suspenso

que ocupa o alto como ocupa o centro,
entre as sete mansões e acima delas:
porque como a espiral ele é concêntrico

e ascendente, o castelo sem janelas
para fora, virado para dentro
como as coisas mais simples e mais belas.

[58] Na linguagem de *O castelo interior*, a água representa os "contentamentos" que a alma sente ao entrar em contato com Deus por meio da oração e da graça. Cf., por exemplo, o trecho: "Os "contentamentos" que [...] resultam da meditação são, em minha opinião, a água trazida por encanamentos. Isso porque os trazemos mediante o pensamento, recorrendo na meditação às coisas criadas e cansando o intelecto. [...] Na outra fonte, água vem de sua própria nascente, que é Deus. Assim, quando Sua Majestade deseja e é servido de conceder alguma graça sobrenatural, produz esta água com grandíssima paz, quietude e suavidade no mais íntimo de nós mesmos." ("Quartas moradas", cap. II, p. 477)

E o peregrino aos poucos arremeda
em momentos humildes e minúsculos
o bicho dedicado a virar seda
e ir morrendo a si mesmo no casulo

do centro do castelo.[59] E como a pedra
preciosa formando-se no útero
da montanha há de abrir-se e dar de súbito
o esplendor transformado, nele medra

o arco-íris secreto, descoberto
pela tormenta da metamorfose;
eis que ele é de repente aquela rosa

inesperada, a rosa-do-deserto,
cristal criado pela misteriosa
ventania do sopro do Arquiteto.

[59] Em vários trechos de *O castelo interior*, a metáfora do bicho da seda indica a alma que se empenha em se transformar. Cf., por exemplo, todo o segundo capítulo das "Quintas moradas": "Já tereis ouvido das maravilhas de Deus do modo como se cria a seda, invenção que só Ele poderia conceber. [...] [Cada verme] tece um pequeno casulo muito apertado, onde se encerra; então desaparece o verme, que é muito feio, e sai do mesmo casulo uma borboletinha branca, muito graciosa. [...] A alma – representada por essa lagarta – começa a ter vida quando, com o calor do Espírito Santo, começa a beneficiar-se do auxílio geral que Deus dá a todos, fazendo uso dos meios confiados ao Senhor à Sua Igreja [...], a lagarta começa a fabricar a seda e a edificar a casa onde há de morrer. [...] Morra, morra esse verme [da alma], tal como o da seda quando acaba de realizar a obra para a qual foi criado! E comprovareis como vemos a Deus e nos vemos introduzidas em Sua grandeza como a lagartinha em seu casulo. [...] Vejamos agora o que acontece a essa lagarta: é para isso que tenho dito tudo o mais. Quando está nesta oração – e bem morta está para o mundo –, dela sai uma borboleta branca." (p. 493-95)

95

Mas a recém-nascida borboleta
não sabe onde pousar...[60] E bate a asa
de um lado para o outro, irrequieta,
que tudo é espinho, cinza, urtiga, brasa,

e nada satisfaz a pobre seta
acordada a esvoaçar fora de casa!
Que uma vez entrevista aquela meta,
aquele alvo alvíssimo, essa asa,

esse dardo embriagado, não aceita
nada menos: o mundo não tem nada
sequer de parecido! E a insatisfeita

borboleteia cheia da saudade
dos inefáveis que provou, coitada!
Pequena espiga ansiosa da colheita...[61]

[60] Cf. o trecho: "Terão bastado todas essas graças que o Esposo tem concedido à alma para que a pombinha ou borboletinha [...] encontre o pouso onde há de morrer? Não, por certo. Pelo contrário, ela está muito pior. Ainda que por muitos anos tenha recebido esses favores, sempre geme e anda chorosa, porque de cada um deles lhe resta maior dor. A causa é que, como vai conhecendo mais e mais as grandezas de Deus, e se vê tão longe e afastada de fruí-Lo, a alma sente o desejo crescer com uma força inaudita." ("Sextas moradas", cap. II, p. 561)
[61] Este soneto assume várias metáforas de Teresa de Ávila no capítulo II das "Sextas moradas". Cf., por exemplo: "Andando, pois, essa alma a abrasar-se em si mesma, ocorre-lhe às vezes, por um pensamento muito breve ou por uma simples palavra sobre a morte que tarda, vir então não se sabe bem como, um golpe, semelhante a uma seta de fogo." (p. 561) E, mais adiante: "A alma sente uma estranha solidão, não achando companhia em nenhuma criatura da terra – creio que tampouco a acharia nas do céu, como exceção Daquele que ama. Tudo a atormenta; sente-se como uma pessoa suspensa no ar, que não encontra apoio na terra nem pode subir ao céu. Abrasada com essa sede, não pode chegar à água. E não é sede que se possa suportar, mas tão excessiva que nenhuma água a aplacaria. A própria alma não deseja aplacá-la, a não ser com a água de que Nosso Senhor falou à samaritana. E essa ninguém lhe dá." (p. 563)

"Ai de mim!", geme a alma, "*que me muero*
porque no muero![62] Ai corpo, ai meu atraso,
meu alguidar sombrio como um vaso
vazio, ai girassol no escuro, ai erro

da coisa separada por acaso,
desolação do barro no desterro
da ânfora partida! Ai desespero
de não acabar mais, como um ocaso

longo, cheio de sombras! Teus vazios",
diz a alma a esse corpo renitente,
"simbiose dos meus, são como os rios

frios, intermináveis, e as correntes
que nos acorrentaram concebi-as
eu mesma, ai! ai de mim, somos idênticos..."

[62] Citação do poema "*Aspiraciones de vida eterna*", conhecido como Glosa de S. Teresa: "*Vivo sin vir en mí,/ y tan alta vida espero,/ que me muero porque no muero!*" (cf. *Obras completas*, p. 956).

97 E a mais sutil noção do mal espera
a alma e o corpo juntos e depara-
-os prestes a atravessar a última sala
dos cumes inefáveis do castelo...

Ali, na língua dúplice da fera,
o monstro diz aos dois que a gema rara
da união é ilusão;[63] que a imaginá-la,
um híbrido de sonho e pesadelo

inventa aquele rapto; que o diálogo
do eterno e do sensível, sendo ambíguo,
é apenas um período de capítulo

no livro das delícias, cujo prólogo
é tão triste e ilusório quanto o epílogo
é fantasia, e o eterno um sonho frívolo...

[63] Cf. todo o capítulo IX, sobre as "Sextas moradas". Nele, Teresa compara a visão de Deus com ver uma pedra preciosa, guardada em um "estojo de ouro" e mostrada apenas ocasionalmente pelo dono do estojo. Mas ela adverte também, nesse e em outros trechos, que tais visões podem ser "embustes" do demônio – nesse caso, ao invés de paz e alegria, a alma sentiria inquietação e se tornaria soberba. No caso de a origem da visão ser divina, os frutos são a serenidade e a humildade (cf. p. 552-58).

Mas enfim habitado e habitante
são um só! Que esvaiu-se, foi-se embora
o mundo, e celebrado e celebrante
celebram-se um no outro: a alma incorpora

o fugitivo que no tempo afora
agora será dela. É que durante
a nota a flauta é dela, e o duo agora
transformou-se no trio triunfante

porque o Inefável quis unir-Se aos dois.
Desfazem-se castelo e castelão
por um toque da Mão que aos poucos foi-se

revelando, e eis que tudo é comunhão,
tudo perfeita música, e depois
da música a perene aparição![64]

[64] O soneto sintetiza imagens dos quatro capítulos referentes às "Sétimas moradas". Neles, Teresa diferencia a união do noivado espiritual – neste ainda haveria a possibilidade de os amantes se apartarem um do outro; na união espiritual, a alma e Deus formam uma unidade perfeita. Na união espiritual, a alma comunica-se com a Trindade: "Introduzida a alma nesta morada, mediante visão intelectual se lhe mostra [...] a Santíssima Trindade – Deus em três Pessoas: Primeiro lhe vem ao espírito uma inflamação que se assemelha a uma nuvem de enorme claridade. Ela então vê nitidamente a distinção das três divinas Pessoas. [...] Na sétima morada, comunicam-se com ela e lhe falam as três Pessoas. Elas lhe dão a entender as palavras do Senhor que estão no Evangelho: que viria Ele, com o Pai e o Espírito Santo, para morar na alma que O ama e segue seus mandamentos." ("Sétimas moradas", cap. I, p. 567)

99 Teresa fala da metamorfose
dos sentidos obtusos desde a Queda,
como de uma divina simbiose
com a criatura, o Seu bicho-da-seda

que de si mesmo vai compondo a casa
em que, uma vez cumprido seu degredo,
há de morrer; mas como morre a brasa,
que afinal era um resto, um arremedo

do lume triunfal, da chama inteira.
Do verme à borboleta, da faísca
à festa fervorosa da fogueira,

tudo é transformação, tudo se arrisca
pelo tudo. É na morte volitiva
que a santa quer que a criatura viva.

Difícil escutá-la e não segui-la
nessa estranha ascensão, nessa irmandade
da morte com a vida. Essa tranquila
volição, tão afim da eternidade,

fica impossível quase não medi-la
pelo imenso que brilha além da grade
desgraçada do ser que se perfila
contra os altos ciprestes da saudade.

Santa Teresa é a grande tentadora,
a maior tentação, o último intento
a que tende a razão que vive dentro

dos casulos da vida cá de fora.
Difícil escapar-lhe ao pensamento,
não pensar, dispensar a pensadora...

101 Tudo aqui embaixo quer o que ela quis.
Toda alma quer fazer o que ela fez.
É desastroso ouvi-la que uma vez
ouvido tudo aquilo que ela diz

é impossível voltar a ser feliz,
ou infeliz, com a mesma insensatez
de antes. É possível, se talvez
perigoso demais, ser aprendiz

da morte nobre, voluntária e ávida,
que a santa expostulou na fortaleza
prodigiosa e interior, se árida

(como Castela)[65] à débil natureza.
É possível tentar (mas como Ávila)[66]
durar na altura (torturada e presa).

[65] Castela, região histórica da Espanha, um dos reinos medievais da Península Ibérica.
[66] A cidade de Ávila, que conserva inteira sua muralha medieval, está situada a mais de mil metros de altitude e é capital de província mais alta da Espanha.

102 Durar no alto, arder, andar na altura
como o balão na noite de São João,
cada vez mais distante, duração
sempre mais duvidosa, se mais pura,

imitação da estrela, adeus ao chão...
O reflexo aqui embaixo, o que procura
à imagem a amorável união,
é instável, mal consegue ser figura,

um prisioneiro da figuração,
da ansiada, puríssima loucura
entre a luz e a impureza que é a ilusão.

Nos jardins deste mundo, onde a criatura
se descolore, é uma levitação,
mas de evaporação, que leva à altura...

103 Se bem que o ser, seu breve malmequer
insistente e volátil, dando a mão
à imperfeição circunjacente, quer
permanecer plantado aqui, no andar

de baixo da existência, quer durar
interminavelmente onde estiver,
como puder, entre a evasão do ar
e a âncora da terra, sem morrer,

sem ser quem é, sonhando-se quimera.
A frágil flor carnal se agarra à terra
e aos poucos esquecida do que era,

sonha-se uma estação que perpetuasse
a impermanência, um véu mentido, a gaze
do espectro que um fantasma desposasse...

O ser não quer morrer; o ser elástico
como a dor, como o sonho, é projetado
a um labirinto efêmero voltado
para a alucinação, para o fantástico

castelo do ideal, mal-assombrado...
Perambulando nesse vácuo, trágico
porque tudo o que toca toca o lado
do abismo, o ser, conjuração de mágico

nos vazios do palco sem plateia,
sempre desconsolado e delirante,
substituindo o mundo pela ideia,[67]

não quer ser o que é, que ser o instante
que imagina e compõe, a estranha teia
em que delira a aranha agonizante.

[67] A substituição do "mundo pela ideia" é questão recorrente na obra de Bruno Tolentino (cf. *O mundo como ideia*, publicado em 2002).

105 Celebrar este mundo adivinhando
a incurável leveza, a inabalável
certeza do esplendor interminável
da luz de Deus, aurora ruminando

para sempre a quietude do imutável.
Somos reflexos dessa luz, um bando
de flamingos ardendo, misturando-
-se ao sol nascente, ao inimaginável

incêndio indescritível, todo asas,
todo luz... Somos feitos como brasas
abrindo o voo, somos como o voo

dos flamingos em brasa ao oriente...[68]
E nunca há de apagar-se aquele ardente
sol perfeito que neles se espelhou.

[68] A imagem dos flamingos talvez seja uma alusão ao poema de mesmo nome, de Rainer Maria Rilke. A imagem também é recorrente no livro *A imitação do amanhecer*, publicado por Tolentino em 2006.

Teresa encarcerada em seu castelo,
na sétima mansão, lívida e nua
sob o suor de sangue que a alma sua.
Teresa enfeitiçada pel'O belo

Sedutor do infinito, como a lua
pelo sol. No silêncio do Carmelo
Teresa como o grito do martelo
nos cravos da Paixão. Lá fora a rua,

a ladeira de pedra, leva à praça
e a praça à poeira de Castela
e a poeira, no vento, à dor da raça.

A raça, como a concha, leva a pérola,
e eis a pérola raptada (pela graça)
àquela raça tão igual a ela...

107

Teresa e a limpidez da fortaleza.
Teresa e nós, parceiros na saudade
(provisória) de Deus. Que a coisa presa
ao provisório quer a eternidade,

saudosa de esvair-se, claridade
que tende a evaporar-se na leveza.
Somos todos parentes de Teresa,
todos os cidadãos dessa cidade

ideal do real, porque a beleza
neste mundo é arremedo da verdade.
Teresa, a pioneira da pureza

que é a tradução de tudo em nós, é alcaide
da cidade-fortim que por bondade
de Deus habitaremos com certeza.

108 Não saberei, Senhor, se era possível
evitar o degredo ensimesmado,
se ao coração sedento de invisível
e cedo emparedado em seu quadrado

de febre, de impureza e de impossível,
fora talvez possível, por um lado,
escapar à masmorra ou preferível,
por outro, haver crescido encarcerado.

Sei que duro é o exílio e que difícil
a arte de, nos pulsos tendo algemas,
escalar pedra a pedra o precipício.

Sei quanto é frio o fogo em que nos queimas,
que renitente a lenha e quão propício
teu cadafalso às almas mais extremas!

109 Não permitas, Senhor, que a minha carne
se confunda outra vez e eu me atrapalhe
e caia como cartas de baralho
o castelo em que entrei para salvar-me.

Teresa castelã, valha o que valha
o meu fervor, o meu fragor de armas,
sustentai-me, rogai que eu não desarme,
que não se apague o fogo meu, de palha,

talvez, mas seja palha de fogueira.
Fogo de auto-da-fé, se necessário,
mas fogo irrevogável, se primeiro

hei de arder que entregar-me ao ilusório.
E se hei de merecer algum martírio
tanto mais duro quanto o assédio é sério.

ÚLTIMA PARTE
No carmim da tarde
(1909-1927)

In Wahrheit Singen, ist ein andrer Hauch.
Ein Hauch um Nichts. Ein Wehn im Gott. Ein Wind.[69]
Rainer Maria Rilke

[69] Na tradução de Danilo Serpa: "Cantar em verdade é um outro sopro./ Um sopro por nada. Um ventar no deus. Um vento." Verso do terceiro poema de *Sonetos a Orfeu*, de Rilke, publicado em 1922. Alusão ao próprio ato de criação poética: o poema de Rilke compara o canto de Orfeu, que é admirado até mesmo pela natureza, com a possibilidade de canto de um ser humano, cujos sentidos são cindidos.

No carmim da tarde [XXXIX]

Mudei três vezes de cela;
três vezes o entardecer,
sua fogueira amarela
que dança em vez de morrer,
vinha despedir-se dela,
da freira fujona! E ao ver
a bailarina singela
persegui-la assim, tão bela
quanto breve, a cor do ser
que se desfaz, a aquarela
pálida como o prazer
de quase não ser, aquela
que não queria viver

nem morrer, subitamente
deliquescia, aceitava
a corte do sol cadente...
Quando me certificava
de que o ocaso iminente,
sem nuvem alguma, andava
preparando aquela lava
luminosa e decadente
para ofertar-me-la, urgente
como a coisa que se acaba,
corria imediatamente
à minha cela e sentava-
me ante a janela, de frente...

Havia uma afinidade
dramática e natural
entre nós, entre o final
deliquescente da tarde
e a sombra sentimental
de mim mesma; eu por covarde,
a luz por setentrional,

cada qual uma metade,
o eco da outra... O alarde
da visitante formal
partindo-se ante uma grade,
losangulando a vestal

que rápida se despia
para espelhar-lhe a nudez,
se tinha a melancolia
dos desenlaces, talvez
insinuasse uma alegria
que eu reconhecia... Três,
três celas e cada vez
a visitante batia-
me à janela, tão cortês
quanto pontual e fria.
A audiência com meus reis
abdicados, a orgia
do sol como timidez...

111 A vida boa

Tenho apenas um maço
de horas velhas, passadas
a ferro na saudade
e cada dia mais amarfanhadas,
dependuradas à cumplicidade
das velhas, passo a passo
no pátio, uma no braço
da outra, a intimidade
das sombras amparadas
umas às outras rumo à eternidade.

Como na mão de Deus, os nossos trapos,
quase humanos às vezes,
incham-se aqui também, enchem os papos
de sons quase tranquilos, como as reses
no pasto, como os sapos
no pantanal lá fora... E como deuses
seminus, esses lúgubres farrapos
animam-se três meses
ao ano, ao sol, corteses,
alegres quase, frágeis jenipapos

envoltos pela gaze do Verão...
Minhas horas alegres! Na alegria
processional de um dia
igual ao outro, enroladinhos vão
os meus frutos baratos da emoção,
amontoando-se na confraria
das coisas sem razão
de brilharem na brisa que amacia
um pouco o coração.
Estranha procissão! E quem diria

que eu me distrairia assim, à toa,
olhando as andorinhas,

os pardais, o vaivém das florezinhas
nos beirais, no canteiro que amontoa
as cores, na garoa
que só se vê cair por entre as vinhas...
A vida quase boa!
Não fossem aquelas minhas
assombrações por entre a pétala que voa,
a luz que passa e as linhas

do horizonte fugindo mais e mais...
A vida boa, a intimação da vida
como teria sido se um rapaz
não houvesse partido atrás da lida,
da intimação da coisa proibida,
das coisas colossais
que brilham por detrás
de cada despedida.
É uma vaga ferida
aqui, a vida boa dos casais.

112 Calmaria

Não fosse em tempo assim de calmaria,
não fosse nessa ausência, nesse vento
que não vem, se não fosse este momento,
este momento cheio de agonia,

não fosse aquela brisa, aquele lento
afago, ah, se não fosse por Maria,
se não fosse por ela quem teria
paciência com tanto adiamento?

Se não fosse por ela, se não fosse
pelo que ela aguentou, pela alegria
que ela embalou perplexa, que ela trouxe

em si e deu à luz e um belo dia
devolveu ao Senhor... Se a espera é doce
é por causa da calma de Maria.

113 *Civitas Dei*[70]

Ó cidade de Deus, Santo Agostinho
ao identificar-te com Maria
descreveu-te tão bem! Cidade-ninho,
ponto final da longa romaria.

Ó cidade-Maria, eu não sabia
que eras tu a paisagem, o caminho
e a chegada! Eu pensava andar sozinha
e pisava no manto de Maria...

Manto tão evidente e tão pobrinho,
cidade transparente em que eu vivia
sem saber! Sabe Deus que estranha vinha

me embebedou de enganos, eu não via
a cidade em que andava! Uma andorinha,
um pardal sabem mais do que eu sabia...

[70] Em latim, *Cidade de Deus*, obra de Santo Agostinho, escrita entre os anos 416 e 422. Trata, entre outros temas, de uma crítica à cidade como totalidade auto-suficiente, capaz de garantir ao homem a felicidade, e da relação dos cristãos com a ordem temporal. Para Agostinho, os cristãos pertencem tanto à cidade terrena, na qual eles devem representar o perdão e a humanidade, quanto à cidade celeste, em que se encontra a plena realização.

Entdeckung[71]

Madalena, estou de volta,
outra vez à tua porta!
A descabelada, a morta
de dor, e a mulher que solta

o grito que muda a História...
– *Raboni!*[72]– gritaste, e o mundo
ficou sabendo da glória
que não se enterra no fundo

de uma caverna qualquer.
Passaram-se vários séculos
e outro grito de mulher
não sacudiu nada... Os ecos

do teu e do meu vão juntos
e na mesma direção;
dois gritos: o meu em vão,
o teu não. Nossos defuntos

misturaram-se tão pouco
na minha imaginação,
que o meu foi um grito rouco,
louco de dor, sem razão

de acordar do seu delírio.
É talvez que a diferença
entre o grito de quem pensa
que não merece um martírio,

e o grito que faz da dor
o trampolim do invisível,
reside toda no amor
como resgate, o impossível

[71] Em alemão, "descoberta".
[72] "Raboni", em aramaico, "mestre". Cf. Lc 20,1-2; 11-17, mesma cena evocada no poema "*Noli me tangere*".

como aceitação do instante,
seja lá o que trouxer.
O inconcebível diante
de um coração de mulher

pode vir a revelar-se
como um dom total, perfeito.
Por muito que doa, o peito
pode rasgar seu disfarce,

e esta vida é fantasia.
Desculpa-me, Madalena,
mas então eu não sabia
que tudo valia a pena,

que a pena vale a alegria.

II
E assim foi, Madalena,
que eu hoje fui ao portão,
olhei a rua, a pequena
ladeira, as pedras do chão,

as coisas... Fiquei olhando
dos altos deste meu cume
tão empedernido, e quando
senti que o velho perfume

do ciúme vinha vindo
como sempre vinha, preto
como um urubu abrindo
o voo, meu *vade-retro*

não foi apenas sincero,
foi natural e eficaz!
Há anos vivo detrás
de um velho portão severo,

o espectro espreitando a vida
com os olhos de uma espiã;
no entanto, hoje de manhã,
ao soltar nessa subida

de pedra familiar
e cheia de burburinho
os restos daquele olhar,
vi o ar, o passarinho,

a carroça do leiteiro,
o burro tão sonolento
quanto o dono, e até o cheiro
da madressilva no vento!

Vi cada coisa e a figura
que me passava diante,
mas não vi tudo distante:
vi a dor da criatura,

a monótona esperança,
a difícil alegria,
a lida de cada dia,
a correria, a criança

que não tive mas é minha
como é meu este lugar,
esta ladeira no ar,
esta sensação mesquinha

de ser outra, de andar fora...
Vi tudo aquilo talvez
a primeira e única vez
não como quem vai embora,

mas como quem chega perto,
perto de tudo, quem sabe...

Madalena, a vida cabe
toda num olhar desperto,

inteira numa visão!
O que viste uma manhã
e o que viu esta espiã
foi o mesmo, o coração,

– *Raboni!* – gritei, e então
Ele brindou-me o sorriso
que abre os braços e o portão,
a entrada do Paraíso...

Não, não foi uma ilusão.

III
A vida, como a fumaça,
dá voltas buscando o céu;
é a lenha apenas que passa,
acaba aquilo que ardeu,

a cinza, a casca e o vulto,
que tinham toda a razão
em arder, rolar no chão
e sumir no ar... O fruto

como a folha da parreira
e a evaporação constante
do que é lenha de fogueira,
ficam atrás, mas diante

dessa desaparição
surge a espécie de resumo,
como um aroma do sumo,
o fumo do coração...

A terra é muito pequena,
muito estreita para ser

mais que um palco, Madalena.
Vai caindo o entardecer

como cai cada cortina
depois do último ato,
mas quando o drama barato,
quando a opereta termina,

reaparecem os atores;
que a plateia bata palmas
ou vaie tudo, os amores,
as dores daquelas almas,

tudo confusões do enredo,
deixam-se ver como são.
Que susto a ressurreição!
A volta cheia do medo

da condenação, da vaia...
Cada qual com sua parte,
pura *commedia dell'arte*,[73]
antes que o público saia

e se esvazie o teatro
vai voltando, e vai tremendo...
Será o papel mais horrendo,
mais temido do contrato,

essa *coda*[74] incompreensível,
o epílogo da aventura...
Caberia à criatura,
por exótica ou incrível,

[73] Gênero do teatro popular, criado na Itália no fim do século XVI, baseado na improvisação feita a partir de uma trama já conhecida, situações padronizadas e personagens estereotipados. Chamava-se "*dell'arte*" por depender da arte da improvisação dos atores e em oposição ao teatro literário, que se baseava na memorização dos textos.
[74] Em italiano, "cauda". A última parte de uma composição musical, acrescentada a um modelo ou forma-padrão.

enfrentar um tal desfecho
com o que reste da esperança?
O meu sonho de criança
não incluía esse trecho

da comédia, esse final
da ópera sem remédio,
a repetição do tédio
de haver sido, bem ou mal...

Nunca me entendi contigo
porque insistias, dizias,
gritavas à luz dos dias
que o perigo, que o perigo

de aparecer outra vez
era uma realidade!
No entanto a mortalidade
é um consolo, uma altivez,

e aquela tua insistência,
a tua boa notícia,
perturbava-me a existência,
fosse criança, noviça,

amante, rebelde, freira...
Hoje, ante a última cena
de uma vida sempre à beira
do vazio, Madalena,

minha indisciplinadora,
agora que aquele grito
me condena ao infinito,
que fazer? Como ir-me embora?

Vou dormir um sono aflito.

115 Dois olhos mansos

Tentava muito explicar-Te
(com medo de que o entendesses)
a sabedoria desses
meus desesperos... A arte

de sofrer, que me ensinaste
com os espinhos da coroa,
os cravos, a dor que voa
como a pétala da haste,

para cima, para o escuro
ou para o azul lá no alto,
me enchia de sobressalto
o peito, o peito tão duro!

Me explicava sem descanso
e Tu, que tudo entendias,
me enterravas noite e dia
na chaga dois olhos mansos.

Passage à niveau[75]

É Deus que nos sustém,
tudo vem Dele: a fé
parece nossa e é
um dom Dele também.

É o Seu sopro que vem
murmurar-nos ao pé
do velho ouvido até
que nos acorda, um bem,

um dom quase inaudível,
não fosse caricioso,
persuasão de esposo...

Como a brisa invisível,
toca-nos, troca o nível
do ser, da dor, do gozo...

[75] Em francês, cruzamento no nível de uma linha de trem.

Diz São Luís Maria de Monfort
que a Criação *in divinis* foi um jogo,
ou algo assim, diz o santo no Prólogo
do *Amour de la sagesse*.[76] Mas se for

noutra parte, por exemplo, no Epílogo,
paciência, não sei tudo de cor;
observe-se, aliás, que ele é teólogo
além de santo, e escreve bem melhor.

Mas voltemos à imagem: e eis que Deus
brincando faz o mundo... Que dizer?
Aprovo ou não aprovo? Dá que deu-se

o palco por criado, o por fazer
foi se fazendo e Caim mata Abel...[77]
Brincadeira tem graça, mas no céu.

II

São Luís de Monfort pousou o dedo
no enigma de maneira delicada
e o que disse me agrada: aceito o nada
ou aceito que Deus, não sendo grego,

pode e deve brincar. Tudo é segredo,
mas eis que a mão de Deus, contaminada
de onipotência, faz madrugada
e nela põe o mundo, Seu brinquedo.

[76] *L'Amour de la sagesse éternelle* (*O amor da sabedoria eterna*), uma das obras principais de São Luis de Monfort (1673-1716). Trata-se do terceiro capítulo, parágrafo 32, do livro de Monfort: "Enfim, Ela [Sabedoria] mesma diz: Eu estava, junto [de Deus], como mestre de obras. Eu era sua alegria todos os dias, e brincava o tempo todo em sua presença. Eu brincava com o mundo, sua terra, e me deliciava com a humanidade (Cum eoeram cuncta componens; et delectabar per singulos dies, ludens coram eo omni tempore, ludens in orbe *terrarum,* Pr 8,30-31). (Monfort, 2018)

[77] Cf. Gn 4,1-8.

Pura energia da necessidade
incoercível do divino, tudo
coisificado pela liberdade

vital, o ser total como ser lúdico.
E por que não? Viva o primeiro alvor!
Viva São Luís Maria de Monfort!

Recluse atte Norwyche[78]

Já a reclusa Juliana diz que Deus
é nossa mãe; que não por ser o Pai,
o Filho e o Santo Espírito, Ele vai
deixar de ser por isso o que, nos seus

(de Juliana) cálculos dos véus
adivinhados, é totalidade,
portanto maternal também... Quem há de
desdizer a beata se nos céus

há lugar para mais que um só mistério?
E nem fica a Santíssima Trindade
um quadrado por isso, o empíreo é etéreo

e multiforme, e se a pluralidade
de Deus é una, mãe só temos três:
mamãe, Maria e Deus, tudo de vez!

II
E até vai ver que é... Falando sério:
Juliana não diz que Deus é fêmea
ou andrógino, diz que Ele é mistério,
e que tais distinções cabem no efêmero,

[78] "*Norwyche*", grafia do inglês arcaico, referência a Santa Juliana de Norwich (c. 1342-1416). "Fazer vencer o bem sobre o mal é uma característica de Deus. Consequentemente, Jesus Cristo, que, opondo-se, venceu o mal com o bem, é a nossa verdadeira Mãe: d'Ele nós recebemos o nosso "Ser" – e aqui tem início a Sua Maternidade – e com esse recebemos também a doce Proteção e Custódia do Amor que não cessará de nos rodear. Como é verdade que Deus é nosso Pai, assim também é verdade que Deus é nossa Mãe. E esta verdade Ele me mostrou em cada coisa, mas especialmente naquelas doces palavras nas quais Ele diz: "Eu o sou." O que é o mesmo que dizer, *eu sou a Potência e a Bondade do Pai; eu sou a sabedoria da Mãe; eu sou a Luz e a Graça que é amor bem-aventurado; eu sou a Trindade; eu sou a Unidade; eu sou a Bondade soberana de todas as coisas; eu sou Aquele que te faz amar, eu sou Aquele que te faz desejar, eu sou o acontentamento infinito de todos os verdadeiros desejos.*" (cf. *Revelations of Divine Love*, escrito entre 1373 e 1393).

em Deus é que não cabem: nesse extremo
qualquer categoria do precário
é precária, e ela diz que o que entendemos
do eterno é tradução feita no vário

daquilo que é unidade, e tem razão!
Além de ter tremenda inteligência
de quanto diz respeito à perfeição.

A reclusa viveu a contingência
e a visão com perfeita lucidez.
Nós é que vemos como vê o inglês...

III
A inglesa do século catorze
enobreceu um século xereta
com a autoridade de um anacoreta;
curvou o arco da razão e trouxe

à criatura a distinção da seta:
puro voo na altura, que só fosse
subindo. E por subir tão alto e pôr-se
continuamente à altura só da meta

metafísica, humilde e generosa,
a beata implodiu e deparou-se
com Deus descendo... A colisão da rosa

centrífuga e do ourives centripétalo,
a perfeita união... Que ela repouse
em Deus, depois de iluminar seu século.

119 Vaga-lumes

Olho três vaga-lumes
numa ressurreição
contínua, com o ciúme
do humano coração

que, se abandona o chão,
sobe como os perfumes,
os brilhos da estação,
tem um velho costume:

apaga-se de vez.
Mas quem sabe talvez
o meu me surpreenda,

talvez perfure a venda
mortal, como esses três
holofotes de lenda...

Porque o olho é a lâmpada do corpo
e a janela da alma,[79] a alma vê
só o que ele ilumina neste horto
nem dela nem do corpo. E como a lei

do visível limita e o prazo é curto,
o corpo vive à míngua e à mercê
da alma incontentada e pouco a pouco
perde o contentamento ele também.

Não que a luz vá baixando: a luz, o sopro
perene do invisível, porque vêm
da origem, desde sempre, do absorto

absoluto original, não têm
como falhar ao corpo, nem por quê.
Mas a alma obscurece a luz do corpo.

II
A alma vive à míngua de esplendores
que presume perdidos. A alma vem
de tão longe sozinha que não vê
senão separação e exílio, as torres

longínquas da cidade que perdeu.
A alma anda doente e seus doutores,
contraditórios em que pese a lei
das virtudes angélicas, das cortes

celestiais e anônimas, não têm
nem o elixir melhor nem os piores:
a alma tem o corpo e mais ninguém.

[79] Cf. Mt 6,22-23; Lc 11,34-35.

E o dueto persiste e os contrafortes
do corpo vão cedendo, e a alma também,
e um dia o duo doloroso morre.

III
Cada vez mais esquiva lhes parece
cada nova visão, que às vezes vem
e às vezes não, mas sempre os entontece
e desaponta porque nunca têm

as mãos tranquilas como as têm na prece.
Se o corpo dói então é porque além
da saudade em que vive desconhece
o lugar da chegada e, como quem

sonha voltar atrás, se compadece
de si mesmo e de tudo; se também
sente-se mal a alma, é porque desse

a outro rapto qualquer, nada é seu bem,
e é imenso o seu desejo e o que aparece
parece-lhe incompleto e é tudo aquém.

IV
E assim pouco a pouco desfalece
o corpo nessa terra de ninguém
onde a alma é passageira e não convém
demorar-se por ela... Como desce

o sol que alonga a sombra, o corpo tem
que ir desaparecendo até que cesse
não o esplendor que ele atravessa, ou esse
ou aquele delírio: até que nem

desejo, nem doçura, nem desdém,
e nem sequer o mundo que esmorece,
enfim lhe importem mais. Que agora, e sem

noção nenhuma do que já não tem,
eis que afinal o duo reconhece
como um vazio o seu perdido bem.

V
Difícil o vazio. Mais difícil
entre as quatro paredes do intelecto.
Ali, entre os sentidos, sob o teto
e o solo onde começa o precipício,

o voo, impertinente, tinha início
a todo instante e nunca era direto,
era oblíquo: ora o gozo era suplício,
ora o suplício mesmo era dileto...

O abismo era metódico, seu método
audaz, mas um se foi e outro esvaiu-se
como mais um suspiro sem remédio.

Já o vazio, o mais límpido exercício,
era um puro palácio aritmético...
Mas e a vida? Ah, a vida era esse vício!

VI
Como os prismas da neve, como o sal
estéril e puríssimo, o vazio
atravessado pelo raio frio
do intelecto era grave, era um cristal

irredutível, por primordial:
soma total de todo desvario.
Sob as levitações que sobre um fio
atravessando o abismo do ideal

a mente ia cumprindo em seu desvio
passional e patético, esse umbral
inconsútil do eterno, esse vazio

celebrado e buscado, mas igual
a nada neste mundo, como um rio
impassível passava, e era imortal...

VII

Ah, poder construir nessa esplanada
a calma inaugural e necessária,
saber deixar a solidão, que é vária,
pelas delícias límpidas do nada!

E ali deixar-se estar, sombra precária
e breve da perdida madrugada,
onde o vulto de Deus, brandindo a espada,
corta o horizonte em dois e a mortuária

máscara usual de tudo empalidece...
Saber viver nessa imobilidade
instantânea e perene, e viver desse

pânico branco e alado, a eternidade
como um vazio puro que aparece...
Ah, viver dela enquanto desce a tarde!

VIII

Enquanto a tarde cai, cair com ela,
mas nesse colo frio e impermanente;
nesse vazio provisório e urgente
deitar-se como o abismo sobre a pérola

e, abandonado como ele nela,
deixar-se resvalar pela corrente
imensa do vazio, imensamente.
E deixar-se embalar à luz daquela

imensidão que treme como a mecha,
ir desaparecendo como a vela
e, corola de chama que se fecha,

deixar de ser... Ir contornando aquela
ideia, a de Zenão de Eleia, bela
por inútil: o arqueiro sem a flecha...[80]

IX

Essa proposição, esse algarismo
perfeitamente ímpar, o perfeito,
o prisma aprisionado pelo peito
mas prometido a atravessar o abismo,

a noite deste mundo, o pontilhismo
trágico desta vida em que o eleito
nada tem a fazer porque foi feito
para escapar-lhe; o belo imobilismo

desse sonho cruel como tirânico,
é uma mentira e uma contradição:
mente quando propõe como noção

do mundo, do real, algo satânico,
e contradiz-se ao fazer do epifânico,
da aparição do ser, uma ilusão.

X

Quanto ao peso da História, à Cruz, à dor,
ao chamado do Cristo à conversão
como portal da realidade, não
chegam nunca a ocupar o sonhador

[80] Zenão de Eleia (490-430 a.C.), discípulo de Parmênides, considerado o fundador da dialética por argumentar levando ao absurdo as objeções às suas teses. São conhecidos os argumentos de Zenão contra a ideia de movimento, que apresentam a seguinte aporia: se o tempo é uma sucessão de "agoras" indivisíveis, nada se move. O argumento ao qual o poema se refere diz respeito ao voo de uma flecha: um objeto está em repouso quando ocupa um lugar igual às suas próprias dimensões. Uma seta em voo ocupa, em qualquer momento dado, um espaço igual às suas próprias dimensões. Logo, uma seta em voo está em repouso.

que exilou Deus e homem, Criador
e criatura, os polos da união
impossível, segundo essa ilusão,
no mundo como tal... E se não for

numa abdicação sem alegria
(dizem-nos), as metades da ilusória
separação do duo sem História

jamais se alcançarão. A idolatria,
qualquer que seja, odeia o aqui e o agora,
o *hic et nunc* e o Filho de Maria...

121 A lição

Venho dar-te a lição
que ainda te faz falta,
meu velho coração,
a que me sobressalta
desde que de um portão

olhei uma ladeira,
aquela inclinação
de pedra que uma freira
esquadrinhava em vão
e de repente, à beira

do mesmo precipício,
foi dar de supetão
com um rosto tão difícil
de descrever, que não
quero cair no vício

da frase mentirosa
porque bela. A visão,
mais que o Espectro da Rosa,[81]
furta-se à descrição,
é tão misteriosa,

tão luminosa e tão
diferente do medo,
da dor, da solidão,

[81] Referência ao balé baseado no *libretto* de Theophile Gautier, e à música "Convite à valsa", de Weber, orquestrada por Berlioz. Gautier resume o *libretto* com as seguintes palavras: "Abra seu olho/ Que lhe toca um sonho virginal/ Eu sou o espectro da rosa/ Que ontem você trouxe do baile." O poema refere-se à cena em que uma jovem, ao voltar de seu primeiro baile, adormece com uma rosa nas mãos e dança, em sonho, com o "espectro" da flor, que entra em seu quarto pela janela aberta. A imagem do "Espectro da Rosa" retorna em outros textos de Bruno Tolentino, como no poema "O Espectro da Rosa", de *A balada do cárcere*, e em poemas de *O mundo como Ideia*.

que talvez seja cedo
para que esse segredo

te alcance, ó coração
que vives da mentira.
No entanto eis a lição:
quando a alma delira
e o corpo tira a tira

rasga-se de emoção,
ainda não se viu nada;
é só quando a alvorada
cai-nos do céu na mão,
que a alma sobressaltada

acorda, ó meu irmão.
Desde aquela manhã
tomei-te pela mão,
coração que uma vã
conjuração malsã

engravidou de versos.
Convido-te à ascensão
dos puros universos
do amor, meu coração,
que ritmos perversos,

as músicas do ser,
encheram de ilusão.
Quando te surpreender
aquela aparição,
quando esse amanhecer

mais pleno e radioso
que a mesma insolação
conduzir-te ao Esposo,
ah, que revolução!
A embriaguez, o gozo

a que te habituaste
são como um paredão
contigo atrás, um traste
cheio de indecisão.
Mas como a flor na haste

acaba por crescer
e abrir-se, essa visão
do amor, de seu prazer
feito revelação,
algum dia há de ser

também tua lição.

122 Extraído a uma carta

Não é bem que *prefira* o amor de Deus: quem prova
não tem escolha... Quem jamais sentou-se à mesa
dos divinos deleites, espera-o uma surpresa
tumultuosa! Até às vésperas da cova

a alma se renova. Eu li Santa Teresa
e por graça de Deus decidi pôr à prova
tudo o que ela dizia: pois de susto a incerteza
lá fui de embalo em êxtase... E a coisa é sempre nova,

o amor de Deus crucificado e ressurreto
é sem comparação! Do sonho mais dileto
à mais fina delícia nada aqui se compara

ao toque dessa mão no coração que para
e quando recomeça a bater bate no teto,
ao ritmo de harmonias que jamais suspeitara!

123 A cesta de luz

Não, a morte no convento
nem sempre é uma assombração,
um tumulto, um pé de vento;
a morte-padecimento
e a morte-evaporação

algumas vezes se juntam.
Quando a Priora morreu,
como resposta a perguntas
irrespondíveis o céu
apiedou-se da defunta

gradual e foi-se abrindo,
a derradeira corola
de luz num canteiro infindo:
era o fim de um dia lindo
e as nuvens jogavam a bola

rosada do sol fulgente
pelo ar, aos quatro ventos,
e enquanto isso a doente
brilhava à luz de um poente
que rasgava os lenços lentos

manchados de hemorragia;
luzia sem inflamar-se,
levantava-se e soerguia
o leito, o quarto, a agonia,
a freira virando garça...

Morreu subindo ao sol-posto
a carmelita descalça,
a cesta de luz do rosto
levitando, o peso posto
na Mão que lhe erguia a alça...

124 O bicho-papão

Tenho medo da emoção,
mas tenho mais medo ainda
da alma, essa assombração
que depois que o corpo finda,

mais feia ainda, ou mais linda,
enfrenta a ressurreição.
Tenho medo da ilusão,
da brincadeira que brinda

buquês fantasmais na mão
de espectros que vivem à míngua
de palavras, do que a língua

diz como consolação...
Mas tenho mais medo ainda
da última aparição!

125 Crenças

Pouco importa o que pensa
que crê uma pessoa, porque
enfim uma crença
é só uma ideia boa,

por correta que seja
é uma noção, e a vida
é um vaivém: volta e ida,
de cemitério a igreja,

de altar a mortuário,
é uma reviravolta
a vida... A folha solta,
o som do campanário,

volteiam, vão e vêm,
penduram-se no ar,
e acabam no lugar
que afinal lhes convém.

Minha vida não teve
como acontecimento
o que o meu pensamento
determinou: foi breve,

foi leve como a flor
arrancada do solo
e jogada no colo
de mármore da dor.

Tive a paixão de crer
e a crença da paixão,
vivi na indecisão
que determina o ser

e, quanto a algum conselho
a legar assim tarde,
eu, um ícono velho,
uma pobre covarde,

à futura heroína
que interrogasse a antiga,
não sei o que lhe diga.
Que tudo é uma cortina?

Que a existência é mistério?
Qualquer que seja a sorte,
o assunto mais sério
não é a vida, é a morte

feita interrogação:
existe ou não existe
a última aparição
que torna tudo triste,

tudo semivazio?
Há um só consolador
num labirinto frio
como a vida, o amor,

mas amor feito dádiva,
supremo dom da vida.
Só que a esmola é tão ávida
quanto a mão estendida...

O amador de serpentes[82]

O ser é uma canção por Deus cantada,
e existe unicamente porque a canta
e canta e canta a voz dessa garganta
imemorial: e voltaria ao nada

se acaso interrompida na calada
da noite universal a sacrossanta
garganta emudecesse. Ah, canto, canto,
frase que te imaginas separada

da voz que te proclama e pronuncia,
enlouqueceste e, como uma espiral
demente, uma serpente na agonia,

negas que és duração e movimento
dessa voz infinita e musical,
tu, o hálito mesmo desse alento!

II
Ah, canta, canta a mal-agradecida
canção que se reclama emancipada,
como se a grande festa colorida
não fosse justamente uma alvorada

vinda toda de cima: o todo em cada
palheta detalhada e enternecida
de Deus... Como se cada pincelada
não fosse unicamente, como a vida,

dom do dedo de Deus no multicor,
prodigioso teto da capela
prevista: o alto arremesso do esplendor,

[82] Possível referência aos versos do poema "Nudez", do livro *A vida passada a limpo* (1958), de Carlos Drummond de Andrade: "Amador de serpentes, minha vida/ passarei, sobre a relva debruçado,/ a ver a linha curva que se estende,/ ou se contrai e atrai, além da pobre/ área de luz de nossa geometria." (cf. *Poesia completa,* p. 419).

o ser transbordamento da mais bela
cornucópia, a do instante criador,
canção, canção subindo estrela a estrela...

III
E tal um longo afresco pela abóbada
universal, continuamente ecoa
a solene canção que nunca é toda
cantada, que só dura enquanto voa,

e vai mais alto e mais além e aborda
o infinito fugaz como se fora
ela só o rebento dessa boda
da imanência de Deus com a luz lá fora.

No ar, no som, no reino aqui de baixo,
se um tão frágil prodígio se contempla
descobre-se na voz que o põe no espaço

e que o sustém no tempo: por exemplo,
quando acode à notinha que do alto
começa a resvalar, anda tremendo...

IV
Se os cabelos de ofídio da Medusa[83]
mordessem-na... Mas não: aquelas cobras,
doido acorde de negras semifusas,
sabem que fazem parte dessa obra,

a obra-prima do mal que o sonho usa
para enredar-se, confundir-se às dobras

[83] Medusa, uma das três Górgonas, divindades gregas, havia sido uma bela jovem de lindos cabelos que, porém, quis concorrer em beleza com Afrodite. Castigada pela deusa, que transforma os cabelos da jovem em serpentes, Medusa adquire aspecto terrível, e petrifica com seu olhar os que ousam fitá-la (cf. Ovídio, *Metamorfoses*, Livro IV, 790-803, entre outras fontes).

sinuosas, sem Deus... Tudo o que sobra
do ser que nega o ser é uma recusa.

Ó enigma da paixão que se apaixona
por si mesma! Ó absurda marafona
nostálgica do eclipse na obscena

obsessão da negação do nexo!
Que volúpia se nutre desse amplexo
em que o imenso, amputado, se apequena?

127 Dualidades

Não é Deus o problema.
A humana confusão
nasce da velha teima
da alma com o coração
(ou vice-versa) e o tema
não tem resolução
enquanto for dilema.

Um corpo e um espírito
que se debatem em vão
um contra o outro, não
separam o infinito
e o instante senão
segundo o velho mito
da humana divisão.

Nossa dualidade
axiomática, o pão
da falsa refeição
em que tudo é metade,
é uma irrealidade.
Somos um todo. A mão
que busca a eternidade

e o eterno que se inclina
para encontrá-la, são
um só, um não termina
onde começa o vão
esforço da cortina
para alçar-se do chão:
a comédia é divina

por ser a encenatura
de um drama em que a paixão,
a dor da criatura
e sua redenção,

atravessam a obscura
ponte-separação,
fazem do mal a cura...

Quando nos debatemos
numa irresolução
entre polos extremos,
resta que a inclinação
insistente de remos
opostos, um na mão,
um no ar, como gêmeos

dissemelhantes, mas
unidos em razão
de uma paixão que faz
do esforço a solução,
resta que essa voraz,
grave equivocação,
deifica o fugaz

e retarda a ascensão
rumo à única meta.
Somos irmãos da seta,
buscamos a amplidão.
E, se a alma é concreta,
tudo é evaporação
insistente, secreta

e enfim irreprimível!
Vamos aonde vão
todos na multidão
à procura do nível,
a predestinação
de tudo é o invisível.
Movemo-nos na mão
de um ritmo contínuo:
recapitulação

do humano no divino,
somos a dispersão
dos gemidos do sino
escalando a amplidão,
o som sempre mais fino,

mais sutil, mais repleto
daquela oscilação
do voo, que é direto
em si, mas que em função
deste mundo inquieto
é cheio de ilusão.
Como o branco no preto,

a reverberação
entre a ausência de cor
e a excessiva união
de todas, faz supor
uma dissolução
contraditória, o alvor
do amor na negação.

Mas ao fim da lição
nem Deus era o problema
nem era a solução:
não havia o dilema!
Era ilusão a teima
do ser, sua prisão
uma má-criação...

Que se a dor era o estrume,
o humano coração
é mortal como o grão,
não como o vaga-lume,
e sua vocação
é preparar o lume,
a espiga, a erupção

triunfal de um futuro.
Sofri num corpo impuro
sem frutificação,
mas fiz uma canção,
uns desenhos no escuro,
como as heras no muro
vão subindo do chão.

Entendo que não são
duas coisas idênticas,
mas são gêmeas: canção
e hera são concêntricas,
uma e outra a explosão
da terra, o coração
do eterno: uma o adentra

enquanto a outra o concentra,
mas enfim tudo canta!
É tudo um eco, um vão
aberto entre a garganta
e uma sublimação,
uma ânsia de planta
que se alcança: a canção

é o grão que se levanta.

E súbito ao ombro
de reis e pastores
pousa a mão do assombro;
pelos arredores
a invernada, as cores
da estação silente.

Depois do deserto,
como a voz do sino
no silêncio aberto,
como o cristalino
reflexo da estrela
nas mãos do menino,
tudo se constela:

o cometa e o canto
do burro e do boi,
o anjo e o acalanto
da que é mãe e filha,
mais a maravilha
cercada do manto
em que a carne foi

rasgada e refeita.
Paira a madrugada
primeira e perfeita
em que tudo nasce
junto à revelada,
pequenina face
que José cobria

de melancolia.

129 O padrasto

O que não foi pai
porque teve um filho
e ensinou-Lhe o ofício
de carpinteiro;
José, o que vai
perfilhar o exílio
e suster-Lhe os passos
rumo ao precipício;
o obscuro obreiro
dos lenhos do mundo,
a guardar nos braços
o pequeno orvalho
como um seu trabalho.
Por causa da graça,
por causa do amor,
calado José
obedece ao Pai
e inclinando a taça
bebe-a até o fundo,
solitário vai
sorvendo o licor
que lhe coube, até
que o sangue da graça
transborde da taça,
transfigure o mundo.

Maria, a do lenço
cheio de soluços,
a avena de bruços
sobre a cantilena
do mistério, o seio
branco do arco-íris
cercado de imenso,
a asa do barco
na tormenta, o meio
da lágrima, a chaga
que por tão serena
mão nenhuma afaga.
Maria, ou o exílio
da maternidade,
filha de seu Filho,[84]
mãe da eternidade,
do berço deserto,
do túmulo aberto,
da ressurreição.
Maria, a que ensina
a perda e o perdão,
aquela que não
teve nunca um filho,
a virgem Maria,
a que o vento inclina
sob a luz do dia
solta na campina...

[84] Cf. os versos de Dante, que são o início da oração de São Bernardo a Nossa Senhora: "*Vergine madre, figlia del tuo figlio,/ umile e alta più che creatura, ...*" (Canto XXXIII do Paraíso, *La divina commedia*, p. 848).

131 A outra

A que o povo chama
de Madalena,[85]
a dos pés na lama,
pálpebras em chama
e olhos de falena;
a doce, a pequena
faísca na cama

de ferro do amor
dos outros; a asa
do tição, da brasa,
comensal da casa
da miséria... A flor
do vaso que vaza
vê o pescador

e deita os novelos
da dor a Seus pés:
desata os cabelos,
espalha os anéis
ali mesmo e, ao vê-los
no chão, de joelhos
lava-Lhe os pés...

[85] Cf. nota 14.

O sumiço

José carpinteiro
e a cheia-de-graça
procuram primeiro
na rua, na praça...
Onde anda o menino?
Fato sem exemplo,
perderam-no... Onde?
Maria das Dores,
olha que aos doutores
pergunta e responde!
Ah, tão pequenino
pregando no Templo![86]

[86] Cf. Lc 2,41-50.

133 Pedro

Pedro pescador
das águas do mundo,
atrás do que via
e abraçava, um dia
ao jogar a rede
pouco mais ao fundo,
como por encanto
colheu outra sede,
e trocou de amor
como quem trocara
de ofício ou de manto.

Pedro desertor
das coisas do mundo,
para seu espanto
foi o traidor
sem culpa: soara
três vezes o canto
do galo e entretanto
Pedro atraiçoara,
três vezes aflito
entre o horror profundo
e o amor infinito.[87]

[87] Cf. Mt 27,69-75; Mc 14,66-71; Lc 22,54-62; Jo 18,12-26.

134 O convocado

Vem, Lázaro,[88] desce
do teu sono, vem
do fundo da gruta
sem fundo, caminha
sobre a erva daninha
deste mundo, escuta
o chamado triste
d'O que sabe bem
que a morte estremece
porque não existe.

[88] Cf. nota 10.

135 O rebanho

Vigiamos o berço
para que nada nasça,
semeamos esterco,
migalhas de fumaça

e um desvario amargo,
insultamos a dança,
desventramos o barco
e quando a noite avança

cuspimos sobre os mortos,
deitamo-nos na lama.
Imitamos os porcos,
e eis que o pastor nos ama!

Domingo de Ramos[89]

No dorso do burro
como se da pomba,
às portas da sombra
da cidade O puro

peregrino chega:
cercado de palmas
e calma beleza,
chamando os fantasmas

à primeira mesa.
Chega a primavera
e com ela chegam
o instante da fera

e o grito da ave
da ressurreição.
Bem-vindo à cidade
dos mortos, irmão.

[89] Cf. Mt 21,1-11; Mc 11,1-11; Lc 19,28-40; Jo 12,12-19. Na liturgia católica, marca o início da Semana Santa.

137 No Horto[90]

Se fosse o corpo
só o que pensas
que o corpo é,
não estarias
subindo a pé
por este horto,
não seguirias
um peso morto
na noite densa.

Se a alma fosse
a prisioneira
que te imaginas,
à sombra doce
das oliveiras,
pelas colinas
deste jardim,
tu não virias
atrás de mim.

Iscariotes,
tu sabes bem
que não há morte
para ninguém,
que as agonias
da indecisão,
tão tuas, são
como as cegueiras,
más conselheiras
do coração...

[90] Cf. Mt 26,36-46; Mc 14,32-52; Lc 22,39-53; Jo 18,1-11.

O beijo[91]

Aproveito o ensejo
para dar um beijo
no Teu rosto,
o último beijo
do meu sol-posto.

Aproveito a hora
desoladora
da despedida
e beijo agora
a minha vida

desencontrada;
beijo o meu nada,
que já me acorda
de madrugada
com aquela corda

na mão escura;
como a loucura,
como o alvoroço
que se pendura
pelo pescoço.[92]

[91] Cf. Mt 26,47-50; Mc 14,43-45; Lc 22,47-48.
[92] Cf. Mt 27,3-5.

139 Verônica[XL]

Agora o suor
misturado aos cardos
e ao sangue, a antepor
como espesso véu
aos olhos vazados
pelos frios dardos
que lhes joga o céu.

Doce mão Lhe leva
água junto à boca
e o que bebe a treva
bebe aquela fresca
água santa e pouca;
muge a soldadesca
e o cortejo toca.

Mas ela chegara-
Lhe perto e enxugava-
Lhe o rosto suave
coberto da lava
do mundo: e ficara
no pano uma cara
de deus ou de ave.[93]

[93] Segundo longa tradição cristã, Verônica teria enxugado o rosto de Jesus durante a Via-Crucis. O episódio não consta nos Evangelhos, mas faz parte das representações da Via-Sacra (Sexta Estação).

INRI[94]

A cabeça no centro,
aos espinhos entregue,
mas os olhos vendo
a noite que os cega.[XLI]

O círculo que nega,
destrói a morte, entra-o
como numa visão:
na rendição aos ferros

enfim a redenção
da carne torturada.
A dor como a canção
do sangue e o sangue aos berros

entre a raiz e o fruto,
proclamando a unidade
da árvore e da terra,
do anel e da mão,

o êxtase, o absoluto.[XLII]

[94] Iniciais latinas da frase "Jesus Nazareu, rei dos judeus", cf. Jo 19,19.

141 O bom ladrão

Morro sem cuidado,
ao lado do imenso
morro bem, suspenso
como o beijo ao lábio

que falou-me, sábio
do que eu não sabia.
Morro de alegria,
morro bem ao lado

do que foi enfim
julgado, açoitado
e crucificado
por mim.[95]

[95] Cf. Lc 23,39-42.

O segredo

O Cristo não é
um belo episódio
da história ou da fé:

nem o clavicórdio
nos dedos da luz,
nem o monocórdio

chamado da Cruz.
O crucificado
chamado Jesus

é o encontro marcado
entre a solidão
e o significado

do teu coração:
de um lado teu medo,
teu ódio, teu não;

do outro o segredo
com seu cofre aberto,
onde o teu degredo,

onde o teu deserto,
vão morrer, mas vão
morrer muito perto

da ressurreição.

143 Cantarão os ossos[96]

O mundo era ótimo,
o céu era péssimo,
não valia um décimo,
e eis que de repente...

Avisai o próximo,
convocai a gente
que anda descontente
pelo precipício:

o mundo era o fútil
que ficou difícil
porque o mundo é um vício.
Confessa a verdade,

coração inútil,
coração que matas
por sombras e pratas,
responde, quem há de

tomar este mundo
pelo que ele é?
Quem sonhar de pé
há de ser contado,

quem deitar no fundo,
quem ficar deitado
com a morte ao lado,
vai estremecer.

Quando amanhecer,
quando a luz vier,

[96] Possível alusão a uma das profecias de Ezequiel: Ez 37,1-14.

ah, se Deus quiser
cantarão os ossos

nesses mundos nossos...

144 *Noli me tangere*[97]

Não toques no manto,
não toques no ar,
não toques na corda
da lira invisível,
não toques em nada.

Toca a mão do espanto,
a mão tutelar
do assombro, e acorda
para o outro possível,
maravilhada!

[97] Cf. nota 26.

Tal a pomba de luz que visitou
Maria aquele dia, estando eu
toda abismada diante dela, um voo
repentino e total me apareceu

no escuro em que eu vivia e converteu
o mundo todo em nada. E agora eu sou
um ritmo, uma asa, o Prometeu[98]
que o rochedo brutal não segurou.

Com as cadeias de luz do acorrentado,
mas com a levitação que as coisas têm
quando um vento as possui de lado a lado,

assim tenho vivido, alguém, ninguém,
que importa, vou no vento e como quem
relampeja levito de bom grado...

II
O batismo de fogo[99] é como o nácar,
porque a pérola nasce da ferida
no abismo da matéria dolorida.
Seu brilho inaugural é como a faca,

cintila quando fere e faz da vida
a labareda solta, que destaca
da lenha bruta e da fumaça opaca.
Se o batismo de fogo mal convida

[98] Na mitologia grega, Prometeu, um dos titãs, rouba o fogo dos deuses para dá-lo aos homens. Como castigo, Zeus o aprisiona nas montanhas do Cáucaso e ordena que uma águia coma seu fígado, que sempre se regenera e é novamente devorado pela ave (cf. Hesíodo. *Teogonia*; Ésquilo. *Prometeu acorrentado*).
[99] Cf. Lc 3,16; Mt 3,11.

o que transforma, faz dos paus de lenha
a transfiguração da pura dança,
pura cintilação que a luz desenha

no quadro-negro da desesperança.
Arder para existir: que o fogo venha
apontar para o céu que não se alcança.

III
O Santo Espírito é o prolongamento
do perfeito no efêmero. O Espírito
é pura ventania e, puro vento,
vem e vai como o eco não de um grito,

de um sopro...[100] Profusão do pensamento,
puro aperfeiçoamento do infinito.
O ser é um túnel que o perfeito Espírito
vai cavando na luz, como o lamento

do vento vai abrindo uma avenida
invisível na tela do visível:
somos uma passagem subtraída

a Deus, mas que somando-se ao sensível,
multiplicando e dividindo a vida,
vai resultar no Espírito... É infalível!

IV
Quem baixa sobre mim e traz a música
invasora, os acordes que eu imito
como quem joga dados sobre a túnica
à beira do martírio do infinito?

Quem vira chama e chama o meu espírito
e desfaz minha mão em semifusas,

[100] Cf. Jo 3,4-8.

como um despetalar-se de petúnias?
Quem murmura o que eu penso por escrito?

Que dia é hoje? Um dia feito o gesto
da luz que me sustenta, como a seda
sustém a curva grácil do vestido...?

Pentecostes, a ardente borboleta,
é Deus no ar... Ah, quem me toca a testa
com dedos musicais e comovidos?

Edelweiss[101]

E eis que já tarde,
no cimo, a vida,
a realidade
sempre colhida

entre a saudade
e a despedida,
chega com um ar de
coisa caída

nas mãos da gente!
Ei-la que à hora
do sol poente,

a flor do agora,
subitamente
surge, sustém-te.

[101] Pequena flor branca, de textura aveludada, típica dos Alpes austríacos e de outras regiões montanhosas, como os Pireneus e os Bálcãs.

147 Sopro

Porque de súbito
adventício,
quem sabe fruto
do precipício,

do absoluto
que desde o início
te pôs de luto
o olhar, indício

de que o invisível
enfim chegou,
um sopro, um voo

baixando o nível,
roçou-te, audível:
“Vem, aqui estou…”

A noite (quase) escura[102]

Nem sempre O sinto e nunca sei ao certo
se desertei-O eu, se abandonou-me
a imensidão que havia atrás de um nome.
Quando Ele andou e andou pelo deserto

devia ser assim. Mas quando some
tudo porque o Espírito anda perto,
o vazio não pesa e aquela fome
de absoluto, do infinito aberto,

sustenta o corpo aéreo. Eu sinto a calma
das coisas que atormentam e alguma vez
vejo-me com horror: o olho da alma

vendo-se com o olhar de Deus, talvez...
É então que entendo São João da Cruz,
quando me sinto assim, quase um fantasma.

II
Não seria que a ausência era um contraste
indispensável a uma aparição
que, desaparecendo sem razão,
acorda o coração que acostumaste

a dormir descuidado em Sua mão?
Necessário talvez que não te baste

[102] Referência ao livro *A noite escura*, de São João da Cruz (1542-1591), contemporâneo e amigo de Santa Teresa de Ávila. Em São João da Cruz, a "noite escura" pode se referir à "noite" dos sentidos ou do espírito, sendo a segunda mais terrível que a primeira. A "noite escura" designa um estado de sofrimento, aridez, secura, impossibilidade de meditação, desconsolo, desamparo e tentações, dado por Deus para purificar a sensibilidade e levar a pessoa a uma completa renovação interior. Segundo São João, tal sofrimento não se confunde com a aridez provocada pela mediocridade espiritual, pois não é sinal da ausência de Deus, mas de Sua terrível, pois desproporcional, proximidade (cf. a introdução de *Obras de São João da Cruz*).

consolação alguma, distração
nenhuma, necessário esse desastre...

Se Ele desaparece como o orvalho,
como o orvalho retorna, como o eco,
e vai sempre direto àquele galho

que mais secou sem Ele. A certos cimos
Ele só baixa quando desistimos,
braços abertos para o tronco seco.

III
O Cristo redescobre-se no escuro,
é como o olhar do gato que te espia,
astuto de saber que não o vias
à luz habitual... O Cristo é o puro

espanto de ser visto quando o muro
mais cego te encurrala. As fantasias
que te alvoroçam, soltas pelos dias,
desaparecem e Ele vem: o escuro

tem as modulações que a luz não tem.
É ali naquele túnel, contra um fundo
de desbarate, de esplendor também,

que te encontras com Ele, o olhar fecundo
interrompendo a treva quando o mundo
acode ao interruptor e a luz não vem.

IV
O Cristo é esse cristal que vem morar
no centro das pupilas quando tudo
escurece ao redor. Naquele mudo,
cego espaço que mura o teu olhar,

é que Ele brilha mais, até furar
a escuridão, os muros do absurdo.

Reverberando ali como se um surdo
de repente escutasse o próprio ar,

um rosto inconfundível vem te olhar.
É Ele, o absoluto que te chama
pelo nome, esse nome sem lugar

em ti que não ecoe, como a chama
vai envolvendo tudo e, devagar,
o mar onda por onda se derrama.

V

Se *re-velar* significa pôr
sobre o inacessível mais um véu,
cada revelação, ato de amor,
aproxima e separa o olhar e o céu.

Véu sobre véu, o enigma, o esplendor
a que chamamos *In excelsis Deo,*[103]
é uma ansiedade em nós, um novo, um neo-
nato ato de olhar, sob o fulgor

refigurado, o invisível dado
aos olhos que O não podem e sonham ver.
Ele é um puro infinito limitado

pela aproximação que traz ao ser
Sua revelação, mas com o cuidado
de um véu filtrando o intenso amanhecer.

VI

Aquele solitário, O que carrega
a solidão do ser que desespera
Dele e do coração na noite cega,
punge-Se contemplando-te: uma fera

[103] "*Gloria in excelsis Deo*": em latim, "Glória a Deus nas alturas" – título e início do hino conhecido como "Doxologia maior", utilizado na liturgia cristã ao menos desde o século III.

enjaulando a si mesma, uma quimera
prisioneira de tudo quanto O nega.
Aquela solidão que espera e espera
e sonha recobrar-te numa entrega

embriagadora, sofre porque sente-te
resistir, recusar, sofrer sem ela.
Olha a abóbada imensa, impaciente

de devolver-te a imensidão que tinhas:
não tens dó desse rosto entre as estrelas
curvado, desejando ervas daninhas...?

149 Após releitura d'"O castelo interior"[104]

É com efeito uma ferida a queimadura
que no peito da alma deixa uma só centelha,
uma faísca da fogueira azul-vermelha
do amor de Deus... Essa invasão da criatura

pelo toque fugaz do eterno é uma ardidura
constante desde então no espírito que O espelha.
Mas *borboleta trespassada pela altura,*
ou *dardo prodigioso*, essa linguagem velha

como a alma, ou a sede da alma pelo eterno,
diz bem Santa Teresa, é incapaz de dizer
esse mistério: o refrigério de um prazer

como incêndio contínuo! Como os gelos do inverno,
queima sem consumir e vai virando o ser
pelo avesso, esse fogo que é o oposto do inferno.

[104] Cf. as notas da segunda parte do livro.

Leveza

Eu apenas lhe pedira
perdão por ser como sou...
Que me tomasse na mão,
que rasgasse tira a tira
esta múmia que cansou
de arrastar um coração
agarrado a uma mentira,
a farrapos de ilusão...
Mais nada. E de supetão
senti-me levantar voo!
Um sopro me levantou
como uma folha do chão!

Durei seis dias buscando
sentir o solo outra vez!
Usava, com a indecisão
do convalescente, os pés
como dois pardais fiéis
mais à altura do que ao bando,
desabava no colchão
sem senti-lo quase... E quando
me ajoelhava tentando
voltar à terra, talvez
ancorar-me a ela, não

me aproximava senão
de uma distância maior...
Os santos sabem de cor
esses lépidos caminhos,
mas um pobre coração
acostumado aos espinhos
que colecionava, à dor
que cultivava, à ração
dos apetites mesquinhos,

que iria saber da Mão
que sustenta os passarinhos?

Enfim, ao sétimo dia,
minha carne, como o ganso
que descansa da amplidão,
foi-me voltando de manso
e eu senti que percorria
os meus labirintos não,
mas uma sala vazia,
um corredor, a extensão
da capela, da cozinha,
do pátio e, como um descanso,
desci, senti que descia...

Foi demais essa aventura,
tanto mais inesperada
que eu não tinha nem noção
de que seria escutada,
quanto mais de andar na altura!
Não esperava era nada,
era a mesma criatura
cheia de vacilação
e repleta de amargura,
que ia da cela ao portão
queixando-se, e na calada

da noite às vezes se erguia,
bêbeda de solidão,
revoltada de ser freira,
a que sempre se despia
como uma restauração!
Toda a angústia sobranceira
de uma alma que vivia
de sua íntima fogueira
de repente acabaria
no ar, no susto, na Mão
que jamais a largaria...

Quem diria... E que dizer?!
Que, se sei que não mereço,
não Lhe pedira senão
uma ajuda, sem saber
que lhe pagaria o preço?
Sei que não voltei, que em vão
piso o chão, que isto é um começo,
como diz Santa Teresa;
o resto vai de encontrão
contra a pobre natureza,
o que vem depois é o pão
do martírio, da incerteza
de um dia sentar-se à mesa
da perfeita comunhão...

151 A pé

Pobre de Sóror Helena,
não podia se conter,
ao me ver aparecer
branca como uma açucena,

eu que sempre fui morena,
soluçava de prazer!
Ou talvez fosse de pena,
como se eu fosse morrer...

Como a gatinha Luzia,
a cada vez que me via
fazia aquele escarcéu,

mas nenhuma compreendia
que eu ia a pé para o céu,
leve, leve como um véu...

152 A flauta

Escutava o som da flauta
do pastor de cada dia
e suspirava, sorria...
Já não me fazia falta

sua doce companhia,
mas ouvia aquela malta
de balidos e harmonia
como uma folha mais alta

na brisa que a levaria,
e ria... Era tão exata,
tão límpida, tão esguia

aquela curva de prata
subindo... Tudo subia,
a luz, a campina, a mata...

153 Reincidências

Necessariamente
agora, como quem
se despe e se sente
mais leve, eu também

mal me reconheço,
sinto-me despida...
Se falhei à vida,
se errei de endereço,

se compliquei tudo
sem necessidade
e fiz da saudade
o meu grito agudo,

agora me espanto
de andar tão calada,
leve como nada,
doce como o manto

da tarde lá fora.
É a minha ária
mais íntima, e embora
seja necessária

como à folha a haste,
é silenciosa,
é como o contraste
entre o aroma e a rosa.

Caem-me uma a uma
pétalas do centro
da alma, e por dentro
já se me perfuma

mesmo o pensamento!
Sinto-me tão leve
que o gesto que escreve
isto, este momento,

parece-me um voo,
nem isso, um aroma,
o resto da soma
que se me evapora...

Commiato[105]

A minha louca e incontentada vida
nunca aspirou, por mera lucidez,
a nada mais que à graça imerecida
da última humildade. Cada vez

que alguma inadiável despedida
levou-a ao matadouro como rês
autoiludida ou não, cada ferida
parecia-me justa e sempre fez

que a minha carne, por irredimida
sempre ansiosa, sempre insocorrida,
mas de repente obediente a Deus,

Lhe aceitasse a sentença: pelos meus
pecados distraídos minha vida
mediu-se, ajoelhou-se e submeteu-se.

II

Eu nunca tive e muito menos tenho
razão agora: tenho um coração
sempre insensato, sempre sem razão.
Não tenho nada, não sou nada e venho

como um mendigo à beira de um portão
estreito, mas aberto; a esmola, pobre
que seja, vale mais que ouro ou cobre,
vale o gesto que espera e estende a mão.

Tenho saudade, ah, isso sim, e tanta!
Uma viva saudade multiforme
de redenção. Santa saudade, santa

[105] Em italiano, despedida. A palavra também dá título a um poema de Giuseppe Ungaretti.

esmola que me deste e que um disforme
coração Te agradece: o sonho planta
porque a colheita prometida é enorme!

III

Não chorarei o mundo; não chorei
quando havia por quem e me abraçava
à hora fugitiva! Quando a lava
daquelas erupções que idolatrei

sepultava o que havia, não chorei;
não há de ser agora que a alma escrava
escapou ao feitor que a incontentava
que hei de chorar por ele... Antes, não sei,

agora me apetece estar mais bem
onde estou, como estou: a sós com o Cristo.
Não me faz falta nada, e se houve alguém

que um dia fez meu corpo imprescindível,
há de ter sido um sonho: eu mal existo
e a vida é o imponderável do invisível.

IV

São horas de pensar que dentro em breve,
dentro de um curto espaço, lá por dentro,
no coração, à esquerda desse centro
da precária criatura que aqui esteve,

o mundo irá parar: faz-se mais leve,
a idade o leva aos poucos para dentro
e tudo vai parando. Quando eu entro
em mais um corredor, a alma o inscreve

no labirinto figurado e eu sei
que em breve, passo a passo, a minha vida
há de cumprir ao menos essa lei...

São horas de pensar na despedida
que hei de fazer, e que talvez farei
tão melhor quanto mais apetecida.

V

A transfiguração tão esperada,
aquela perfeição total que um dia
será minha, há de vir anunciada
talvez pela alvorada da agonia,

talvez pela alegria da chegada.
A surpresa suprema que existia
desde o princípio, a grande convidada
da alma, há de fazer-me companhia

de repente, talvez, mas como um lenço
sobre os olhos fechados para o mundo.
E há de chegar-se a mim naquele imenso

aconchego supremo que há no fundo
de tudo o que se amou e anda suspenso
como o gemido a mais de um moribundo.

VI

E aquele querubim do Extremo Leste,[106]
guardião dos limites do jardim
com sua espada giratória prestes
a cair para sempre sobre mim,

já não tem mais sentido o querubim.
E estas vestes de pele que me destes,
desde que Ele as vestiu também enfim
eu não as necessito mais, as vestes

com que me despedistes, ai de mim![107]
O Cristo é essa nudez que vem de leste,
é a luz devolvida do jardim

[106] Cf. Gn 3,24.
[107] Cf. Gn 3,20-24.

que eu perdera e outra vez me oferecestes.
Eu vou ser outra vez como o jasmim,
vestir-me só de lua entre os ciprestes!

VII
De gafanhotos e de mel silvestre
João se alimentava,[108] mas Teu pão,
Tua palavra, me alimentarão!
Caminharei no céu como pedestre

da eternidade e ali naquele chão
por fim o corpo que me prometeste
será como o Teu corpo, de amplidão
vestido e proclamado pela veste.

E hei de voar atrás do gafanhoto,
só por voar, e provarei do mel
que não se acaba, que transforma o gosto

e a língua, e como João por Salomé[109]
perderei a cabeça pelo gozo
de ver Quem vejo e estar-Lhe sempre ao pé!

[108] Cf. Mc 1,6.
[109] Cf. notas 17 e 18.

155 A subversiva

O projeto do telhado
sereno da perfeição
era o meu... Essa ambição
era todo o meu cuidado
quando entreguei ao passado
meu reinozinho malsão
e entrei neste casarão
com um vestidinho emprestado
e de rosário na mão.
Lembro meu rosto alumbrado
pela solene expressão
de quem deixa o namorado
esperando no portão
e vai à missa. Coitado,
não me esperaria em vão
por muito tempo... Malgrado
aquela firme intenção
(que nunca deixei de lado),
a jovem operária não
teve o esforço aproveitado
na cumeeira, o porão
esperava-a, empoeirado;
antes tocava-me o chão
como era mesmo, entulhado
de tombos, de hesitação,
as desordens do pecado.
A andorinha sem telhado,
coitada, faria então
o esforço mal-azado
para subir de encontrão
em tropeço a um delicado
equilíbrio, e sempre em vão.
Até que, a um momento dado,
desistindo com razão
do seu sonho emparedado,

a pobre soltou um brado
inconsolável, e o chão
levantou-a, levitado
pôs-se a fazer-lhe o Verão
que ela havia malogrado!
Que dizer? Que o céu é alado,
vive acima do telhado,
mas desce de supetão
para ficar-nos ao lado
como uma evaporação
ao inverso, uma inversão
do jogo mal calculado
da alma com a imensidão?
Digo antes disso que o fado
da criatura é a imperfeição
e quem vive seu bailado
ao ritmo do coração
passa um tempo agoniado
nas vasilhas da emoção,
o tempo da operação
de havê-las esvaziado.
Fui descobrir que a ilusão
é como um céu retocado,
um céu de mentira não
porque tem sempre o cuidado
de anexar-se uma porção
de verdades, o sobrado,
a cumeeira, o portão...
Desenhozinho acabado
com amor e precisão,
no meu pus um campo, o gado,
estrelas, e até um balão!
Entrei ali com a intenção
de ir subindo e dar ao chão
um adeus bem-comportado,
mas era tudo invenção,
caretas de malcriado,

caprichos da solidão.
O céu chega sempre dado
como uma esmola ou perdão,
não pode ser alcançado.
Não se alcança a perfeição.
Não se alcança nada, é o chão
que um dia, sem mais razão
que subverter a ilusão
e converter o culpado,
faz as vezes do telhado,
sobe, leva o condenado
como um pássaro na mão,
abre o velho cadeado
e solta o pobre coitado!
A graça é uma subversão.

O xarope

Já disse que tenho medo
das ilusões, *et pour cause*:[110]
iludo-me desde os doze
ou treze anos! Concedo

que as venho escolhendo a dedo,
minhas comédias: a pose,
o estilo justo... O arremedo
da perfeição foi a dose

em que exagerei, e o coice
que lhe levei foi o golpe
de misericórdia: a tosse

que resultou do xarope
quase me mata! Mas foi-se
como viera, a galope...

[110] Em francês, "e por uma (boa) razão".

157 Cochichos

Se eu tivesse sabido
o que iria passar,
não teria saído
de mim mesma, em lugar

de atalho tão comprido
saberia encontrar
um circular: marido,
filhos, coisas do lar...

Mas há uma voz no ar
que, se não faz sentido,
diz-nos ao pé do ouvido:
"Mais vale se enganar..."

O invisível, que a criatura sente
mas não pode tocar, como uma opala
lânguida a seu redor é *diferente*
apenas como o espaço de uma sala

difere das paredes: ao formá-la,
esse espaço incorpóreo mas presente
cria a noção de *sala*. Finalmente
é sempre o invisível que assinala

lugar de ser à coisa contingente...
E se o que existe passa pelo opaco
como o trem pelo túnel de repente,

é pela transparência, como o caco
de vidro pelo sol de lado a lado,
que se anima este reino atravessado.

II
E ninguém, nada existe nunca à parte
desse baile de luz que transfigura
e vai criando: a criação é pura
figuração da luz que se reparte

em mil cintilações para criar-te.
Fulguração, fagulha, formosura
faiscante, a função do ser é a arte
da luz atravessando-se à espessura:

ser é espelhar-se contra a noite escura.
Mas se, cheio de treva, te imaginas
trancafiado nela, olha, procura

no fundo das pupilas, nas meninas
dos olhos, e verás como perdura
a mesma luz em ti que há nas salinas.

159 O infinito

No infinito, no pálido pescoço
da cabeça invisível, as imagens
vagam como confusas tatuagens;
mas solto nesse rápido alvoroço

de formas incompletas, de paragens
indefinidas como um velho esboço
de mão desconhecida, nas miragens
tensas e retorcidas como um torso

arcaico,[111] nos vazios dessa tela
o que não tens aos poucos se mistura
ao pouco que te reste: à luz da vela

que se debate na corrente escura,
misturam-se o que cabe numa cela
e o infinito, esse espaço que procuras.

II
Dizem que vou morrer. Dizem que vou
cessar de ser porque este corpo cessa.
Dizem que a flecha que interrompe o voo
há de me atravessar, como sem pressa

a asa atravessa o espaço que buscou.
O sonho do infinito é uma promessa,
eu sei, mas cada vez que alguém amou-o,
foi porque na estreiteza da cabeça,

nalgum canto do corpo esse infinito
cabia. E cabe! A profusão da vida
é feita de minúcias, mas um grito

[111] Possível alusão ao poema de Rilke "Torso arcaico de Apolo", traduzido por Manuel Bandeira.

se faz de imensidões e uma ferida
de infinitas renúncias. Tudo é rito.
Tudo é ressurreição imerecida.

A inesperada

Hoje, na minha cela,
esta manhã inteira
a corola amarela
foi-se abrindo... Não cheira
e não tem companheira,
mas é tão mais singela

por ser única. Assim
como a brisa que traz
de longe, do fugaz,
o aroma do jardim,
amarelinha faz
as vezes do jasmim,

da papoula, da rosa,
da hortênsia, da violeta
e da tulipa preta!
É tão harmoniosa,
tão calma, tão discreta,
que é a ideia da coisa

e a coisa juntas; tem
uns ares de raminho
oferecido, e vem
oferecê-lo a um ninho
que tivesse também
esse ar de passarinho

que ela às vezes imita.
Minha flor solitária,
a última visita
de Deus, a Sua ária
de amor à parasita...
Ah, como é necessária!

161 Debates

Deito-me resignada,
vestida, quieta, pronta
a atravessar o nada,
mas a alma, a alma tonta,

debate-se, não quer,
não aceita o que aceito,
levanta-se do leito,
abandona a mulher

que vai morrer e sai
às soltas pelo quarto,
pelo vazio, um ai,
o ai da dor do parto,

não da morte, diz ela...
Estranha companheira
do corpo de uma freira
que já não se rebela,

que quase já não sente...
Formam um estranho par
um corpo decadente
e a alma que quer durar!

Quem sabe a quais extremos
me há de levar, quem sabe
por onde acabaremos
as duas! A que cabe

num leito, num caixão,
num buraco da terra,
e a outra, a que descerra
os véus de uma visão

que a primeira não vê...
A morte de uma freira,
sabe-se lá por quê,
quer queira, quer não queira,

é sempre o mesmo drama:
no palco de uma cela
resignação na cama
e delírio à janela...

A truta

Já não voltarei a dar-te
nem um olhar, meu Tirol![112]
Como mais um girassol
cada vez faço mais parte

daquela reviravolta
que sai no encalço do sol,
cada dia ando mais solta,
mais leve que o rouxinol,

como ele vou subindo,
sumindo a cada arrebol,
vou virando o voo infindo
de um alvíssimo lençol

que anda desaparecendo,
apagando-se do rol
como da trouxa, e tremendo
como uma truta no anzol...

[112] Região dos Alpes, hoje dividida entre a Áustria e a Itália, onde se localiza Innsbruck, a cidade do mosteiro fictício de Katharina.

163 A prece

Junto as mãos numa prece
ansiada, não quero
ceder ao desespero,
à hidra[113] que oferece

o que não tem, mas logo
penso um verso e separo
as duas mãos em fogo...
Vejo muito mais claro

quando escrevo e não chego
a conversar com Deus
porque os delírios meus
como o pássaro cego

mal alcançam voar;
os meus arroubos são
obcecados não
com sair do lugar

mas com deixar pegadas
de tinta onde estiverem...
Meus sentidos, se querem
voar com as revoadas,

querem que o voo seja
com asas de papel.
Deus do alto da igreja
concede-me esse voo,

recebe-me o tropel,
que por fim já parece

[113] Referência à Hidra de Lerna, monstro da mitologia grega, com corpo de dragão e nove cabeças de serpentes de hálito venenoso (cf. Hesíodo, *Teogonia*).

uma espécie de prece,
os dobres do que sou,

imitações de sino,
os últimos badalos,
as asas dos cavalos
no céu como o imagino...

164 Sonolência

Sinto-me uma pluma.
Já fui um buquê,
mas não sei por que
fui virando espuma,

e aqui, nessa bruma
em que mal se vê,
vão-se-me uma a uma
as pétalas... Dê

no que der, o Outono
tem como um sabor
de fim, de abandono,

facilita o sono.
Um sono sem cor,
sem peso, sem dono.

165 À janela

Vai, festa da vida,
amor, sonho, ilusão,
padecimento, ida
e volta... Vai, canção,

e tu, meu coração,
minha velha ferida.
Em toda despedida
há um aceno de mão

e o meu é este rabisco.
É tudo a que me arrisco
debruçada ao balcão

para a última visita,
a última visão:
o adeus da parasita.

166 A Deus

Adeus, poesia,
adeus, solidão.
Dou-vos uma fria
carícia de mão,

a mão leve, esguia,
hesitante e tão
cheia de emoção,
que é quase harmonia,

quase paz, meu trêmulo,
meu último adeus...
Tocai-os, os meus

dedos, os meus remos
soltos, mas deixemo-los,
demo-los a Deus...

A ANDORINHA,
ou:
A CILADA DE DEUS

Peça em três atos, baseada no livro
As horas de Katharina
em adaptação livre do Autor

a Kátia Medeiros[I]

Sabemos que todas as coisas cooperam para o bem daqueles que amam a Deus, daqueles que são chamados segundo o Seu propósito. Porque aqueles que de antemão Ele conheceu, a esses também os predestinou para que fossem conformes à imagem de Seu Filho.

Romanos, 8,28-29

PERSONAGENS
(por ordem de entrada em cena)

Sóror Katharina da Anunciação e do Suor de Sangue.

Sor Anselma da Resignação da Virgem.

Sor Helena da Santa Visitação.

a Priora do Convento do Imaculado Coração de Maria, Innsbruck, Áustria. As quatro são Carmelitas Descalças.

Monsenhor Sérgio Stepanades, ex-capelão do Convento.

Mathilde, uma enfermeira.

Werner von Herzogenbuch, Coronel do Exército Imperial Austro-Húngaro, irmão de Sóror Katharina.

Rainer Hendriks, Capitão da Guarda do Tirol.[II]

Eugênia Elizabeth, Condessa von Herzogenbuch, *née* Princesa Estehrazy,[III] mãe do Coronel Werner & de Sóror Katharina.

PRIMEIRO ATO

PRIMEIRA CENA

Num vestíbulo do Convento das Carmelitas Descalças de Innsbruck, Áustria, cerca das sete da manhã de 22 de Agosto de 1898. Em cena Sóror Katharina da Anunciação, de 37 anos, e Sor Anselma da Resignação da Virgem, de 33. A primeira volta as costas ao público, mexe e remexe numa gaveta; a outra está ajoelhada a alguns metros dela, oculta, ou semioculta pela porta aberta de um armário.

KATHARINA: Pronto! Outro terço partido...

ANSELMA: Como assim, partido?

K: *Kaputt!*[114] Partido. Outro terço dela.

A: Dela quem?

K: (*virando-se para ela*) De Sóror Bernarda, ora, ora! De quem havia de ser? Parte ao menos um por semana. Haja terço!

A: (*erguendo-se e fechando o armário*) Rosário, irmã, Ro-sá-ri-o. Terço é só uma terça parte dele...

K: Pois então parte os três terços de uma vez, não para quieta, há anos que não sossega nem na capela, eu já não...[IV]

A: Eu sei...[V]

[114] Em alemão, "quebrado".

K: É, mas quem tem que aguentar[VI] sou eu, você senta do outro lado! É aquele mexe-remexe o tempo todo, eu só fico ouvindo, esperando a horinha do tique-tique-tique no chão... O de hoje quebrou quietinho, as mais das vezes...

A: Você acordou pior ainda, é melhor tomar uma camomila.

K: Uma?! Um banho de camomila seria melhor! Mas também não ia adiantar nada, não durmo mais desde anteontem.

A: Eu sei. Desculpe. Mas de que serve se ocupar do Rosário dela a uma hora dessas? Você me fez engasgar querendo saber se o Pedro já podou o salgueiro! Que interessa se regou as azaleias, trocou a água do regador? Quando é que você vai ver o jardim outra vez, isso é que me espanta, todo esse interesse.[VII] Você é mesmo...[VIII]

K: e **A.** (*juntas*) ...es-qui-si-ta! (*riem as duas. Katharina ainda ri quando a outra fica séria*)

A: São quase as sete e um quarto. Você já fez a maleta mesmo?

K: (*rindo ainda*) Com aquele mundo de coisas que tenho, acho que esqueci o solidéu de seda...

A: Esquec... a solidão de quê?

K: (*ficando gradualmente séria*) Não, essa não, essa não ia deixar de levar, passadinha a ferro como a tenho guardado há vinte anos.

A: Vinte e um e meio, não é?

Pág. 421 **K:** É... (*calam-se e Anselma olha-a enquanto ela olha as mãos*) Ainda são as mesmas, não ficaram com as manchas das mãos de Sor Helena, que também já estão aqui há mais de vinte.

A: Você não mudou nada, não só suas mãos.

K: Não, nem por dentro. Engordei à toa. Mas também, andei à toa todo este tempo e ainda queria mudar?[IX]

A: Pare de se torturar, eu é que devia estar melancólica.

K: E não está?

A: (*com um suspiro*) Acho que hoje à noite... Amanhã de manhã na certa, não consigo me imaginar acordando neste lugar e...

K: Neste lugar, é? Cuidado, você já está começando a falar como eu...

A: Não vai ser nada fácil não ter com quem conversar...

K: E Sor Angélica?

A: Ah, ela... Mas não é a mesma coisa, ela tem aquela vozinha que você diz que dá câimbra. Não, eu vou ficar muito calada. E muito, muito sozinha. (*súbito agitada*) Olha, vamos logo daqui senão Sor Helena me apanha, e hoje não quero ir parar na cozinha, não posso. Quero ficar sentada lá embaixo até ouvir o portão se abrir. Ele vai entrar aqui a cavalo, não vai?

K: Ora, sei lá! E imagine eu de carona na garupa! Você tem cada uma!

Pág. 422 **A:** Mas também não vai sair andando atrás dele, vai? É claro que vão abrir o portão todo e eu vou ouvir lá de baixo. Daqui é que não vou ouvir nada.

K: Eu ouvia. Estivesse onde estivesse. Uma vez até do porão. Ouve-se um mundo de coisas lá do porão, sabe? Fez mal em nunca querer ir lá comigo. É um mundo à parte,[x] o rascunho de todas as obscuridades, o arquivo escuro deste lugar, da história toda, de todos os conventos do mundo...

A: (*agitando-se mais*) Vamos logo, Katharina, que daqui a pouco...

K: Katharina, é?

A: (*acanhada*) Irmã...

K: Não, não, não se acanhe, qualquer das duas serve hoje. Hoje...

A: Vamos, vamos!

K: (*saindo atrás dela e voltando-se à altura da porta*) Vamos.

(*O palco fica às escuras até o início da segunda cena.*)

SEGUNDA CENA

Ante a cela de Sóror Katharina. A porta abre-se sobre o vestíbulo cheio de coisas amontoadas no chão. Anselma entra primeiro, para e leva as mãos à cabeça.

ANSELMA: Santo Sangue!

KATHARINA: (*calma, entrando atrás dela*) Não blasfeme, meu bem, ainda não são horas.

A: Mas de onde saiu isso tudo?! Eu nunca...

K: eu nunca quis ir lá. (*Anselma olha-a desconcertada*) É o que devia dizer: "eu nunca quis ir lá com você, Irmã, nunca imaginei que houvesse tanta tralha no porão..."

A: (*pegando numa caixinha, soltando-a, agarrando um pedaço de pano colorido e moldando-o ao corpo*) E isso?! Onde foi que você foi achar isso? (*olha-se como se num espelho. K. dá uns passos em direção à cela propriamente dita e some. A. fica só uns instantes e rodopia agarrada ao pano; quando para está diante de K., que volta trazendo um espelho de mão, erguendo-o ante a freira estupefata e sorrindo. A. deixa escorregar o pano, que pende de uma de suas mãos*) Virgem Santa, então foi você que...

K: (*voltando o espelho para si e falando com ele, não com a própria imagem*) Foi você, não foi? Você, seu ladrão, você que anda de mão em mão neste labirinto, de morta em morta-viva, você, seu Minotauro[115] velho, seu engolidor de virgens murchas, seu ladrão

[115] Cf. nota 40 de *As horas de Katharina*.

de modéstias e de esperanças, foi você outra vez, você, você! (*erguendo os olhos para A.*) Viu? Ele nem se defendeu... Foi ele, não fui eu não. Quando me deixaram vestir Sor Antonieta, tive que lavá-la toda e estava procurando mais panos no baú dela... Ele estava enrolado num... um pano amarelo, eu acho... (*de olhos postos no ar*) ou desbotado, não lembro bem. Caiu quando o peguei, tremia tanto! Quase se quebra. Eu tremia de vez em quando ali a sós com ela, naquela cela cheirando a cânfora e vômito, Irmã Hilde ainda não tinha chegado com seu exército de baldes e de vassouras.

A: (*ainda surpresa, cada vez mais horrorizada*) Mas, era um ex-voto[116] da Santíssima Imaculada! Era não, *é!*

K: Ela também era, não era? Você também, olhe só a sua cara (*brandindo o espelho diante dela, que vira o rosto, confusa*), olhe, olhe! (*A. vira-se de lado, recua até o baú aberto, senta-se de quina e deixa cair o pano que torcia até então entre as mãos. K. volta a olhar-se no espelho, e acerca-se à janela*) Eu não, não sou lá tão imaculada. Mas também não demora viro ex-voto neste santuário, ex-voto maculado, maculadíssimo!

A: Não fale assim! (*Katharina olha-a, espelho à mão, erguendo as sobrancelhas e arregalando os olhos em falso espanto; A. baixa a voz e retoma*) Hoje não. Não fale assim hoje. Você não tem mais por que remexer essas coisas. De hoje em diante você é...

K: sou "uma nova criação", como disse São Paulo aos Efésios.[117]

[116] Ex-voto: Quadro, pintura ou objeto a que se conferiu uma intenção religiosa, que se coloca em uma igreja ou capela como pagamento de promessa ou em agradecimento a uma graça alcançada.
[117] Cf. Gl 6,15.

A: Gálatas. Mas, por favor, deixe as Santas Escrituras em paz, agora sou eu quem diz que não blasfeme!

K: Já não são mais horas, não é mesmo? Tem razão, nunca são horas de nada neste lugar, agora é muito cedo, agora é tarde demais. Até para orar, dormir, sofrer, acordar, lavar a cara, até para blasfemar... Aqui se está sempre em descompasso, atrasada ou adiantada, mas descompassada, sempre fora de hora. Quando Sor Antonieta agonizava, aqui mesmo ao lado, não me deixava dormir com aquela tossezinha quieta, ela abafava, sabe, cuspia nos lençóis para não fazer barulho cuspindo no balde. Mas assim mesmo eu não podia dormir e blasfemava, blasfemava a noite toda ouvindo aquela mortezinha discreta e inexorável, pontual, pontuada daquele *han-han-han* como as pegadas da pescadora atrás da truta... A trutazinha pálida, a prata pálida e fria, cada vez mais fria... (*abraça-se num tremor*) Está frio demais hoje, não acha, nem parece Agosto.

A: Fim de Agosto. Feche a janela se está assim com tanto frio.[XI] (*levanta-se para ir fechá-la e esbarra com K. que lhe impede a passagem erguendo o espelho diante dela*) *Vade retro!* (*A. agarra-lhe o braço, forçando-a a baixá-lo, K. debate-se fingindo lutar com o Diabo*) *Vade retro! Retro! Retro*[118] (*sussurrando quase*) Fique quieta! E esconda isso, podem ver-nos lá de baixo. (*por fim larga-a e corre à janela, a que se debruça sem conseguir fechá-la. Volta-se para uma K. ainda gesticulante, mas muda*) Ajude-me! E largue isso, pelo Santo Escapulário, se alguém nos vir de lá...

K: (*deixando cair o espelho, imóvel olhando além da janela que a outra desiste de fechar*) Morte, ó morte

[118] Em latim, "afasta-te, recua".

mortífera, onde está tua vitória?[119] Ela não resistiu nada, não resistia para não me incomodar, para não incomodar ninguém com os teus passos, os teus barulhos. A morte silenciosa, a morte modesta, fina, bem-educada, "*Oui, mademoiselle, mais surtout pas de chahut, s'il vous plaît...*".[120]

A: O que me espanta é que roubasse o ex-voto da Virgem numa hora dessas!

K: E por quê? Por que se espantar? A morte silenciosa também tem cara, também se vê, se mede na cara. A dela só fazia emagrecer e ficar mais e mais branca, tão branca que já parecia imagem mesmo, a Verônica ao contrário, evaporante.[121] Por que não haveria de querer se ver até o fim, de ver que fim lhe dava o Criador das camélias? Era Julho e elas estavam em flor, imagine a ironia, sem perfume nenhum e iguaizinhas a ela, que cheirava cada vez pior. (*irritada*) Aliás, não vejo por que concluir que ela *roubou* o ex-voto, por que não tomá-lo emprestado para se arrumar melhor à beira da viagem que a faziam fazer? Não ia era levá-lo consigo, ia? Na certa imaginou, se é que pensou nisso, que eu, ou quem a vestisse de noiva outra vez, o iria repor ao pé da Virgem, ela era muito supersticiosa, nisso era como vocês todas.

A: O vestido dela estava todo puído, não cheirava a naftalina, tinham esquecido de pôr as bolinhas, eu acho.

[119] "A morte foi absorvida na vitória. Morte, onde está tua vitória? Morte, onde está teu aguilhão?" (1 Cor 15,55)
[120] Em francês, "sim, senhorita, mas não faça barulho, por favor..."
[121] Cf. nota 87 em *As horas de Katharina*.

K: Não tive tempo de remendar tudo, costurei a noite toda à luz de vela, mas não pude com todos aqueles furinhos, havia partes em que já estava quase tudo se desfazendo... (*com raiva*) Não cheirava a naftalina nem a nada porque eu o lavei todinho, e sequei com o ferro de passar! Até engomei as partes mais puídas para que não se derretessem que nem manteiga sem sal... Mas, claro, não adiantou muito. (*unindo as mãos em atitude pia, fazendo cara beata*) Você sabe que a Madre Priora não quis me dar o meu? (*A. olha-a sem entender*) O meu vestido de noiva, idiota! (*arremedando a voz da Priora*) "*Fica aqui esperando a sua volta, ao Senhor é que pertence, não a quem o veste uma vez só!*" (*grave outra vez*) Disse que se eu "*não voltasse*" o mandaria pôr sobre o meu caixão, não creio que se propusesse pô-lo ela mesma, mas é bem capaz de durar mais que eu, presta ainda menos!

A: Você escreveu um salmo lindo na Missa de Sétimo Dia dela, eu me lembro...

K: Que salmo que nada, e eu lá sou salmista, menina? Era uma poesia, sua tonta!

A: (*tentando recitar*) "*Uma lágrima da Virgem...*"

K: (*olhando-a com paciente doçura*) "*A lágrima de Maria pela mais doce das freiras.*"[122]

A: É... A lágrima escorrendo para a cova, isso é que me impressionou, nunca mais esqueci. Irmã Antonieta virando lágrima da Virgem...

[122] Citação do poema "Missa de sétimo dia", de *As horas de Katharina*.

K: Todas somos só isso mesmo, lágrima escorrendo para a cova, só à última hora é que se vê como isso é mesmo verdade. A Virgem chora suas virgens porque o Filho dela não se dá ao trabalho de aparecer!

A: Ah, Katharina, por favor, hoje não!

K: (*remedando-lhe a vozinha nervosa*) Hoje não, Irmãzinha, pelo amor de Deus, tenhamos paciência, hoje é dia de esquecer que hoje Ele também não vem!

A: (*baixando a cabeça, balançando-a devagar*) Se você já vai indo mesmo...

K: E vou deixar tudo isto aqui plantado! Se quiser alguma coisa leve, se bem que Sor Eulália já me fez várias visitas, não deixou lá grã quê. Escolha o que quer e ajude-me a devolver o resto ao porão do meu castelo, anda, acorda, menina! (*A. ergue-se devagar, como desalentada, pega numa coisa e noutra e devolve-a ao monte. K. olha-a com ternura*) Não, é melhor devolver tudo, você não ia saber esconder nada. Olha, o melhor mesmo é vir ao porão comigo, você não precisa entrar, é só para aprender a chegar lá, tem que saber o caminho lá embaixo senão se perde. Assim, quando quiser alguma coisa já sabe onde está. Se quiser alguém também sabe aonde levá-lo, sua levada...

A: Pare com isso, Irmã, agora não, não estou para suas brincadeiras.

K: Venha ver as únicas coisas que quero levar! (*dirige-se à cela; A. hesita e ela se volta com um sorriso mau nos lábios e nos olhos*) Ande, venha ver. (*A. não *se move e K. desaparece um instante. Volta com vários cabides na mão, alguns vazios, de outros pendem vestes e camisas masculinas) Voilà!*[123] O meu relicário!

A: (*pasma*) Mas... o que é isso? Vai levar os cabides?!

K: Que cabides, que nada! Não são "cabides" coisa nenhuma, são elas, são as minhas relíquias. Não me faça essa cara, sua sonsa, são *eles*, os meus fantasmas, os meus companheiros de clausura. Este aqui você não conheceu, olha: chamava-se Pedro também, Pedro Paulo. Tinha dezesseis anos, hoje terá trinta e dez filhotes, na certa. Olha como era esguio (*passa a mão na camisa, prende-a à altura da cintura, afunilando-a, dando-lhe a forma de um funil*), parecia um cipreste... Fazia-o esperar-me sob o cipreste atrás do viveiro, aquele mais alto, o segundo, creio. Gostava de olhá-lo de longe, quase oculto mesmo pelo tronco... O dele era de uma elegância igual, fino, duro, altaneiro... Custou-me convencê-lo a descer ao porão, tinha medo dos ratos, era quase um menino, em certas coisas...

A: E você não tinha?

K: O quê?

A: Medo deles, dos ratos.

K: Tinha mais em que pensar... E tinha outros medos, os que não se espantam com uma vela acesa. Lá embaixo é sempre noite, é o reino da treva, acabei por transportar o meu porão para aqui todas as noites, acendia uma vela atrás da outra e a escuridão daquele bendito porão enchia ainda

[123] Em francês, "aí está!".

mais a cela. Uma vez, era Inverno, no Inverno, como já deve ter percebido, os jardineiros não vêm muito, quase nunca o via. Naqueles tempos havia essa história de não poder sair por aí a partir de Novembro, a Priora dizia que Sor Antonieta tinha morrido de tanto passear no frio. Enfim, era uma noite de Janeiro, dessas que parecem só ter vindo para ver a lua cheia. Daquela[XII] vez abri a janela de par em par e fiquei ali, gelada, ali mesmo, nua como eu sempre dormia, olhando a lua e espantando o porão daqui, não eram horas de aguentá-lo aquela vez, escancarei a janela e ele escapuliu e nunca mais voltou!

A: Como assim, escapuliu? O porão?

K: (*sorrindo-lhe*) Deixei de vê-lo aqui dentro, foi o que quis dizer. Comecei a encher o armário de cabides naquela[XIII] noite mesmo, Sóror Benedita tinha me entregue uma dúzia para distribuir e eu havia esquecido. Sumi com eles todos, ela me perguntou, eu me fiz de pateta, ela acabou esquecendo e ficou por isso mesmo. Este aqui, por exemplo, o terceiro, está vendo? Não, não tem nada mesmo, nunca teve. Este, este aqui! Naquela[XIV] noite eu o tinha reservado para pendurar a camiseta do Padre Sérgio, aquele macedônio que foi secretário do Abade durante uns tempos (*A. acena que sim, agitada*), eu nunca tinha visto um homem tão lindo! Nem tão avaro. Não me deu a camiseta. Não me deu grande coisa, só grandes conselhos, e tinha coisa bem melhor,[XV] mas não dava, foi inútil. Eu cansei de argumentar que o Cristo tinha dito que pensar na coisa já era pecar, quanto mais ficar de rodeios na cama e não... bom, você imagina o que ele não acabava de fazer. Mas não houve jeito, ele insistia em que se desse outro jeito, há muitos jeitos, sabe, de não se dar, de fazer a imitação do que se quer fazer mas não se tem coragem. Padre Sérgio era um místico, esses gregos são todos assim ao que parece, muita vela e pouca prece.

A: Vocês rezavam?!

K: (*olhando-a com surpresa, contendo a impaciência*) Se nós *rezávamos*...?![XVI] Ah, menina! Não, não era bem o que eu queria dizer, mas não faz mal, deixemos em paz o futuro Cardeal. Ele já é Monsenhor, foi muito útil nessa história toda, sabe, foi ele quem obteve a audiência de Papai com o Bispo de Salzburg. Na verdade já tinha até convencido aquele sátiro gordo a me deixar sair daqui, eu acho, isto é, tenho certeza. Aqueles dois dessas coisas entendem. Mas, enfim, este é o cabide dele, vazio, como você vê, conservei-o assim para lhe dar o devido destaque na coleção. Às vezes pendurava nele o lencinho bordado com as armas do Bispado, que ele me deixou contra a vontade. Tinha-o usado uma vez para... Não me olhe com essa cara, não vou dar detalhes sórdidos, foi um lapso, desculpe. Fiquei de lavá-lo no dia seguinte mas não fiz nada disso, fui me esquecendo, me esquecendo, ele pedindo e eu esquecendo até que, como Scherazade... Deixou-me, mais que os outros, a substância do prazer proibido, mas não porque quisesse. Não podia cobrar, como havia de sair daqui com *aquilo* na santa batina, dizia. Eu me estatelava de tanto rir, o que tinha a ver a batina com "*aquilo*", por mais santa que fosse! E aliás não era... Foi de batina e tudo que ele me beijou em plena capela, a caminho do confessionário! No[XVII] dia em que eu fui lhe dizer que tinha "coisas deliciosas" para confessar...

A: Você teve essa audácia?!

K: Tive-as todas. Até hoje... Até hoje só tive isso, audácias, audácias e audácias! A de hoje talvez funcione...

A: Talvez? Mas se já está tudo resolvido!

K: Resolvido é? Resolvido por quem?[XVIII] Por você? Por mim? Pela Priora, o Abade, o Bispo? Meu pai? Meu... meu noi...

A: (*olhando-a espantada e completando a frase que K. não acaba de concluir*) ...noivo, seu noivo. (*K. olha-a com uma expressão absorta*) Por ele, pelo seu noivo... Não foi ele quem começou esta história toda, vindo aqui lhe pedir que se casasse com ele? Ele disse que nunca deixou de gostar de você, que a esperou até enviuvar e ter coragem... É lindo isso, Katharina, é o verdadeiro amor uma coisa dessas!

K: (*sacudindo a cabeça como quem acorda, franzindo e refranzindo o cenho e piscando muito*) É, é claro... Está bem, menina, tem razão, está bem! É que eu não estava pensando nele...

A: Eu não conseguiria pensar em outra coisa, você é mesmo o auge da esquisitice!

K: (*absorta outra vez*) Papai veio de Kirchstetten,[124] está aqui na casa do Marechal desde Sábado. Mas não veio me ver, foi a Marechala quem me disse, quem me deu suas instruções, seus augustos comandos... "*É a vontade de seu pai!*" E repôs as luvas! Tinha obviamente pressa de

[124] Cidade da Áustria. A inclusão da cidade na trama talvez se deva ao fato de W. H. Auden (1907-1973), poeta anglo-americano que Tolentino admirava, ter comprado uma casa em Kirschtetten em 1958.

ir mandar lustrar-lhe as esporas... Ficou dez minutos, imagine, meia hora morro acima para ficar minutos, a perfeição como velha de recados! Cearemos juntos, ele e eu, depois "*os outros*" poderão se aproximar, Rainer também, espero, mas ela não disse. Presumo que "*nos outros*" ele esteja incluído, mas não aposto.

A: Eu aposto! Como estará vestido? De hussardo[125] montanheiro, será?

K: (*sorrindo-lhe com indulgência*) Botas, chapelão, plumas negras e tudo!

A: E espadarte! Ou sabre, ou... como é que se chama mesmo...?

K: Avental.

A: (*chocada*) Aven...

K: Avental, babador, chocalho, que sei eu! Mas não se assuste, ele não se apresentaria diante do General sem a mais formal indumentária. (*e ante a expressão desalentada de A.*) Depois eu mando contar tudo, tudinho, nos mínimos detalhes, não se entristeça, eu estava brincando. (*aproxima-se e toca-lhe o queixo caído*) Vamos, eu estava caçoando dele, não de você.

[125] Soldado pertencente à cavalaria ligeira, de origem sérvia ou húngara. Cabe lembrar que a época em que se desenvolve a trama (1898) ainda compreende a existência do Império Austro-Húngaro, que se iniciou em 1867, a partir de um acordo entre a família dos Habsburgos e a nobreza húngara, e foi dissolvido em 1918, após a derrota do Império na Primeira Guerra Mundial. O Império Austro-Húngaro incluía os territórios das atuais Áustria, Hungria, República Tcheca, Eslováquia, Eslovênia, Croácia, Bósnia e Herzegovina, e regiões da Sérvia, Montenegro, Itália, parte da Romênia, Polônia e Ucrânia.

A: E por quê? Por que caçoar[XIX] dele?

K: Por nada, meu bem, por nada. Deixe pra lá.

A: Você é mesmo uma ingrata, como Sóror Francisca diz, não dá valor a nada do que Deus lhe dá, caçoa de tudo, de tudo!

K: A maior caçoada, essa é a Dele, é Ele quem caçoa e ninguém nota, ninguém protesta. Eu só faço notar, protestar, mas quem caçoa mesmo é Ele, não sou eu. O nosso Pai-que-está-no-Céu mima demais o Filho Dele, e a caçoada continua.

A: Não sei como você se atreve a falar assim num dia destes! Antes, vá lá, mas desde que tudo corre como você mesma queria...

K: Ah, é? E desde quando é isso? Desde quando tudo corre como eu, euzinha aqui, ando querendo, ando pedindo, rogando, desistindo e recomeçando a mesma cantilena há vinte anos, quando? E quem sou eu, esse 'eu' com tanta sorte assim? A freirota semi-*défroquée,*[126] a noiva roubada ou a mulher do jardineiro casado que dormia com a outra? Que fazia os filhos na outra e treinava comigo no porão, como se os ratos ainda tivessem o que aprender sobre o assunto! Quem é essa que tem a ventura de queixar-se à toa enquanto tudo corre como ela mesma queria? Quem?

A: Ele era *casado*?! Isso você nunca me disse.

K: (*com um suspiro de resignação*) Que importância pode ter isso agora?

[126] *Défroquée*: monja que deixa o mosteiro.

A: É que você nunca me disse isso, e ele não parecia casado...

K: Ah, não? E como se parecem os casados, hein, diga lá. Mais gordos, mais altos, mais ossudos, mais calvos, mais curvados, diga lá, como são os adúlteros vistos nos jardins de convento do Baixo Tirol?[127]

A: É que você nunca me contou isso. Contou que ele beijava...

K: Assim, olhe: assim... (*mordendo o lábio inferior e largando a pilha de cabides, que se esparramam no chão aos pés da outra*) Assim, olhe! Olhe, menina, era assim! Foi por isso que eu contei a você, não ia lhe dizer também que tinha mastigado urtiga, ia? Se bem que você ao menos ia acreditar...

A: Sor Helena acreditou, e Sor Angélica e... muitas, quase todas! Eu ficava toda vermelha quando alguém falava que você ainda ia se matar de tanto comer urtiga.

K: Aah! Tudo isso é história velha! (*chutando os cabides*) Relíquias de freira velha roedora de urtiga... Meu Deus, meu Deus! (*mergulha o rosto nas mãos. A. estende-lhe a sua, mas não a alcança e K. não lhe vê o gesto. Silêncio. Estão assim quando a porta se abre e surge o vulto de uma freira de uns 60 anos, que Anselma vê mas Katharina não. Sor Helena fica imóvel, calada, olhando K com atenção. Quando esta volta a si trocam um olhar demorado, silencioso. Por fim*)

[127] Na época em que se passa o drama, a região do Tirol incluía o Tirol do Norte (*Nordtirol*), com capital em Innsbruck, e o Tirol Setentrional (*Osttirol*), com capital em Lienz, que hoje fazem parte da Áustria, e o Tirol Meridional (Tirol do Sul, *Südtirol*, ou Trentino-Alto Adige), que após a Primeira Guerra Mundial passou a fazer parte da Itália.

HELENA: Irmã... (*hesita*)

K: Sim?

H: A Priora pede-lhe que vá encontrá-la na Sacristia.

A: Na Sacristia?!

K: Por que na Sacristia? (*Helena hesita ainda, baixa os olhos e quando os ergue outra vez vai de A. a K. e outra vez de uma a outra*) Por quê? (*começa a dirigir-se à porta, enquanto Helena entra finalmente na cela, deixando-a passar sem tirar os olhos dela. A sós com Anselma agora, a freira mais velha olha-a respirando forte. A. quer falar-lhe e não ousa, baixa os olhos e dá-se conta de toda a tralha que a rodeia; volta a si e ergue-se lentamente, tomada de constrangimento*)

TERCEIRA CENA

Na cela de Katharina, em seguida no corredor que leva ao lado oposto do convento. Sor Anselma e Sor Helena da Santa Visitação.

ANSELMA: Eu... eu estava ajudando... Isso tudo... (*nota o espelho no chão e tenta encobri-lo empurrando-o sob um trapo com a ponta do pé. H. parece não notar nada e a operação desajeitada da jovem complica-se cada vez mais...*)

HELENA: (*olhando-a enredar-se e enrubescer*) Quando ela ainda era muito... muito menina, uma menina ainda, havia um desses aí que ela levava para onde fosse, enrolado num pano de veludo verde... Envolvia tudo o que tinha pertencido à mãe em panos finos, como se o precisasse esconder, não suportava que ninguém visse nada. (*cala-se e sorri com ternura melancólica, não tanto a A. quanto a si mesma*) Pouco antes de me ir embora, antes que me aceitassem aqui fui para a casa de meu irmão em Karlovy-Vary,[128] passei lá quase um ano até que a Condessa mandasse completar o meu dote. Ele também foi[XX] muito bom comigo sempre, não tenho queixas dele, ao contrário. Mas não quis ajudar-me a entrar aqui, foi ela... Bem, pouco antes de eu sair de lá Eliz... Sóror Katharina... tinha quatorze anos, quase quinze, quatorze e onze meses quando eu saí. (*consigo mesma*) Não devia ter saído tão cedo, ou tão tarde, mas não podia mais com toda aquela historiada...

[128] Também conhecida como Karlsbad, cidade hoje localizada na República Tcheca.

A: Qual? (*H. olha-a e volta a si*) Que historiada?

H: Ela escrevia uns versos muito jeitosos, desde criança, sabe, isso não são coisas de convento como ela vive dizendo, ela já fazia versos muito antes de vir para cá. Aparecia lá na cozinha, lia para nós antes de ler para ele. Quase sempre mudava tudo depois. Ela era uma gracinha, Irmã, tinha muito jeito mesmo. (*acerca-se à janela e olha intentamente o jardim, como se procurando ver alguma coisa, sem parar de falar*) Quando fui me despedir dela naquele[XXI] dia, vi que havia partido o espelho, isto é, o cabo, o espelho e a moldura estavam intactos, mas ela estava inconsolável. Era muito mais ornado do que esse aí, de onde saiu esse? (*A. tem um gesto nervoso, mas não chega a abrir a boca, H. não parece reconhecer o ex-voto*) Tudo o que era da mãe dela era muito bonito, ela guardou tudo desde pequenina. Trouxe o que pôde para aqui, tudo o que cabia na maleta, o Coronel mandou buscar depois.[XXII] Só que a Priora mandou meter tudo no porão, eu mesma é que levei. Ainda está lá, eu acho. (*volta a olhar o espelho*) Era muito mais bonito do que esse, me admira que ela se desse ao trabalho de esconder um tão... tão...[XXIII]

A: Esse ela achou entre as coisas de Sor Antonieta quando...

H: Ah... Sempre a mesma colecionadora de objetos deixados atrás por quem a abandona... Elas eram muito diferentes, não acha, e no entanto quem mais sentiu foi ela, esteve muda durante dias. E como chorou na missa de sétimo dia, ela que nunca chora, você não se lembra do escândalo que ela fez? (*A. faz que sim com a cabeça*) Depois veio me ler na cozinha os versos que tinha feito, como quando...[XXIV]

A: (*interrompendo-a*) Eu sei, eu também estava lá...

H: como quando ainda vivíamos em Kirchstetten.

A: Conheceu o Tenente Rainer, Irmã?

H: Era um dos que viviam por lá, quando os rapazes vinham da Academia traziam sempre um ou dois. Depois que Hugo morreu ficou inseparável de Werner. Mas não era tenente nenhum nessa época, claro. Nem agora, que história é essa?

A: Não, ele hoje é Capitão dos Montanheiros, eu sei, mas quando eu cheguei aqui era ainda Tenente mesmo, foi pouco antes d'ele enviuvar, uns quatro ou cinco anos. No Verão a gente ia se esconder atrás das cortinas do vestíbulo lá em cima, para ver a tropa passar, na ladeira que termina na estrada que vai para o Starnberger See... Depois das Laudes.[129] Eu fui várias vezes com Sóror Katharina, ele passou a tirar o chapéu depois que nós penduramos a anágua de Sóror Venância lá no mastro, todo mundo viu!

H: (*sorrindo*) Ela ficou uma fera, disse que encolheu com a chuva.

A: Se não comesse tanto, as roupas dela não encolhiam tão depressa. Que nada, ela muda de enxoval todos os anos, tem licença especial, da Priora e do Abade!

H: (*olhando pela janela com atenção*) Hoje está que é um vai-e-vem só, já entrou e saiu todo tipo de gente! Eu tenho que ir ver como andam as coisas na

[129] Orações rezadas pela manhã.

cozinha, num dia desses ninguém sabe o que faz. (*A. tem um gesto de defesa, como se fosse falar*) O que é que você vai...? Pode ficar arrumando isso, se quiser, já tem gente demais por lá.

A: Não, eu vou com a Irmã até lá fora. (*saem juntas e no corredor A. toma coragem*) Irmã... O que é que a Priora quer com ela a uma altura dessas? E por que logo na Sacristia, vem alguém de fora?

H: (*parando e segurando-a pelo braço*) A curiosidade matou o gato, você devia é ir pôr ordem em todo aquele traste.

A: (*surpresa*) Mas vem alguém, não vem?

H: (*soltando-a e repondo-se em movimento*) Ouvi o nome do Monsenhor, mas não quer dizer...

A: (*parando de repente*) Padre Sérgio?!

H: (*voltando-se*) Monsenhor Stepanades! Desde quando...?

A: O que é que ele quer com ela agora?

H: (*parando também*) Como é que eu hei de saber? (*E, retornando alguns passos*) Olha, se você quer ajudar, se gosta mesmo dela, vá lá e diga a ela que volte aqui, que você não pode com aquilo tudo sozinha, invente qualquer coisa. O espelho! Fale do espelho, se a Priora ouvir você mencionar o espelho vai dar um escândalo daqueles e...

A: (*indignada*) Como é que eu ia dizer uma coisa dessas! Eu não tenho nada a ver com espelho nenhum, Sor Anton...

H: Eu sei, eu sei...

A: Mas a Priora não sabe!

H: (*desalentada*) Deixe estar, não ia adiantar nada mesmo. Ela é assim, quanto pior a situação...

A: Que situação? Padre Sér... Monsenhor... não vai revogar a licença dela só porque ela não tem nada mais a devolver-lhe! (*cala-se constrangida, olhando os sapatos*)

H: Ora, você não imagina que ele ia voltar aqui só para tentar apagar suas porcas pegadas! Ele vem, se ousar mesmo vir, é para avisá-la do que a espera...

A: Do que a espera? Mas se é o Tenen... o Capitão Rainer quem a está esperando, ele é que a vem buscar para se casar com ele!

H: Se ele deixar...

A: Ele? Padre Sérgio? Ele quem?[XXV]

H: Quieta! Aí vêm elas! (*aparecem Katharina e a Priora das Carmelitas ao fundo do corredor. A., de costas, ainda não as viu e insiste*)

A: Elas?! Ele quem? (*diante do ar composto de H. volta-se e as vê, Katharina e a Priora. As duas aproximam-se caladas e, uma vez formado o grupo, sempre em silêncio voltam a separar-se, A. seguindo Katharina e a Priora parando à altura de H.*)

QUARTA CENA

No mesmo corredor, Sor Helena e a Priora.

PRIORA: (*parando diante de H.*) Monsenhor ainda não chegou, almoçará conosco. Quem a substituiu na cozinha?

HELENA: Ninguém. Isto é, Sóror Bernarda está lá desde cedo, e Sóror Teresa e Sóror Cristina, meio convento anda por lá hoje.

P: Imagino. (*suspirando*) Seja o que Deus quiser. Eu vou precisar de você agora, talvez você consiga...

H: Ela não quis vê-lo?

P: Quis, quis, não é bem isso. Ela continua achando que é uma questão de formalidades, ou seja lá do quê, não tem a mínima ideia.

H: E a Madre queria que eu...

P: Se você não lhe falar ela não vai saber do que se trata, eu não acho modo de me dirigir a ela num assunto desses.

H: Mas e a Marechala? Elas se viram anteontem...

P: Por dez minutos. E o que sabe a Marechala?

H: Eu...

P: Você sabe.

H: Madre, há coisas que só Deus sabe.

P: Ele, o Diabo e você. Não me faça essa cara, se você não lhe disser tudo o que me disse ela vai sair daqui iludida, essa ilusão não vai durar, mas a outra vai, a que só você pode escorraçar de uma vez por todas.

H: Madre, eles sempre foram muito bons comigo.

P: E você? Foi caridosa com todos eles? Ou só discreta?

H: Há um silêncio ainda mais difícil do que a verdade, Madre.

P: E mais perigoso. Nós sabemos o que a atormenta, o que sempre a atormentou, e só você pode livrá-la desse mal-entendido aterrador. Se tivesse ficado por lá...

H: Teria perdido minha alma.

P: Será muito melhor deixar que ela jogue fora a dela? E por nada, pela série de fantasmas que a ilusão vai criando, criando, até que mata, devora o que criou e o que não criou. Não, minha filha...

H: (*sem intenção de arremedá-la*) "Não, minha filha..." Foi o que ele disse a ela, ou o que ela me disse que ele havia dito, "*Não, minha filha, não minha filha!*" E ela veio para cá assim mesmo, por isso mesmo!

P: Mas você não disse a ela o que me disse, o que toda Veneza sabia, todo o Império, e só você podia fazê-la saber sem equívocos. Por que se calou, Sor Helena, por que essa fidelidade inútil e custosa? Ela, a conspiradora, a soberba Musa de todas as revoluções, do seu covil de luxo em Budapeste, que ela chama de *Salon*[130], ela não merece que lhe sacrifiquem tanto uma vez mais, uma vida toda, uma alma, duas, sabe-se lá quantas! Que fidelidade é essa, a sua, a quê? A quem? (*H. continua muda, impassível*) A ele, não é? A ele...

H: (*reagindo enfim*) Ele não teve culpa nenhuma, não tem...

P: Não? O silêncio às custas da verdade é a maior das culpas, a mãe de todas as outras. Olhe quantas desde então... Quantas culpas trocadas, mal entendidas, mal atribuídas. E você, que como Pilatos insiste em lavar as mãos, você sabe a verdade.[131]

H: O que é a verdade?[132] (*a Priora tem um gesto de impaciência*) Foi o que Pilatos perguntou ao Cristo, não foi? E Ele não respondeu.

P: Pois respondo eu: a verdade é o que alguns temos a coragem de olhar de cara e outros preferem perguntar o que é.

H: A verdade mata, Madre. Crucifica em vão e mata sem salvar nem a si mesma. A caridade, essa é mais difícil de olhar de cara, olhá-la e esperar, esperar que se desintoxiquem todos os que se embebedam da verdade que não lhes dói, a verdade que só mata os outros.

[130] Em francês, "salão". O *salon* tornou-se comum na França a partir do século XVII; a expressão designa um encontro de elites culturais, sociais e políticas, que eram recebidas por pessoas – muitas vezes, uma dama – da alta sociedade para discussões filosóficas ou literárias.
[131] Cf. Mt 27,24-25.
[132] Cf. Jo 18,33-39.

P: Mas, criatura de Deus, se ela se está matando e matando o General, e esse pobre-diabo que quer tirá-la daqui sem medir ao que a expõe! Que caridade é essa que você prefere à simples verdade que o Império todo sabe e ela não quer ver? Diga-lhe simplesmente, francamente, que... (*olhando ao redor e baixando a voz*) ...que ela não é filha dele, que ele é um tolo, um imprudente, um hipócrita, se quisermos, mas um incestuoso não, porque não pode, não podia sê-lo! *Voilà!*

H: (*após um longo silêncio*) E dito isto, assim, com essa simplicidade toda, ela estaria a salvo, ficaria aqui? (*a Priora olha-a desconcertada*) Sem essa razão, que ela acredita tão grave, de vir esconder-se aqui, aos pés, nos braços do Cristo que perdoa tudo,[XXVI] sem essa esperança ela aceitaria continuar esperando por Ele? Depois destes anos todos de angústia, Madre, acha mesmo que ela vai jogar fora todos estes amargos anos[XXVII] e esperar calmamente por esse Cristo, que segundo ela nunca quis saber dela, nunca a quis receber? (*a Priora segue como petrificada, olhando-a*[XXVIII]) Não, Madre,[XXIX] ela iria embora mais depressa ainda, iria buscá-lo, buscar a mãe, o pai, quem sabe o que iria buscar, mas não, não ficaria aqui esperando, esperando e esperando até notar, por obra da graça Dele, que O que a trouxe aqui nunca esteve ausente, que foi ela, que somos nós todas a ausentar-nos Dele por amor às verdades que *soi-disant*[133] insistimos em acreditar que deixamos lá fora.[XXX] Nós duas a conhecemos muito bem, bem demais para não saber de tudo isso.[XXXI]

P: (*como aquiescendo, como quem volta a si*) É aquele sangue, sangue húngaro e italiano, mistura de

[133] Em francês, "por assim dizer".

rebeldias. Não, não sei se ela ficaria, se você não está certa ao menos nisso, mas ainda creio que seria melhor que ela soubesse a verdade da sua boca. Ninguém mais pode convencê-la.

H: E o risco? (*a outra olha-a como hesitante*) O risco que passa a correr quem se acredita livre da cruz que imaginava ser a sua, a cruz que esconde a outra, a verdadeira, a que ninguém pode depor e pensa que não tem nos ombros. A dela é a rejeição pelo mundo brilhante e inebriante a que nasceu com tantos dons nas mãos finas, o mundo cujas misérias ocultas ela não conheceu porque as trocou por outras que não eram senão um disfarce, um quiproquó, um mal-entendido como a Madre muito bem disse. Mas esses mal-entendidos ou são usados por Deus para atrair a Si as almas mais ameaçadas, ou não passam de um quebra-cabeça a mais. Escolha o que lhe parecer que sejam, Madre, eu já fiz a minha escolha. Não fico com a verdade do mundo, fico com o perdão, o impossível perdão que só Ele pode dar.[XXXII]

P: O perdão que ela pode dar ao General em vez de ir atormentá-lo outra vez em nome de um casamento que provavelmente não se fará.

H: Não se fará! Mas esse perdão ela não teria mais o poder de lhe dar, se enfim soubesse que ele não tem a culpa que lhe atribui, a culpa de amá-la como se fosse a mãe. (*a Priora dá sinais físicos de exaustão, de confusão pelo cansaço*) Esperemos, Madre, esperemos que ela saia, se tiver que sair, que não encontre nada lá fora, porque não há nada lá tampouco, nada do que ela quer.[XXXIII] Esperemos que ela saia a ver o que ache, que não ache o que quer ou que não queira o que ache, e que volte. Porque se ela sair à procura

Pág. 447 de alguma coisa e achar a verdade, a verdade que há por lá, voltará aqui mais depressa ainda à procura do perdão que livra do império absurdo das supostas verdades deste[XXXIV] mundo.[XXXV] A única verdade mora aqui, sob o hábito difícil, escuro, sem graça, da paciência, da caridade e do perdão. Agora, se me permitir, Madre, tenho mesmo que dar um pulo por lá, são horas que ando longe. (*a P. faz um gesto de aquiescência, H. saúda-a e começa a afastar-se, mas a outra a chama*)

P: Sóror... Quando... quando eu fui eleita, votei... contra mim. Acho que teria sido melhor mesmo se tivesse sido...

H: Mas Ele, Ele repetiu o *voto*, Madre, porque me conhece melhor. E assim seja, Amém. (*saúda-a outra vez e parte apressada, enquanto cai lentamente a cortina*)

FIM DO PRIMEIRO ATO

SEGUNDO ATO

PRIMEIRA CENA

No vestíbulo que leva à copa e cozinha do convento. Sóror Katharina e Sor Helena. A última entra apressada e dá com a primeira que a esperava, como se na tocaia.

HELENA: (*assustando-se*) Ora, menina, você um dia desses me mata de susto! O que é?

KATHARINA: Ouvi tudo!

H: (*deixando cair os braços, tentando disfarçar a emoção*) Ouviu... o quê?

K: Tudo. O que é que ele vem fazer aqui? O que quer comigo a estas alturas?

H: (*recompondo-se*) Mas se você ouviu tudo...

K: Menos o que ela lhe cochichou. (*H. mal retém o suspiro de alívio*) Quando a pegou pelo braço e cochichou olhando para todos os lados. O que foi que ela disse? Que verdade é essa de que só você pode me convencer?

H: Há muitas verdades na boca dos homens. Das freiras, então... Há uma Babel de verdades andando de língua em língua neste mundo, sobretudo aqui neste pedaço dele.[XXXVI] Qual é a que você quer ouvir?

K: A que ela lhe disse.

H: Mas se você ouviu todo o resto, que lhe importa o pedacinho de verdade que nem a Priora tem a coragem de dizer em voz alta?

K: (*impacientando-se*) Diga logo o que é, de qualquer modo eu já vou saber, assim que ele chegar. (*a freira mais velha tenta passar e K. barra-lhe o caminho abrindo os braços em cruz*) Não fuja, não fique a vida toda fugindo, fugindo, diga logo o que acha, o que ele vem buscar, ou trazer de volta aqui!

(*H. continua tentando passar e K. move-se de um lado para o outro barrando-lhe o caminho de braços abertos*) Diga ou fica aqui comigo até ele chegar... (*H. esbarra nela, que a prende nos braços*) Diga ou fica assim até...

H: (*sorrindo, apertando-a nos braços*) Deixe-se de bobagens, menina, eu tenho que ir ver como andam as coisas lá na cozinha...[XXXVII]

K: (*pousando a cabeça no ombro dela*) Está tudo na mais perfeita confusão, não se preocupe. Monsenhor só vai mesmo comer salada de beterraba, não vai querer estragar a silhueta logo aqui... E salada elas sabem fazer, aqui tudo é uma salada só.

H: (*desvencilhando-se dela mas guardando-a nos braços, olhando-a jogar a cabeça para trás*) Sempre a mesma menina, escutando atrás das portas! Isso é muito feio, sabe, se papai a visse assim...

K: (*empurrando-a, soltando-se bruscamente*) Você não tem do que se queixar, indo-se embora quando foi! Quando eu mais lhe pedia que ficasse mais um pouco...

H: Não teria adiantado nada, ele teria negado a sua mão do mesmo jeito. Você sempre exagerou a influência que eu podia ter com... naquela casa...

K: (*amuada, fazendo biquinho*) Conta, Heleninha, conta o que são esses cochichos todos... Conta para a sua Betinha o que andam dizendo por aí... (*sombria agora, fechando o cenho*) Eu não vou dar satisfação nenhuma a ele, não vou devolver nada, nada! Até porque não sobrou nada, toquei fogo em tudo, no lencinho também! Queimei tudo, tudo, Helena, toquei fogo na semente seca dele!
A fumaça ficou prenhe!

H: Elizabeth!

K: (*dando volteios, saltitando, dançando como se fosse à volta de uma fogueira*) O ar está prenhe de nenenzinhos secos, o ventre seco do ar está crepitando de meninozinhos morenos de olhos de amêndoa seca, ouve, ouve só como crepitam os olhinhos secos deles...

H: Ele teria sido um bom pai se você...

K: Ele nunca quis ser pai, não queria nem treinar... Tinha medo do escândalo, do cheiro de sândalo das presuntas virgens prenhes de amêndoas secas, secas e malditas... Ele era igual a todos os que querem a mordida sem ficar com o fruto, o verme sem a maçã. Ele, eles todos, Heleninha, todos eles só querem que as fogueiras crepitem, que a fumaça aqueça e que tudo fique seco, seco, seco! Os monsenhores da aridez, os generais da secura...

H: Se você queria tanto assim um filho, por que não teve o dele?

K: (*horrorizada, recobrando a consciência*) Você ficou maluca?!

H: Quando recebi sua carta contando tudo já não havia mais nada a fazer. Você devia ter me consultado antes.

K: (*recuando com horror*) Con-sul-ta-do?!

H: Há coisas que você não entende, não sabe...

K: Não entendo é você! Você sempre esteve do lado dele em tudo, mas nisso! Como é que eu podia parir um monstro, um filhinho-irmão, um...

H: Cale-se! Cale-se!

K: um generalzinho[XXXVIII] corcunda, babando pelas esporas do cabeção inchado, um... (*atira-se nos braços da outra, que a estreita e embala*)

H: Vamos, vamos, não é nada disso, já passou, já passou, Leninha está aqui outra vez, descanse, descanse, um dia você vai entender tudo e perdoar tudo, tudo...

K: (*soltando-se, enxugando os olhos na manga do hábito*) E agora lá vem o outro pedir o lenço de volta! Querem sempre tudo de volta, não é mesmo, até o que jogam fora. Eu joguei a vida toda fora e não há devolução possível, ah, mas o lenço, o lencinho prenhe! Monsenhor engendrou uma fênix sem querer, seca e sempiterna como as labaredas que comem a vida... Pois que a vá buscar onde voam as fênix, nas chamas eternas!

H: Quieta, quietinha, tudo isso passou, está tudo acabado agora...

Pág. 453

K: Está mesmo! Mas a seca aqui (*leva as mãos ao coração, depois ao ventre, apertando-o*), aqui, aqui! essa não passa nem acaba, essa se alastra, Heleninha, se alastra e come tudo, tudo. (*silêncio*) Vai, vai fazer de comer, os abutres têm fome... (*vira-se para sair quando entra Sor Anselma*) Não esqueça a salada de beterraba, as vitaminas[XXXIX] que não engordam urubu.

ANSELMA: (*olhando uma e outra, surpresa*) Ah, é aqui que você está! Monsenhor está lá na capela esperando há horas!

K: (*olhando-a de soslaio e encarando H.*) Entre o confessionário e a Imaculada Conceição...[XL] (*sai*)

(*O palco fica às escuras. Quando volta a clarear-se vê-se ao fundo um vitral representando o Imaculado Coração de Maria, sob ele um confessionário.*)

SEGUNDA CENA

Numa ala lateral da Capela do Convento. Sóror Katharina e Monsenhor Sérgio Stepanades. A primeira entra devagar, coloca-se entre o vitral e o confessionário, bate palmas e grita:

KATHARINA: Aqui! Aqui! (*Monsenhor Sérgio chega quase correndo, toma-lhe as mãos e sacode-a*)

MONSENHOR: O que é isso, enlouqueceu?

K: *Comme dans le bon vieux temps...*[134] (*debate-se e S. não a solta*)

M: Prometa que não fará mais isso! Esqueceu onde está?

K: Nada, *Monseigneur,*[135] não esqueci ab-so-lu-ta-men-te nada... Mas pode soltar-me, eu estou livre, sabe, o Bispo seu patrão atendeu suas pias preces e me soltou, pode soltar-me também. (*S. examina-a desconfiado*) Não vou mais bater palmas, vou bater asas, vou bater em retirada! (*desvencilha uma das mãos, a outra abandona-a na dele com languidez, fazendo-lhe uma reverência graciosa*) *Comme vous voulez, mon confesseur...*[136]

M: (*soltando-a*) Pronto! Que tal a liberdade?

[134] "Como nos bons velhos tempos..."
[135] Título de honra concedido pelo Papa a sacerdotes ou bispos que exercem ofícios eclesiásticos especiais (no caso, secretário ou assessor de uma autoridade episcopal).
[136] Em francês, "como o senhor quiser, meu confessor...".

K: (*voltejando em torno dele*) Suspeita. Enganosa. Súbita demais.

M: Acabará se acostumando, não lhe parece? Tudo chega a seu tempo, até o que mais tememos.

K: Engraçado... Estranho que diga justamente isso. Eu estava pensando numa andorinha que entrou uma vez na minha cela sem querer. Deu na janela com força e o postigo voltou a se fechar, ela ficou presa, sem poder entender que ela mesma fechara a abertura pela qual entrara estabanada. Não conseguia se conformar e voava de um lado para o outro procurando o caminho, a saída que ela mesma se havia barrado na pressa, e batia nas paredes, no teto, enchia a cela toda de peninhas e não conseguia sair daquele quadrado incompreensível. Eu estivera em oração, não eram tempos de Pentecostes[137] mas eu tinha tentado rezar ao Santo Espírito, por insistência de... Sóror Antonieta, que me havia dado um desses santinhos com a pomba de raminho no bico. Tinha uma oração do outro lado, traduzida do grego, por sinal, comovente, belíssima, Monsenhor a conhece no original certamente. (*ergue o olhos e recita, silabando cada palavra*) "*Santo Espírito, ao princípio de mais um dia, ao acordar-me eu desperta-me Tu...*"

M: "*...para a Tua presença, acorda-me para a Tua morada interior...*"

K: Deve ser lindo em grego. É tradução sua?

[137] Do grego, o quinquagésimo dia após a Páscoa; festa da Igreja Católica em memória da vinda do Espírito Santo aos Apóstolos (cf. At 2,1-21).

M: Não, mas conheço o texto em alemão também. Se bem que sempre acabo dizendo-a em grego mesmo, coisas da infância, ao acordar, sobretudo, sai tudo mesmo tal e qual, como quando aprendi esses textos todos da boca de minha ama, que Deus a tenha.

K: Pois estava eu acabando de rezá-la, como o prometera a Sor Antonieta, quando virei o santinho e dei com aquela pombinha piegas, de raminho verde no biquinho dourado, e disse comigo mesma, acho até que em voz alta, nunca pude decidir se o pensei só ou disse-o mesmo para as paredes, eu ainda falo sozinha, sabe, nisso não mudei nada...

M: (*olhando-a embevecido*) Não, nem em nada...

K: (*ignorando-o, caricaturando-se a si mesma*) Disse, ou pensei: *Ora essa, Deus não é nenhum passarinho!* Ou qualquer coisa assim, também não recordo as palavras exatas, mas foi o que quis dizer, o que pensei, em todo caso, acho que o disse em voz alta. Pois praticamente então, uns segundos depois quando muito, eis que se abre o alto da janela com aquele baque... (*olha-o conspiratoriamente*) como se lhe tivessem dado uma pedrada... (*S. baixa os olhos*) e entra aquela andorinha espavorida, batendo em tudo de um lado para o outro, passando sobre mim em voo rasante, fazendo aquele escarcéu que nunca mais esqueço! Imagine! E eu que acabava de dizer... Era como... como se fosse o próprio Santo Espírito ali de repente, me dizendo: *Olha aqui, sua tonta, se eu quiser ser ave, árvore, pedra, tijolo, escapulário, você não tem nada que me dar licença, tem é que me adorar quietinha.*

M: Uuuuff!

K: Pois é... Imagine o meu terror. Maior que o dela, pobrezinha, que queria era sair dali o mais depressa e não achava como. Eu só fazia pensar no que o Cristo disse, que todos os pecados têm perdão, menos uma ofensa ao Santo Espírito.[138]

M: Mas Ele não quis dizer...

K: Eu sei, eu sei. *Agora* eu sei. Mas ali mesmo, na hora, não havia tempo para raciocínios teológicos, só aquele susto e aquela andorinha mais assustada ainda, enchendo a cela de penugens e excremento, zonza como eu e piorando ainda mais a minha situação com aquela angústia toda. Levei uma meia hora para me acalmar e fazer o que era óbvio, soltá-la dali, é claro. Mas tinha medo até de olhá-la, uma vez que se aquietou no meio daquela cela toda suja e empenujada ficou a um canto, de olhos fechados, obstinada, parecia morta... E ainda por cima a sombra da grade dava bem onde ela estava, punha uma cruz no chão e ela bem ali no meio, como se a tivesse no dorso, uma coisa aterradora mesmo!

M: Por que não abriu a janela?

K: Claro, foi a primeira coisa que fiz. Mas de olhos fechados ela não via, e se visse é possível que não entendesse bem, sei lá. Tive que acabar de me vestir antes de ousar chegar perto dela, eu ainda dormia nua naquele tempo, ia entrando e tirando logo a roupa toda, jogando tudo pelo ar. A cela estava cheia de penas brancas e panos pretos, levei tempo para ir de um em um. Ela me fazia pensar que fechara os olhos para não ver minha seminudez, mais ainda que para esquecer o beco sem saída em

[138] Cf. Mt 12,31-32.

que se fora meter sem saber como... Enfim, quando me aproximei dela a coitadinha ainda tremia, fazia o frio costumeiro naquela peneira, mas não era só isso, pensasse o que pensasse a coisa me parecia simbólica demais. Tentei enxotá-la, mas ela nem deu por mim. Tive que pegá-la nas mãos! Só então abriu os olhos.

M: Custa muito abrir os olhos quando se tem medo.

K: Medo tinha eu, isso sim! Não sei se se pode falar do olhar dos animais, sobretudo dos pássaros, mas quando a ergui e a pus à altura da janela ficou me olhando, me olhando, até que abriu as asas e voou. Mas não saiu logo, deu volta e meia e me olhou outra vez antes de sumir.

M: É uma linda história, você devia escrever uma de suas poesias...

K: Sabe o que eu fiz? Fui me ajoelhar ali mesmo onde ela tinha estado e fechei os olhos. Fiquei um tempo enorme assim, sem abri-los, não sei no que pensei, acho que não pensei em nada, fiquei ali como ela tinha ficado, cega, emparedada, quieta, perdida no meio daquela escuridão voluntária, com aquela cruz de sombra, impalpável e pesada sobre mim. Só que ela não a vira, eu a via, ou imaginava ver de olhos fechados. É sempre assim, não é mesmo, Lutero disse que a Cruz...

M: Sempre Luterana...

K: (*com um muxoxo de desprezo para a interrupção*) ...Lutero o herege disse que a Cruz não se escolhe nunca, apenas se aceita.[XLI] Monsenhor devia ler... Eu fiquei ali aceitando aquela que ela não notara e que resumia toda a situação em que tinha caído. Uma cruz impalpável e negra, como as sombras que mais pesam e não se podem agarrar, nem apagar, nem largar...

M: Podia sair dali, daquele lugar...

K: Escapar-lhe... Aquela cruz não, não iria a lugar nenhum, ficaria ali enquanto a luz ardesse lá fora. Ou o arremedo de luz que chega aqui...

M: Vai escapar agora?

K: (*desdenhando considerar-lhe a pergunta, continuando*) Cheguei tarde à Missa, estavam já na Liturgia da Palavra,[139] e sabe que texto era?

M: A Crucifixão segundo São Marcos, na certa, a mais vívida...

K: Não, era Verão, tente outra vez.

M: Diga logo.

K: Vamos lá...

M: Ora! Se podia ser qualquer um...

K: Mas aí é que está, não era! Não era qualquer um, era São Lucas contando como São Pedro e os outros foram tirados da masmorra por um anjo, como o guarda foi ver e as portas ainda estavam trancadas, só que não havia mais ninguém lá dentro! Imagine só! Eu fiquei mais lívida ainda do que ao chegar lá, tremi a Missa toda, nem ousei comungar.

[139] Momento da missa em que se fazem as leituras bíblicas do dia.

M: Atos, capítulo 5, versos...

K: 17 a 24.[140]

M: Contou-o à Priora?

K: Para quê? Para ela mandar empalhar uma andorinha e montá-la num pedestal de ouro maciço?

M: Não deduziu Caridade do episódio, já se vê. Quando é que vai começar a pensar que cada um tem a sua Cruz, você que tanto lê Lutero e sua teologia da... como é mesmo? Da chamada crucifixão individual, não é isso?[141] Quando é que vai começar a ver na fraqueza dos outros a cruz que todos temos de arrastar Calvário acima até que o abandono total nos acorde para a Ressurreição ao fim da agonia? Quando é que vai começar a tentar perdoar o que não pode ajudar a desfazer? E quer sair daqui assim, tão mal armada para o mundo lá fora... A imprudente andorinha! Quem sabe onde irá se meter.

K: Vou me meter a dona de casa, a mulher de militar pacato. *Cela vous dérange-t-il?*[142]

M: O que me incomoda é que vá tão mal armada para o que a espera. Tão mal informada...

[140] Cf. At 5,17-23
[141] Alusão à chamada *theologia crucis* (teologia da cruz), nome dado por Lutero ao princípio teológico de que o conhecimento do Ser de Deus deve derivar do estudo do Cristo em sua humilhação e sofrimento na cruz. Lutero opôs o termo à chamada *theologia gloriae* (teologia da glória), defendida pelos teólogos escolásticos, segundo a qual o conhecimento de Deus pode ser obtido por meio da contemplação da majestade divina que governa todas as coisas.
[142] Em francês, "isso aborrece o senhor, isso o incomoda?".

K: *Informez-moi donc, Monsieur le Directeur de Conscience...*[143] Do que é que me vem informar? É isso não é, há alguma coisa que ainda não me disseram. O que é?

M: A Priora...

K: Ora, aquela! Não sabe que a sacrossanta *Mère Superieur*[144] está acima do papel de informante? *La vieillesse dorée*[145] só se ocupa de cochichos. Não espere que ela me informe de nada, para isso mesmo é que o fizeram Monsenhor, arauto das sagradas ordens do Senhor Arcebispo: diga logo o que veio dizer! (*aguarda respirando fundo. O silêncio se alonga, pesado*)

M: (*temporizando*) Quer tanto assim sair daqui? Quer mesmo se casar com ele?

K: Quero ter um filho. (*M. desvia os olhos*) Faço trinta e oito anos em Novembro.

M: É um risco...

K: Ah, de riscos entende melhor que eu! Pois saiba que ainda há quem aceite correr os riscos que tanto o apavoravam...

M: (*olhando em torno, fazendo-lhe sinal de calar-se*) Podem ouvir-nos!

K: Podem é? O Todo-Poderoso, Seu Filho e O outro,[XLII] podem sim, podem tudo, não é mesmo?

143 Em francês, "pois então informe-me, Senhor Diretor Espiritual...".
144 Em francês, "Madre Superiora".
145 Em francês, "velhice dourada", jogo de palavras com a expressão "*jeunesse dorée*", "juventude dourada".

Mas não precisam prestar ouvidos, se é que os têm! Não, Monsenhor, ninguém nos ouve, ninguém precisa ainda ouvir o que lhe tenha a dizer. Ou Sua Senhoria a mim... Tem algo a me dizer, ou vou deixá-lo logo ir roer suas santas beterrabas?

M: Seu... seu pai... o General, quando foi ver o Arcebispo por meu intermédio, obteve de Sua Eminência que estivesse com ele...

K: (*impaciente, interrompendo-o*) Mas isso eu já sei! A enorme Marechala se apressou a transmitir-lhe as primeiras ordens assim que ele chegou aqui, ou quase. Vou vê-lo *en tête à tête*,[146] a sós, o casario todo vai acampar ao relento durante a primeira e última ceia. Rainer na certa vai montar a guarda, de sabre chocalhando e plumas de gralha apavonada. Tudo *au grand complet*[147] lá dentro, com o Judas de plumas rezando lá fora para não ser tentado: "Senhor, Senhor dos Exércitos, vós que tudo podeis, passai-me esta última taçazinha de *champagne* choca, não apartai este cálice outra vez de mim..." Que lhe parece? Não me cabiam objeções a tão solene condição, a liberdade tem seu preço, como sabe. Uma pública reconciliação *en privé*[148] vale o que me resta de vida fértil, não acha? O que Paris não vale é mais uma missa![149]

M: Não blasfeme, não são...

K: (*interrompendo-o*) ...horas?

[146] Em francês, "face a face, em particular".
[147] Em francês, "em traje completo".
[148] Em francês, "em particular, privada".
[149] Henrique IV (1553-1610), da família de Bourbons, teria dito a frase inversa ("Paris bem vale uma missa"), ao se converter, por motivos políticos, ao catolicismo.

M: (*olhando-a espantado*) São horas de pensar bem no que vai fazer.

K: Vou para Paris com Rainer, via Munique. Talvez nos casemos lá mesmo e sigamos viagem em lua--de-mel. (*cantarolando a parte de Violetta no dueto do ato final de* La Traviata[150]) *Pa - a - ri - gi, ca - a - a - ro, no - i la - scie - re - em - mo...*[151]

M: Cale-se!

K: (*continuando, saltitando ao ritmo da ária*) *la - a - vi - tau - ni - i - ti...*[152]

M: Esqueceu onde está?

K: (*imobilizando-se, mas terminando a frase*) *tras - co - rre – re - e - mo...*[153]

[150] *La Traviata*, ópera de Giuseppe Verdi, baseada na peça de Alexandre Dumas, *A dama das camélias*. Foi encenada pela primeira vez em 1853, em Veneza. Conta a história da cortesã Marie Duplessis, uma das musas da sociedade parisiense no século XIX. Na peça, Marie Duplessis chama-se Marguerite Gautier; em *La Traviata,* Violetta Valéry. Na ópera, que se passa por volta de 1850, durante uma festa em sua casa, Violetta Valéry, a cortesã, ouve a declaração de amor sincero de Alfredo Germont. Violetta recusa o amor de Alfredo, por se assustar com um sentimento tão puro. Mas, já gravemente doente e apaixonada por Alfredo, ela aceita viver com ele em sua casa de campo, próxima a Paris, acompanhada de sua camareira e de seu servo Giuseppe. Durante a ausência de Alfredo, Violetta recebe a visita de Giorgio Germont, que a intima a deixar seu filho. Violetta é obrigada a abandonar Alfredo e voltará a vê-lo somente poucos instantes antes de falecer.

[151] Quando o drama é resolvido e Alfredo descobre o que fez o pai, Violetta já está próxima da morte. No terceiro ato, cena VI, os dois cantam juntos os versos que Katharina canta aos poucos, na conversa com Monsenhor Stepanades: "*Null'uomo o demone, angelo mio,/ Mai più staccarti potrà da me./ Parigi, o cara/ o noi lasceremo,/ La vita uniti trascorreremo*": "Nenhum homem ou demônio, meu anjo, jamais poderá me separar de ti. Paris, meu amor, nós a deixaremos, passaremos a vida unidos".

[152] Em italiano, "a vida unidos...".

[153] Em italiano, "passaremos".

M: Não volte a fazer uma coisa dessas aqui!

K: (*ainda impersonando a Violetta, levando as mãos ao busto*) *Perdonatemi!*[154]

M: (*balançando a cabeça em desalento*) Você não tem mesmo jeito! Quando será que vai...

K: (*imitando o recitativo de Violetta ao fim da leitura da carta do pai de Armand*) *È tardi!*[155]

M: O pior é que é mesmo, tarde demais para soltar uma andorinha tão obstinada!

K: (*agitando as mãos como se voasse*) *A - ddi- o!* (*cantarolando a última ária de Violetta, numa pirueta*) *A - a - ddi - o - de - e - el - pa - ssa - to...*[156]

M: (*furioso*) Quieta!! (*K. compõe-se, baixa os olhos e cruza as mãos ante a cintura, como uma meninazinha obediente*) Ouça o que vim lhe dizer: o que o General obteve do Arcebispo foi... (*hesita. K. levanta os olhos e fixa-os nele*) ... foi ...foi que estivesse um ano em casa antes de que a liberasse para casar-se.

[154] Em italiano, "perdoai-me!".
[155] Em italiano, "É tarde!" (Ato III, cena IV) Violetta, já próxima da morte, espera pelo último encontro com seu amado e com o pai dele, Giorgio Germont, mas teme não haver tempo para tal. (Na indicação há um pequeno equívoco: em *La Traviata*, o amante de Violetta chama-se Alfredo, não Armand, como escreve Tolentino.)
[156] Pouco antes do último diálogo com Alfredo, temendo não encontrá-lo mais, Violetta canta: "*Addio, del passato bei sogni ridenti,/ Le rose del volto già son pallenti;/ L'amore d'Alfredo pur esso mi manca,/ Conforto, sostegno dell'anima stanca/ Ah, della traviata sorridi al desio;/ A lei, deh, perdona; tu accoglila, o Dio,/ Or tutto finì*" ("Adeus, belos sonhos felizes do passado,/ as rosas do rosto já empalidecem;/ o amor de Alfredo faz-me falta,/ [é] conforto e sustento da alma cansada/ Ah, sorri ao desejo da transviada;/ a ela, oh, perdoai; acolhei-a, ó Deus,/ agora tudo acabou").

Pág. 465 Se ao cabo ainda insistir, ainda quiser mesmo esse matrimônio...[XLIII]

K: (*vagamente alarmada*) Em casa... Qual casa?

M: Em Kirchstetten.

K: (*retendo o fôlego e soltando-o num quase grito*) Kirchstetten!!

M: Só por um ano...

K: Só?! (*ofegante, respirando com dificuldade*) Só um ano inteiro com ele naquela alcova fortificada? É só? Só a sós com... Aah! Você está louco, estão todos loucos, loucos!

M: A Sua Eminência lhe pareceu uma questão de caridade...

K: Ah, *Caritas*, *Caritas*, quantos crimes se cometem em teu nome![157] (*S. tem um gesto de desalento*) Por que não lhe disse o que sabe? O que todos sabemos? Ah, mas é claro, a caridade oblitera os fatos, não é? *Caritas versus Veritas*.[158] Você não passa de um covarde, nunca foi outra coisa! Louco não, louca estava eu pensando que ia me tirar daqui, você não passa de um poltrão, não tem tutano para isso nem para nada, nada!

M: Já lhe disse que Sua Eminência preferiu um ato de caridade a um julgamento tardio, inútil. Você

[157] "Caridade, caridade, quantos crimes se cometem em teu nome." Alusão à frase atribuída a Mme. Manon Roland (1754-1793), ao ser levada para a morte na guilhotina: "*O Liberté, que de crimes on commet en ton nom!*" ("Ó Liberdade, quantos crimes se cometem em teu nome!")
[158] Em latim, "caridade *versus* liberdade".

acha mesmo que não conversamos de tudo, de todos os aspectos da questão? Se o caso fosse parar em Roma, na *Sacra Rota*[159] demoraria anos, os anos que você não tem mais à frente para... tentar... (*baixa a voz*) ser mãe.

K: Ser mãe...

M: Mesmo sem a sua carta eu teria entendido, nunca deixei de pensar nisso. Assim que soube, antes mesmo que me escrevesse eu entendi logo. (*K. cobre o rosto com as mãos*) Creia-me, foi o melhor que se pôde, confie em que a Divina Providência...

K: (*lenta*) ...quer me jogar de volta aos paternos braços...

M: Ele é um homem de setenta anos hoje.

K: Sessenta e seis. Quase o número da besta.

M: Uma besta ferida. Ferida de morte.

K: Ó morte, aí vem tua vitória outra vez,[160] a que passas de mão em mão, lá vem ela passar para a minha mão, a tua taça, a taça ardente, a taça da vitória... E me toca sorvê-la, esvaziá-la toda uma vez mais, mas *in nomine Caritatis,*[161] é claro. (*voltando à* Traviata *e tentando entoar-lhe o* Brindisi, *a voz se-lhe*

[159] O "Tribunale della Rota Romana", popularmente conhecido como "Sacra Rota", é uma das repartições da Cúria Romana e um tribunal ordinário da Santa Sé. Só foi fundado em 1908, anos depois, portanto, da época em que se passam as ações do drama. Em que pese a imprecisão histórica, Tolentino se refere a um tribunal eclesiástico que teria por função julgar as causas que envolviam os religiosos, como, neste caso, a saída de Katharina do convento.
[160] Cf. nota 5.
[161] Em latim, "em nome da caridade".

parte na garganta, sai-lhe a primeira palavra como um grito) Li - bi - aaa - mo![162]

M: (*sacudindo a cabeça*) Custaria tanto assim? Perdoá-lo, cuidá-lo, ajudá-lo a morrer em paz?

K: Pô-lo no berço[XLIV] e niná-lo até que durma para sempre, um ano inteiro ninando-o e cobrindo-lhe as esporas com a manta de cetim azul...

M: Ele não vai durar tanto...

K: Ah, isso vai! Ninado então! Vai custar muito a adormecer, o General sexagenário, o viúvo voluntário que não gostava de dormir sozinho.[XLV]

M: Meses, semanas talvez... Se é que lhe resta tanto.

K: Pois apostemos, se quiser. Olha que não pode perder, se eu ganhar entrego-lhe o bebê, para que lhe enxugue a baba incestuosa de aleijão do Senhor. Fico com as esporazinhas, desta vez não vão me deixar tirar mais... De resto *Herr Doktor*[163] já morreu e eu não conheço o novo açougueiro de Kirchstetten.

M: Ele também vai morrer.[XLVI]

K: Não, não vai! Não insista. Todos vamos morrer. Mas aquele não morre sem uma última obra-prima, um derradeiro legado ao mundo do *Grand*

[162] "Brinde", famosa cena de *La Traviata*, na festa em casa de Violetta, em que se brinda ao amor: "*Libiamo, amor fra i calici/ Più caldi baci avra*" ("Bebamos, o amor terá beijos mais quentes entre os cálices") (Ato I, cena 2).
[163] Em alemão, "senhor doutor".

Pág. 468 *Guignol*,[164] o dele. O da Ópera é o de mamãe. Quanto ao meu...

M: Ainda não me entendeu: ele está morrendo, tem os dias contados!

K: (*olhando-o fixamente*) Con... contados... Como assim, contados? Quem os contou?

M: Está desenganado. Foi por isso que o Arcebispo concordou em que você...

(*Surge Sor Helena ao fundo e aproxima-se dos dois. Reverencia o Monsenhor, que interrompe a frase e lhe responde a cortesia. Os três permanecem mudos. K., a princípio atônita, parece enfim perceber a presença de H., volta-se para ela.*)

[164] Le Théâtre du Grand-Guignol: teatro de Paris, inaugurado em 1895, passa a apresentar, a partir de 1897, sob direção de Oscar Méténier, repertório no estilo do grotesco e do terrificante.

TERCEIRA CENA

(*Sor Helena, Sóror Katharina e, ao início, Monsenhor Stepanades*)

KATHARINA: (*dirigindo-se a Helena*) Que história é essa? Você sabia disso? Era isso o que a Madre queria que você me contasse?

HELENA: (*ignorando-a, dirigindo-se ao Monsenhor*) Monsenhor, a Madre Priora pediu que o avisasse de que vão passar ao refeitório. Disse que, se preferir, acompanhará Sua Senhoria mais tarde, que...[XLVII]

MONSENHOR: Não, não, vou já. (*despedindo-se de K., comovido*) Procure entender. Por que não fica aqui em oração? Mais tarde a volto a ver, quando estiver mais calma terminamos essa conversa. (*volta-se para H.*) Vamos, Irmã, tenho que dizer as Graças.

K: Fique! (*M. volta-se para ela, atônito*) Ela! (*M. olha para H. e compreende. Sai cabisbaixo. K. dirige-se outra vez à freira, que procura compor-se o melhor que pode*) Era isso o que tinha a me dizer?

H: Isso o quê?

K: Não me diga que ainda não aprendeu a ouvir atrás das portas, dos reposteiros.[XLVIII] Tantos anos aqui e ainda não aprendeu as regras da casa! Responda![XLIX]

H: Mas se não sei a que hei de responder!

K: (*convulsa, tremendo da cabeça aos pés, quase gritando*) Cochichos, cochichos, cochichos! A morte cochichada, a megera em voz baixa!

Pág. 470 **H:** Menina! Não grite aqui!

K: (*ainda convulsa, mas baixando a voz*) Não sabe o que ele me disse?[L] (*H. tem um gesto vago, que contradiz a expressão tensa do rosto*) Sabe, sabe sim, você sempre soube de tudo. Não escuta atrás das portas porque já sabe de antemão o que se vai cochichar. Mas por que não me contou logo de uma vez? Eu precisava saber, diabos! Eu tinha, eu tenho todo o direito de saber... Eu... Ah! Leninha, Leninha, ele está morrendo e você não me diz nada!

H: (*curvando-se para ela, como se não a ouvisse bem*) Ele está... Ele...?

K: Papai. Tem os dias contados. Semanas, horas, que sei eu! Quer passá-las comigo, quer que eu vá para Kirchstetten desfiá-las com ele... As últimas... Como quando eu era pequenina e ele dizia que fizesse o que fizesse sempre ia ter tempo para passar aquelas horas comigo, lembra? Você dizia que ele não tinha tempo para nada, mas passava horas e horas comigo, ele ria e dizia que eram as horas de Katharina...

H: (*resistindo à notícia*) Mas o que é que ele tem?

K: Não sei, Padre Sérgio não disse. Mas que importa o que o está matando, o que importa é que ela está de volta e ele quer que eu...

H: Quem está de volta? A Condessa?

K: Mamãe?! Ela está aqui também?

H: Não sei, foi você quem disse que ela está de volta!

K: A morte, eu disse que a morte está de volta. A Imperatriz, a Dona da Casa. Não falei na Condessa, por que voltaria?

H: Mas se ele está mesmo assim tão doente, como é que veio aqui, que passeia por aqui todas as manhãs?

K: Onde, aqui?

H: E todas as tardes, ao sereno. Aqui, por aqui atrás, no campo do lado do arroio.

K: (*tentando duvidar também*) E a Marechala tampouco disse nada...

H: (*seguindo-lhe o pensamento*) Aí está! Se ele estivesse mesmo assim tão doente ela...[LI]

K: Disse só que tinha que voltar logo.

H: Ora, ela não a suporta, nunca conseguiu olhar para você de frente, sempre foi toda soslaios, inuendos...

K: Mas ele não ia me dizer uma coisa dessas só... só para me convencer a voltar a Kirchstetten. Que lhe podia importar?

H: A Madre não me disse nada disso, disse só que o Arcebispo tinha permitido que você voltasse para casa...

K: Por um ano.

H: E por que por um ano, um ano todo, se ele tem os dias contados? Não estarão tão contados assim!

K: Padre Sérgio acha que estão, que ele não chega a durar nem meses. Semanas, disse.

H: E quantas semanas há num ano? O Capitão Rainer não lhe disse que iriam para Paris esta semana mesmo?

K: Passando por Munique. A mãe dele vive lá desde que enviuvou outra vez. (*animando-se um pouco mais e voltando ao assunto principal*) E se ele sabia que eu teria que passar por Kirchstetten antes, e esperar um ano, ou quanto fosse, por lá, acha que iria me dar tantos detalhes, cantar glosas ao futuro?[LII] Que futuro havia de ser esse, a começar daqui a um ano, um ano em Kirchstetten com... Não, essa história toda está mal contada, alguém anda brincando comigo. E com ela, com a morte. Note bem, com a morte, a mãe de todos os futuros!

H: (*finalmente acabrunhada, deixando-se vencer*) Não há como saber ao certo...

K: (*inquieta, tentando animá-la*) Não há certezas com ela, não há agendas em que ela caiba assim, assim com tanta pressa, tanta nitidez... Quando Antonieta começou a tossir e ficar pálida, magra e branca como foi ficando, ninguém deu por nada. Nem eu. Eu que a escutava a noite toda. Só quando começou a cuspir, e demorou semanas para cuspir sangue...

H: (*absorta*) Semanas...

K: São modos de dizer, não sei quanto tempo foi.

H: Nunca se sabe...

K: Mas você acha mesmo que ele está assim tão... tão doente assim?

H: (*sem olhá-la mais, falando consigo mesma*) Eu é que lhe levava o chá que ele tomava todas as noites antes do xarope, insistia em que depois não ia sentir o sabor. Ficava com aquele gosto amargo na boca depois, não guardava nem um golinho para lavar aquele ranço. (*notando K. outra vez, mas sem sair de sua rêverie*[165]) Quando tossia parecia um trovão, lembra? Você às vezes acordava e ia me chamar, como se eu pudesse convencê-lo a não trovejar!

K: Quase nunca a achava, você não estava quase nunca em seu quarto, quando não dormia no meu ficava perambulando a noite inteira.[LIII]

H: (*olhando-a como se a estranhasse*) E o que é que você queria que eu fizesse? (*brusca*) Andando pela casa toda de camisola transparente, eu cansei de avisá-la! Ele nunca esteve tão doente que não a avisasse também, com aqueles olhos... Fui-me embora para não ver mais aqueles olhos, aqueles olhares que você não queria ver! Que qualquer um teria visto, ele nunca disfarçou nada, você é que insistia em se disfarçar de menina, em se meter nos aposentos dele de camisolinha curta! Foi no que eu pensei primeiro quando chegou aquela carta, a camisola curta cor-de-rosa, a camisolinha ao menos não há de ter tido surpresa nenhuma!

K: (*subjugada, arfante*) Não foi nada assim...

H: Não foi?!

[165] Em francês, "sonho acordado; estar perdido em pensamentos ou lembranças".

K: Não foi de camisola, foi de dia, de dia! (*devagar*) Na biblioteca... Eu tinha ido acender a lareira, era o Verão mais frio que havíamos tido em anos, e ele sempre ia direto para lá quando voltava, entrava ainda de chicote na mão, botas, esporas e tudo, ia direto para a biblioteca e estava fazendo um frio de lobos![LIV] Eu estava tendo dificuldades, a lenha estava úmida demais, e ele parou ali diante. O fogo tinha começado a pegar e eu fui ajudá-lo a tirar as botas, que[LV] estavam encharcadas...

H: (*exasperada*) Sua tonta, sua cega!

K: Como é que eu ia imaginar...?

H: Imaginar?! Imaginar, é? E logo você, tão cheia de imaginação!

K: (*como se para si mesma*) Como é que eu posso ir parar naquela casa outra vez...?

H: (*impiedosa*) Ora, não vá à biblioteca. E não acenda fogo nenhum.

K: Por que é que você foi embora se sabia? Por que não ficou, não me avisou?

H: Não a avisei?!

K: Se você *sabia,* se sabia mesmo o que eu não acabava de entender, por que não foi mais clara, mais explícita? Você, que nunca mastigou as palavras, por que não me acordou a tempo? (*alçando a voz*) Por quê? Por quê? (*quebrando-a num quase soluço*) Por que se foi embora sabendo que eu não sabia...?

H: (*deixando-se capitular*) Porque tinha que ser, tinha mesmo que ser... Mais dia, menos dia... E que eu estivesse lá ou não, não ia valer-lhe de nada, ele não precisava mais de mim, não me queria mais lá.

K: (*sem entender bem, perplexa*) Mas eu, eu precisava!

H: (*olhando-a demoradamente*) Precisava era de se parecer menos com ela...

K: Ah! ela, ela!

H: ...de ser um retrato menos fiel... (*tem um riso nervoso, sarcástico*) Ou mais, muito mais fiel! Fiel demais, de uma fidelidade que ela nunca suspeitou que existisse. (*amplia o riso numa quase gargalhada. K. olha-a amedrontada, sem fazer um gesto, mal respirando*) Ah, as ironias deste porco mundo infernal! As fidelidades trocadas deste circo humano! (*engasgando com o próprio riso convulso*) Você ao menos teria sido para ele tudo o que ela nunca poderia ser para ninguém, nem mesmo para seu pai! (*o esforço de rir e falar fá-la tossir. K. contempla-a atônita. Por fim, vendo-a sufocar, acode-a batendo-lhe nas costas nervosamente*) (*desvencilhando-se dela e dominando a tosse*) Vá, vá para lá outra vez e seja-lhe fiel até o fim, ele nem sequer imagina a fidelidade que lhe tem. Vá vestir-lhe a última camisola, dar-lhe o último chá, o último, o único xarope que por fim o acalme, talvez. (*K. dá-lhe uma bofetada. H. volta-lhe a outra face e K. repete a bofetada. H. mantém o rosto erguido e ambas se olham nos olhos*)

K: Sua hipócrita! (*H. continua impassível, olhos postos nos dela*) Sua cobra, sua adúltera, sua... (*H. tem um longo suspiro*) Era por isso que não a achava nunca em seu quarto.[LVI] Foi-se embora porque ele não a quis mais!

H: Nunca me quis. Nunca passei de um xarope a mais. E depois que você cresceu nem isso. Nem um xarope mais. (*dá-lhe as costas e sai, caminhando muito ereta, e muito lentamente. K. está de joelhos, o rosto nas mãos, enquanto cai a Cortina*)

FIM DO SEGUNDO ATO

TERCEIRO ATO

PRIMEIRA CENA

Novembro do mesmo ano. Nos aposentos do General, em Kirchstetten, tarde da noite. O enfermo, Mathilda, sua enfermeira, Katharina e, mais tarde, Monsenhor Stepanades, o Capitão Rainer Hendriks e o Tenente--Coronel Werner von Herzogenbuch. Através de um arco, que separa a alcova propriamente dita da antecâmara, veem-se a enfermeira e, sentada à cabeceira do enfermo, Katharina, num vestido azul-claro de mangas compridas, sem decote ou ornamentos, os cabelos curtos divididos ao meio, com uma franja à meia testa. O palco está dividido em dois níveis, ao alto passa-se toda a cena; uma escadaria leva à parte de baixo. Ao soar de uma campainha a enfermeira ergue-se, mas Katharina faz-lhe sinal de que a aguarde ali.

KATHARINA: Deixe estar, vou eu, com certeza é Monsenhor.

ENFERMEIRA: Ele custou a adormecer, não sei se o devia acordar...

K: Foi ele mesmo quem pediu um confessor. (*começa a sair*) Não se impressione com o que diz *Herr Doktor*, de nada lhe serve agora que durma ou não. O que ele precisa é repousar de verdade. (*mal cruza o arco depara-se com a figura de Monsenhor Stepanades, que sobe. Ao pé da escadaria dois oficiais quarentões, e uma dama de mais idade numa cadeira de rodas, extremamente conservada, no entanto, para os anos que seu porte trai; os três estão em* grande ténue.[166] *Katharina não os vê de onde está, e dirige-se a Monsenhor, reverenciando-o assim que este atinge o patamar*) Agradeço-lhe que tenha vindo, mas custou tanto a vir que ele adormeceu há pouco mais de uma hora. Não sei se seria prudente acordá-lo agora que parece respirar com mais facilidade. (*Monsenhor fita-a como se não a ouvisse, absorvido pela visão da moça em seu vestido azul…*) Não foi apenas insistência minha, creia, ele pediu mesmo um confessor. Só que eu achei que devia ser... alguém que já soubesse o que ele tem a dizer.

MONSENHOR: Quem sabe o que um moribundo tem a dizer a Deus?

K: Alguma coisa sabemos, neste caso. E achei mais prudente que Padre Hortz não ficasse informado do que não lhe diz respeito. Já basta com o que pensa que sabe. Perdoe-me haver-lhe imposto essa viagem, mas julguei que teríamos tempo e felizmente não me enganei. Ele acalmou-se muito depois que enfim aceitou reconciliar-se e comungar. Não demorou nada em adormecer em seguida.

M: Fez bem.

K: (*espantando-se um pouco*) Fiz bem…?

M: Em pensar em mim. Desde esta manhã que cogitava um modo de vir aqui, não sabia como a havia de avisar antes… (*o espanto da moça traduz-se por um gesto de expectativa*) Ia trazer... trouxe... o Capitão Hendriks... e seu irmão também.

[166] Em francês, "em uniforme de gala".

Pág. 479 **K:** Werner veio de Budapeste?! Se nem sequer me respondeu há um mês atrás! Onde está?

M: Lá embaixo. Com...

K: (*cortando-o em meio à frase, impaciente*) Por que não subiu? Vem vê-lo, não vem? Não terá medo de mim! E com o fiel escudeiro ao lado, que reservas hão de ser essas...

M: Não lhe parece que são horas de perdoar?

K: Estão todos perdoados. O próprio Imperador não foi menos magnânimo. Que dizer de uma menina abandonada há tantos anos, ou de uma pobre freira em férias? Que suba! (*volta-lhe as costas para retornar à alcova. O Monsenhor detém-na pegando-lhe o braço, a moça tenta retirá-lo e ele acaba segurando-lhe a mão. Ela volta-se para ele, perturbada, mas sem retirar a mão*) Quer vê-lo antes? Devo acordá-lo? (*o Monsenhor procura acercar-se dela, que recua; sem largar-lhe a mão ele tenta puxá-la para si*) Quantos monstros quer acordar, Monsenhor?

M: Deixe-o dormir, haverá tempo quando desperte. Fico aqui esta noite. Tem razão, não convém que ninguém mais se acerque, esses delírios de última hora são sempre um risco.[LVII]

K: (*retirando a mão*) Teremos Mathilda conosco, não o deixa um instante. Tem sido uma ajuda valiosa, fria como finge ser. Eu não teria podido suportar essas semanas todas sem ela. Sobretudo desde que se acamou de vez. Não tenho coragem de mentir-lhe, mas ela é uma atriz de primeira.

M: (*quase murmurando*) Ouça...

K: Não precisa cochichar, ela só ouve os ruídos que ele faz, não parece dar-se conta de mais nada.

M: (*como se a não tivesse ouvido, sempre sem alçar a voz*) Se não o acordarmos, por outro lado, terá de descer para recebê-los e...

K: Que esperem na biblioteca. A lareira estará acesa, que se acomodem até ele acordar, tem o direito de descansar tudo o que possa. Werner esperou duas décadas para revê-lo, não lhe importará pacientar uma hora a mais. Ele nunca consegue dormir mais que isso.

M: Vieram de carruagem desde Budapeste...

K: (*imperiosa, interrompendo-lhe a frase*) Quererá descansar de duas décadas e doze horas! Fique aqui, se preferir, eu mesma desço. (*tem um movimento em direção à escada, mas diante da reticência de M. volta-se e encara-o*) Vieram? Disse "vieram". Quem mais veio? Rainer foi buscá-lo à Budapeste? (*nervosa, forçando a ironia até o sarcasmo*) Sempre serviçal! O pajem fiel do futuro Conde von Herzogenbuch, como a vida toda o terá sido do incumbente! (*cala-se, ansiosa e olha-o retendo o fôlego, juntando as mãos. Sente, pressente que há algo mais a ouvir dele*) *Et alors?*[167]

M: Trouxe a Condessa. (*e diante de uma K. imóvel, petrificada*) Será melhor que os faça subir... (*a moça tem um gesto de alarme*) Ele e o Capitão Hendriks, sua mãe quer vê-la a sós. Eles entram comigo e ela a espera na biblioteca, como acaba de sugerir... Vamos, coragem. Você mesma disse que estão todos perdoados. Espere aqui, eu vou lá embaixo

[167] Em francês, "e então?".

primeiro. (*vira-se para descer, mas K. barra-lhe o caminho com o corpo todo, amparando-se ao corrimão da escada. Fitam-se um momento, mudos. Por fim M. pousa-lhe uma das mãos a um ombro*) Ela tem algo importante a lhe dizer, veio por isso. Confessou-se hoje comigo.

K: E agora quer... (*a voz sai-lhe como rouca, parte-se-lhe, mas ela insiste*) quer confessar-se comigo? Aqui mesmo na biblioteca? "Minha filha, sinto muito estar quarenta anos atrasada, quatro décadas de cochichos libertários, e mesmo assim, imagine, o Império não se desfez, não se acabou por isso. Só a sua vida. Perdoe-me, como o fez o Imperador... Somos todos uma grande família, como disse Sua Majestade, nossas desavenças são para o bem de todos, o que importa é vê-las resolvidas. É certo que Sua Majestade não disse *revolvidas,* nem sabe o que são vidas e revoltas que não lhe dizem respeito, mas enfim *il faut de tout pour faire un monde à bout de souffle.*[168] Inclusive os fantasmas, que podem chegar atrasados mas não falham nunca à calada da noite..."

M: São coisas graves, o que ela tem a dizer.

K: Foram coisas graves, as que ela nos fez a todos. Que mais pode vir a acrescentar quarenta anos depois?

M: Pode esclarecer coisas que a atormentam, o que ele, o General não fez.

[168] Em francês, "é preciso fazer de tudo para asfixiar um mundo". Possível alusão ao filme "Acossado", que no original é "À bout de souffle", clássico de Jean-Luc Godard lançado em 1960.

K: O que fez bastou. Não se pode beneficiar de quaisquer esclarecimentos da parte dela.

M: Ouça o que ela veio lhe dizer.

K: Se nunca respondeu às cartas da orfãzinha ansiosa de há vários séculos, que lhe há de poder dizer hoje, ao que porventura ainda reste[LVIII] dela? (*leva às mãos aos cabelos, alisa-se o vestido*) Não sei se devo descer assim como estou...

M: Está belíssima. Ela me perguntou isto mesmo, várias vezes.

K: (*enrubescendo, beirando a exasperação*) Ora, que lhe pode importar? Ou a mim, que há dias não me vejo nos raros espelhos desta casa. A princípio vivi diante deles, até perceber como são frios, indiferentes. Acabei um pouco como eles, em pouquíssimo tempo, há dias que não me venho mais nem penteando.

M: (*comovido*) Não lhe trouxe prejuízo algum. Espere aqui, vou fazê-los subir e conduzir sua mãe à biblioteca. (*K.*[LIX] *aquiesce e M. desce. K. olha-o descer e enquanto não vem ninguém corre à alcova, colocando-se diante do único espelho, que para efeitos cênicos pode ser tido como estando de costas para o público; procede a uma* toilette[169] *apressada, penteando-se com os dedos, numa ansiedade graciosa, juvenil. Por fim, caindo em conta da presença de Mathilda, compõe-se, constrangida*)

[169] Em francês, ação de se preparar, arrumar-se.

SEGUNDA CENA

Na antecâmara dando sobre o patamar ao alto da escada. Ao início o Tenente-Coronel von Herzogenbuch e Katharina, em seguida os dois, o Capitão Hendriks e Monsenhor Stepanades. Finalmente Mathilda, a enfermeira. Werner está subindo os últimos degraus quando Katharina surge sob o arco separando a alcova da antecâmara. Olham-se em silêncio até que irmão e irmã estão face a face. Werner estende-lhe a mão de modo altaneiro. Katharina não toma conhecimento do gesto e faz-lhe uma reverência estilizada, sem tirar os olhos dos dele.

WERNER: Não lhe parece formal demais para uma reunião de família?

KATHARINA: (*visivelmente emocionada, renunciando à estilização*) E uma tão adiada...

W: Não perdeu nada por esperar. (*sorrindo-lhe*) Pelo visto você passa pelos anos e eles não passam por você.

K: Passam, Werner, passam sim. Vinte anos não se vão à toa, sem levar nada.

W: Vinte e dois. Só fizeram embelezá-la mais, aquele pudim de plumas é mesmo um sujeito de sorte. Como está ele?

K: Eu é que devia lhe perguntar! Para começar onde está? Não lhe deu ordens de subir?

W: Papai. Perguntei-lhe como está papai, Rainer foi conduzir mamãe à biblioteca com Monsenhor.

K: E você subiu apressado os vinte e tantos degraus, um por cada ano de ausência... Quantos são mesmo?

W: (*impacientando-se*) Vinte e dois, já lhe disse.

K: Ah, contou-os, *tout de même.*[170] Uma bela coincidência, não lhe parece? Vinte e dois passos escada acima, vinte e dois anos encosta a baixo. Já vê que há uma geometria oculta no aparente absurdo das coisas... Uma simetria oculta nesta vida vazia, diria o seu querido Schopenhauer.[171] E ei-la que estende sua sombra a esta casa, a toda casa vazia, à absurda e vaga casa vazia que é a vida deixada atrás como uma paisagem sem interesse vista da carruagem rápida... (*W. baixa os olhos, ergue-os, olha em torno, baixa-os outra vez, num óbvio esforço para controlar-se*) Tão rápida, Werner, tão rápida em afastar-se, fugir... (*W. tem um gesto ríspido. K. balança a cabeça e esforça-se por mudar de tom*) Não que nada disto tudo importe mais a uma altura destas. Só que ainda me espanta que fizesse como ela, que corresse para ela assim que... (*Werner imobiliza-se, tenso. Sua irmã suspira e deixa cair os braços, abandonando a frase, e retoma num tom muito mais grave, com uma ansiedade de menina*) Prometeu que viria me buscar, que falaria com ela! (*cala-se, ofegante. Segue-se um longo, pesado silêncio entre os dois. W. olha para as botas*) Por que não respondeu às minhas cartas?

W: (*retomando o fôlego, aproveitando a situação para entender mal a pergunta*) Estava em Viena, a chamado de Sua Majestade, não são poucas as sequelas deste *imbróglio*... Perdemos tudo, até a mansão que foi de vovô. (*K. balança a cabeça, olhando-o com quase doçura*)

[170] Em francês, "mesmo assim".
[171] Arthur Schopenhauer (1788-1860), filósofo alemão.

Temos muitos inimigos hoje. Escrevi a Rainer, ele não lhe disse?

K: *Je vois.*[172] Deixemo-nos de sensibilidades, Katharina! Não era o que me dizia sempre? Não, não, Katharina não, Elizabeth: deixemo-nos de sensibilidades, Elizabeth, ou melhor, de melindres, é isso! de melindres. Deixemo-nos de melindres, Elizabeth, de que serve tratar de tudo isso agora? De tudo aquilo... Ainda pensa que eram mesmo só melindres meus? (*Werner tem um gesto desalentado*) Não cumpriu sua promessa, vai ver que nem lhe contou nada, perguntei-me anos a fio se teria tido a fibra de contar-lhe o que lhe contei, o que viu.

W: Nunca vi nada.

K: (*alçando a voz*) Viu, viu! (*caindo em si, baixando-a um pouco*) Viu tudo o que podia ter visto. Sabe o que viu. Sabia-o perfeitamente. E não me escreveu, não me respondeu, não cumpriu a palavra dada, *Herr Kolonel!*[173]

W: (*arrancando-se as palavras, tropeçando no olhar intensamente firme da irmã*) Ela... Mamãe. Esteve muito mal. De saúde. Ficou...

K: Quanto me dói! Que incômodo para Sua Excelência a Condessa-estrela de Buda, ou seria o Oráculo de Pest?[174] Onde fica o novo *salon doré*[175] do ex-futuro Reino Perdoado de Hungria e Transilvânia?

[172] Em francês, "eu vejo".
[173] "Senhor Coronel".
[174] A cidade de Buda ficava à margem direita do Rio Danúbio, a cidade de Pest, à margem esquerda. Foram unidas em 1873.
[175] Em francês, "salão dourado".

W: Ora, pergunte a ela! E vá para todos os diabos depois, leve-os para Munique ou para Paris, instale-se com Rainer e eles todos na *Place d'Austerlitz*,[176] futura ex-Sóror Katharina da Anunciação do Horrível Anteontem! Vim ver meu pai. Deixe-me passar!

K: (*afastando-se para lhe dar passagem*) Vai aventurar-se sem o fiel *aide-de-camp*,[177] *Monsieur le Lieutenent?*[178] Olha que já vem fielmente vindo... (*Rainer e Monsenhor, com efeito, já sobem a escada, alarmados pelo tom das vozes*) *Le voilà! Et avec la Sainte Mère Église au secours...*[179] (*Werner dá-lhe as costas e entra na antecâmara do pai no instante em que M. Stepanades e o Capitão Rainer Hendriks chegam ao alto da escada. Este precipita-se para K. e toma-lhe as mãos. K. rejeita-o com um movimento brusco. Rainer tenta retê-la, mas termina por soltá-la e ela volta-se para Monsenhor*) Devo descer?

M: (*fazendo um sinal a Rainer para que entre e os deixe a sós*) Está preparada? Quer que oremos juntos? (*Rainer hesita ainda e Monsenhor se dirige agora a ele*) Sóror Katharina e eu vamos... (*Rainer, mudo todo o tempo, mudamente acena que compreende e volta-se para entrar na alcova quando Mathilda aparece sob o arco*)

ENFERMEIRA: (*reverenciando nervosamente o Monsenhor*) Vão entrar todos? Sua Excelência queria confessar-se...

M: Eu sei, para isso vim. Mas o Coronel von Herzogenbuch, seu primogênito, deseja vê-lo antes, não se pode proibir que...

[176] Praça de Paris.
[177] Em francês, "ajudante de ordens", assistente de um oficial
[178] Em francês, "Senhor Tenente".
[179] Em francês, "Eis aí! E com o apoio da Santa Madre Igreja".

Pág. 487

E: (*inflexível*) Não deveria acordar assim, de um modo desses!

M: Tem razão, vou já. Será melhor que seja eu.

E: (*retornando apressada*) Pois que não perca um segundo, venha antes que o acabem de matar!

M: (*olhando ansioso para ela e outra vez para K.*) Coragem. Procure poupar-se. (*K. dá de ombros*) E a ela, trate de poupá-la também. E ouça-a. Ouça bem o que ela tem a lhe dizer. Deus a abençoe. (*dirige-se ao quarto do doente enquanto Katharina desce lentamente os degraus, com o palco ficando às escuras à medida que desce a cortina*)

TERCEIRA CENA

Na biblioteca. Katharina e a Condessa Eugênia Elizabeth, sua mãe.[180] *A última está sentada numa poltrona junto à lareira, virada para o público. Quando Katharina entra vem dos fundos do palco. A Condessa não a pode ver de onde está.*

CONDESSA: (*ouvindo-a entrar, compondo-se na poltrona*) Elizabeth? É você? (*K. mantém-se calada, a alguns passos dela a cadeira de rodas, dobrada, que K. não nota*) Quem é?

[180] A figura da Condessa é uma possível alusão à personagem Livia Serpieri, do filme *Senso* (1954), de Luchino Visconti. No filme, ambientado na Veneza de 1866, a Condessa Serpieri está envolvida com as ações que levariam à libertação da região do Vêneto do domínio austríaco e, mais tarde, à unificação da Itália, que de 1815 a 1870 estava dividida em sete reinos: Reino de Piemonte-Sardenha, Reino de Veneza-Lombardia (sob domínio austríaco), Ducados de Toscana, Parma e Modena (sob a dinastia dos Habsburgos), Estados Pontifícios e o Reino das duas Sicílias (sob a dinastia dos Bourbons). O processo de unificação deveu-se a diversas alianças políticas – realizadas entre os anos 1859 e 1870, mas já iniciadas pelo chamado "pai da unidade italiana", Camilo Benso, Conde de Cavour, a partir de 1852 – e insurreições populares, lideradas, entre outros, por Giuseppe Garibaldi na Itália central, entre 1860 e 1862. Veneza e Roma foram as duas últimas regiões a saírem do domínio estrangeiro. Na peça de Tolentino, a Condessa von Herzogenbuch, mãe de Katharina, estaria envolvida em intrigas que diziam respeito ao Império Austro-Húngaro (1867-1914). Este era resultado de uma aliança política entre o Império Austríaco, sob a dinastia dos Habsburgos, e o Reino da Hungria (com capital em Buda), contra o Reino da Prússia, que expandia seus territórios sob o governo do primeiro-ministro Otto von Bismarck e que viria a se unificar em 1871. Na época em que se passa o drama de Katharina, fim do século XIX, o Império Austro-Húngaro confrontava-se com problemas diversos, sobretudo na região dos Bálcãs, uma vez que Bósnia e Herzegovina eram ocupadas pelo Império desde 1878, mas ainda pertenciam oficialmente ao Reino Otomano. Anos mais tarde, em 1914, Franz Ferdinand, herdeiro do Império Austro-Húngaro, será assassinado na Sérvia; o atentado dará início aos conflitos que levariam à Primeira Guerra Mundial.

Pág. 489 **KATHARINA:** É você, minha mãe? (*a Condessa tem um movimento brusco, e controla-o, cerrando as mãos no colo*) Ou quem é?

C: Ora!

K: Não, não! Eu também desejo saber de quem se trata, quem me espera aqui...

C: (*com dignidade*) Pedi a Monsenhor que a avisasse. Espanta-me que a tenha mandado aqui sem...

K: Ah, é Sua Excelência a Condessa von Herzogenbuch! Por um instante... (*hesita, respira fundo e retoma a frase*) cheguei a pensar que talvez fosse... Mas não, que tolice a minha! E numa hora destas! (*sempre por trás da poltrona*) A que vem Sua Excelência, e em que lhe posso ser útil?

C: (*firme, controlando-se*) Chegue-se!

K: De onde quer que chegue? Da altura desta estante ou de mais longe?

C: (*baixando a voz, mas sempre imperiosa*) Aproxime-se, por favor!

K: (*dando uns passos em zigue-zague, avançando e recuando em direção oposta à poltrona da C.*) É que não acho como. Não encontro mais o caminho aqui nesta casa. Nesta sala, especialmente... (*grave, mas forçando um tom ligeiro*) Nunca soube bem o que fazer aqui, nesta sala precisamente. Por aqui me perdi mais de uma vez quando era pequena e Helena me deixava trancada aqui, sem acender a lareira. Fez sempre frio aqui, e eu não sabia ler. (*aproxima-se de uma suposta janela*)

Acabava subindo aqui e olhando o parque aqui desta janela, custava-me arrastar uma cadeira, eu era muito pequenina, não conseguia. Por fim ia empurrando um tamborete, este mesmo aí, aos pés de Sua Excelência. Ficava na ponta dos pés sobre ele, olhando, olhando, sem que passasse ninguém lá fora, qualquer que fosse a estação não havia nunca ninguém por lá, Inverno, Primavera, Verão, Outono... Todos os meses do ano, ano após ano. Para mim era sempre Dezembro pelo frio que sentia aqui.

C: Venha para cá.

K: Era o que acabava sempre por fazer. Havia às vezes umas brasas ainda, uma ou outra acha não se apagava de todo, era mais uma cinza quente, ou melhor, morna, quente quente não, porque eu conseguia meter-lhe as mãos. Dava-me certa impressão de calor, mas não estava quente, senão me teria queimado. E como teria preferido que me tivesse queimado alguma vez!

C: Elizabeth, deixe que a veja!

K: (*recomeçando o zigue-zague*) Custa-lhe tanto voltar-se? (*a C. respira audivelmente, mas não se move. K. aguarda imóvel um momento e finalmente retoma o passeio, sempre fora do alcance visual da C., mas algo mais de lado, e arriscando um olhar*) Há certas distâncias, certos vazios, sobretudo certos lugares, que crescem, crescem, crescem e de repente encolhem; a memória os amplia tanto que quando os voltamos a ver parecem minúsculos, derrisórios. Este não. Esta sala só fez crescer desde que me abandonavam aqui. Nunca haveria de encolher, nem eu de domá-la. Aqui só me podia perder.

C: (*cedendo terreno*) Mas por que não tenta vê-la, digamos, imaginá-la como de fato é, como sempre foi? Por que não se deixa crescer, como Alice, por exemplo, como *tiny Alice.*[181] Alguma vez leu esse estranho livro inglês? Sabe do que estou falando?

K: (*unindo as mãos em pia atitude*) Ah! A santa ignorância das enclausuradas! Imagine que a biblioteca do Convento do Imaculado Coração de Maria, aqui em Innsbruck, nestas incultas e ocultas montanhas, deixa muito a desejar. Quanto a esta aqui, tratei de não vir cá desde que aqui voltei. *Les circonstances, vous savez...*[182] Os últimos três meses têm sido pouco convidativos à leitura.

C: Acabe com isso, Elizabeth, venha sentar-se aqui. Não temos muito tempo.

K: *Comptez-vous aller quelque part? Par une nuit pareille, Madame?*[183]

C: Vamos, agora basta!

K: Agora basta, menina, *çà suffit maintenant!*[184] (*violentamente*) Pois vire-se e olhe o que veio ver! E não me dê ordens, recorde-se de que não a conheço! Literalmente não sei quem é. Quem me assegura que é quem diz ser? Quem jamais a viu por estas partes?

C: Não sou uma impostura. Não sou eu a impostora.

[181] Em inglês, "pequena Alice", alusão a *Alice no país das maravilhas,* escrito em 1862, por Lewis Carrol.
[182] Em francês, "as circunstâncias, a senhora sabe...".
[183] Em francês, "Pretende ir a algum lugar? Para uma noite semelhante, Madame?".
[184] Em francês, "agora é o bastante, já chega.".

K: (*abalada*) Pariu e consagrou uma, em todo caso. É pelo menos cúmplice da comédia a que alude. E que está por acabar-se, como sabe. Ou não sabe? Werner, e o Capitão Hendriks, seu lacaio e meu ostensivo noivo, lhe hão de ter informado de que Sua Eminência aceita contar com uma impostora a menos e deixar esta aqui partir dentro em breve para Paris. (*furiosa*) Agora olhe-me! Volte-se e olhe o que fez! (*como a C. não se parece mover, precipita-se em direção a ela e tropeça na cadeira de rodas, que vai ao chão. K. olha-a surpresa, até que fixa o olhar no dorso da poltrona, muda*)

C: Não posso. Creia-me, daria muito do que tive ou me resta para poder levantar-me e tomá-la em meus braços. (*K. continua muda, sem se mover, exceto pelo esforço de erguer do chão a cadeira de rodas*) Estou assim há anos, onze, mais exatamente. Onze anos este Natal. Desde minha última carta, quando lhe pedia que fosse estar comigo. Que me deixasse obter sua transferência para Pest, como prelúdio a uma eventual saída do claustro. Por que não me respondeu? (*K. tem um semigesto e olha fixamente o vago*) Por que não responde agora? A Imperatriz me havia assegurado que obteria sua liberdade. (*silêncio*) Por que não diz nada?

K: Sua Majestade... a Imperatriz *sabe*? Sabe o que esconde tão bem há onze anos?

C: Sempre me foi fiel. Ainda agora obteve de Franz-Josef[185] esse absurdo "*perdão*" humilhante. Foi o melhor que se pôde, escreveu-me, e não tenho por que duvidar. Aceitei-o por Werner. E por você.

[185] Franz Joseph I (1830-1916), imperador da Áustria de 1848 a 1916 e rei do Império Austro-Húngaro de 1867 a 1916. Cf. nota 63.

K: (*sinceramente perplexa*) Por mim?!

C: (*ignorando-a*) Sigo com vocês para Munique, com você e Rainer. Jamais suportei a vida em Paris, mas eventualmente... Claro, entende-se que o exílio é voluntário, como a velhice... Werner, ao menos, poderá ficar, mas uma infeliz paralítica é perigo demais para a unidade do Império, imagine. *L'honneur qu'on me fait!*[186] O que é a senilidade dos tiranos! Entende-se também que é uma medida provisória, posto que "*voluntária*", nisso se enredou aquele burocrata de bitolas! Ah, aí está como terá que aceitar que retorne! Não muito cedo, claro, um ano ou dois, talvez três, conquanto não me conceba atolada em Paris por tanto tempo. Eu...

K: (*lentamente, como refletindo*) E por que Paris? Por que Munique conosco?

C: Ora, por quê! Para onde hei de ir sozinha, assim, como estou...

K: E naturalmente pensou em mim... Quando foi isso?

C: Como assim, como foi isso? Natur...[LX]

K: (*cortando-lhe a frase*) Quando! Não lhe perguntei como foi, perguntei quando, quando pensou em mim, em Rainer...

C: (*percebendo a cilada, recuando prudentemente*) Pois... não sei... Quando se pensa em alguma coisa? Quem pode dizer quando primeiro lhe veio essa ou aquela... noção, uma qualquer ideia...?

[186] Em francês, "Que honra me dão!".

K: Depois ou antes?

C: Antes de quê? Claro que foi depois, não iria me convidar para a sua viagem de núpcias se não soubesse que ia haver uma! Que ia haver núpcias. Se não tivesse que partir deste país sem mais demoras...

K: Antes, não foi? (*passa enfim a linha que se havia fixado e para ante a poltrona da C., olhando-lhe fixamente o rosto. Esta última tenta desviar os olhos, mas não o consegue. As duas lutam contra uma emoção que no calor da discussão se havia ido diluindo e que já não esperavam tão forte. Silêncio. Ao cabo de um momento assim, a C. fecha os olhos. K. tem o esboço de um gesto, como para tocar-lhe os cabelos, de um ouro antigo, exemplarmente dispostos e unidos no alto por um pente à espanhola, belíssimo. Por fim contém-se e tenta retomar a inquisição*) Diga-me a verdade, não me esconda nada, de nada adiantaria...

C: (*abrindo outra vez os olhos e evitando a princípio o olhar da filha*) Que lhe hei de esconder que valha ainda a pena? Estou velha, paralítica, desterrada, pobre...

K: Diga-me simplesmente se foi antes...

C: (*com um gesto de falsa impaciência, na verdade estudadamente defensivo*) Já lhe disse, se não me quer crer...

K: (*interrompendo-a, inflexível*) Se a ideia foi sua...

C: Pois não sei, não me lembro. Talvez tenha sido, sempre lamentei que não estivesse comigo na incômoda situação como a que tenho tido que viver, e em público, por assim dizer, sem quase sair, senão de carruagem, já sentada... Tenho que receber sempre como se desse audiência, sentada, solene, distante... Soube tirar partido disso, é verdade, criei eu mesma, *faute de mieux,*[187] essa reputação de "*Oráculo de Pest*", e outras *niaiseries*[188] que embevecem os distraídos. Mas creia-me, não tem sido fácil nem cômodo, todos estes anos... Werner tem sido impecável, sempre lamentei assim mesmo que você, minha filha, a única, arrancada-me tão cedo...

K: (*com quase doçura*) Por que não me diz simplesmente a verdade, a verdade dos fatos. Alguma vez experimentou dizê-la a alguém?

C: (*olhando-a demoradamente, com um ar de soberba complacência*) Há muitas verdades. A de Franz-Josef, por exemplo...

K: (*quase ao mesmo tempo que a frase da Condessa, atropelando-a quase*) Fala como Helena...

C: a que me leva a Paris com vocês, a unidade do Império, o barril de pólvora dos Bálcãs.[189]

K: Fala como ela. Ou como lhe ensinou a falar, a pensar, ou imaginar que pensa. Afinal, sempre a arremedou em tudo, todos o diziam, uma vez até mesmo papai, por inadvertência: "*Fala como ela, imita-a em tudo*", disse-lhe na minha frente. *Ela* não podia ser senão aquela em quem nunca se falava, em quem todos pensavam em silêncio. Todos menos Helena, claro. Quantas vezes me dizia que havia muitas verdades, que eram como moedas de duas caras as melhores delas...

[187] Em francês, "na falta de coisa melhor".
[188] Em francês, "tolices".
[189] Cf. nota 63.

C: E tinha razão.

K: Não, nunca a teve. A verdade é uma só, que os homens fazem em tiras para amarrar com elas suas ideias da vida, do que a vida devia ser, segundo creem. Uma vez li isso, em Balzac,[190] talvez em *Honorine.*[191] E agora recordo que dizia: "*para amarrar suas ideias do mundo*", do mundo, não da vida.[LXI] Da vida ele sempre falou indiretamente, sem maiúsculas implícitas. Mesmo quando disse que não tomava partido em política porque fazia parte "*da oposição chamada vida*".

C: Tinha sorte. A mim foi a vida quem sempre me fez oposição. Quando a entreguei a Helena, para que ela a desse a ele, maldisse a vida, essa opositora, retribuí-lhe a maldição que me fazia e jurei-me escapar-lhe, *coûte que coûte!*[192]

K: Ele estava ferido, agonizando, e você me largou com ele e foi-se embora! Essa é a verdade. E se ele tivesse morrido, como os médicos o esperavam?

C: Ora, morrido! Comédias! Não se morre na cama, de um duelo idiota![LXII] Diz isso porque não conhece aquele homem, quem teve que morrer fui eu, eu! Pela honra dos von Herzogenbuch e para indiferença dos Contrini! De Fabio Contrini, o belo duelista vencedor, seu pai...

K: (*sem entender-lhe o sentido das últimas palavras*) Meu pai estava desenganado!

[190] Honoré de Balzac (1799-1850): romancista francês.
[191] Referência a *Honorine*, longa novela que Balzac escreve em 1842 e que mais tarde será incluída no tomo IV de *A comédia humana*.
[192] Em francês, "custe o que custar".

C: (*olhando-a entre a doçura e o desdém*) Enganado é que não estava, e como não conseguia mais estar enganado fez saber que estava desenganado...

K: (*furiosa, mas fria e pausadamente*) Por que veio aqui? Para quê? Para verificar se ele está mesmo desenganado desta vez? Por que não nos deixou em paz de uma vez, à filha e ao marido de que não quis mais saber?

C: (*olhando-a fixamente*) Porque não os devia ter deixado juntos trinta e tantos anos atrás. Ou porque tinha que ter vindo buscá-la vinte anos antes, quando Helena me escrevia aquelas cartas, me avisava, me rogava que a viesse buscar...

K: Mas não veio! Dignou-se apenas a mandar-me aquele bilhete imperial, aquele bordado de *vagueries*[193] que não queriam dizer nada... (*olhando para o ar, como se decifrando os letreiros que se veem ao longe*) "Minha filha, são horas de que me venha ver, precisamos conversar, há coisas que entre mãe e filha só se devem dizer em privado, doçuras e coisas menos doces... coisas..."

C: Duras, amargas, surpreendentes, coisas que não se podem escrever, confiar a um papel que vai de mão em mão!

K: (*provocadoramente, numa voz sussurrada*) Segredos de Estado?

C: Não se atreva! Nunca desafiei o Estado, só o estado de coisas nesta colcha de retalhos puída! São mentiras de Franz-Josef, e todos sabem que são!

[193] Em francês, "divagações, pensamentos vagos".

K: E agora segue para Paris entre coroas senis, doçuras filiais e amarguras surpreendentes... E teremos todo o tempo para desfiá-las todas, não lhe parece, quarenta anos de cochichos devem poder caber em três anos de exílio, senão em três dias de viagem. Ah, mas não, tinha que vir aqui, aqui, à cabeceira do leito de morte de meu pai, desrespeitá-lo com suas intrigas internacionais!

C: Seu pai está morto! E não vim desrespeitar o usurpador, seu padrasto, vim...

K: (*em voz quase baixa, em seguida mais alta, até partir-se num grito*) Cale-se! Cale-se!! CALE-SE!!!

C: (*calando-se, efetivamente, assumindo o ar incomodado das grandes damas ante uma inconveniência vulgar. Finalmente, a uma K. absorta e imóvel como uma estátua*) Acalme-se e ouça. Não vá agora acordar o desenganado. (*K. olha fixamente as chamas morrendo na lareira. A Condessa não a olha quase nunca senão de soslaio, fala como se para o público*) Vim pedir-lhe que me venha de volta, que volte para mim, agora que ele... (*pausa*) É incrível, não consigo ainda afazer-me, acostumar-me à ideia de que aquele monumento vai ruir, sumir... Mas já não lhe resta outro caminho. Se pediu mesmo um confessor, se não foi você...

K: (*sem se voltar*) Pediu-o.

C: Então é certo, resolveu-se afinal.

K: Odeia-o tanto assim?

C: Oh, não! Tenho-lhe sempre o mesmo horror, é certo, mas quanto a odiá-lo... Como se faz para odiar os brasões, os estandartes, os von Herzogenbuch? Não, reservo meus ódios para coisas tangíveis, fantasmas não me comovem tanto.

K: Nunca o amou? Não lhe ficou nem um retrato alegre do ícone que desposou, uma cor doce? Ele a amou, ama-a, todos sabem disso. Não me diga que é a única a não o haver notado.

C: Sim, amou-me, e aos seus cavalos, mastins, sabres, uniformes...

K: ...livros, esculturas, plantas, jardins...[LXIII] (*cala-se outra vez, olhando além da janela. A Condessa observa-a, surpresa da interrupção inesperada. K. tem com efeito um ar quase lírico, docemente elegíaco, que surpreende. Fala como se a si mesma*) Colocou aqui a biblioteca, no lado sul da casa, para dividir-se entre seus livros e seu jardim montanhês, suas encostas verdejantes. Só destas janelas são visíveis. Passava aqui horas, tardes inteiras, até depois que a sombra da montanha escurecera tudo. Voltava de suas cavalgadas e metia-se aqui, sem almoço, sem mudar de roupa sequer, não voltava a aparecer até a ceia de jantar. Vestia-se para a noite, mas quase sempre trazia um livro consigo, não o lia, mas ali estava, como um conviva a mais na mesa enorme. Uma vez dei ordens de que lhe pusessem os talheres, ao indefectível livrão de couro dourado a fogo. Antes que Helena os fizesse tirar, ele os viu e sorriu... Amava os livros, os *seus* livros, estes... Como será a solidão dos livros viúvos, quando já mais ninguém os toca, ninguém os abre e folheia, como se sentirão sem a mão que conheciam, que esperavam, e que de repente já não...

C: (*surpresa, relutantemente comovida*) Ama-o tanto assim?

K: É meu pai.

C: (*perplexa*) Como assim? Não entendeu o que lhe disse?

K: (*calmamente*) Ouvi-a... (*tem um gesto indicando a lareira e a área em que se acham a poltrona da Condessa e um sofá de couro verde-escuro ao gosto fin de siècle*[194]) Aqui mesmo... aqui, neste exato lugar... fui longe demais, deixei-me amar por ele, creio que desmaiei de certo modo, via tudo absurdamente escuro, como se de longe. Aqui perdi o juízo e a virgindade, aqui perdi meu pai, o único que tive jamais. Fui em busca de outro, fui atrás de Deus Pai, que me deu Seu Filho em esponsal. Só fiz lamentar o vestido branco, virginal: a noiva grávida antes do altar ascendia a ele mediante um crime e uma mentira. Nunca estive à vontade na mentira, nisso não soube de quem era a filha.

C: (*com um gesto defensivo, como se empurrando alguém para longe de si*) Ouça!

K: (*como se de nada fosse*) Mas vivi vinte e dois anos com a horrível mentira que tapava um horror ainda maior. A culpa, sempre o soube, tinha sido minha, pelo menos minha também, Helena tem razão. Mas não sabia. Não sabia que ia ter um filho que poderia ter tido, e mandei chamar de Viena o Doutor Gert, o filho, o pai já havia morrido de tanto matar. E, leve outra vez, casei-me com Deus Filho, por cortesia de Deus Pai e contra a vontade do pai que havia perdido, sem que ainda assim se dignasse a explicar-me que nunca o havia sido, afinal.

[194] Em francês, "fim do século".

C: Vamos, não se torture mais.

K: (*ríspida*) Não me estou torturando, estou sendo torturada. Não foi o que veio fazer aqui, tirar-me da carne o pai de quem fiz tirar o filho? (*leva as mãos ao ventre*) Sabe o que é um aborto? (*a C. vira o rosto para evitar-lhe o olhar*) Tem razão, não são coisas que se olhem. Eu olhei. Olhei o feto de três meses e meio que *Herr Doktor* jogou fora, embrulhado em papel pardo. Tinha mãozinhas, pezinhos, dedos... Não era um aleijão. Não era meu irmãozinho, e tinha cinco dedinhos em cada pezinho, em cada mãozinha pequenina...

C: (*constrangida, com uma expressão crispada*) Elizabeth, minha filha, deixe tudo isso...

K: Deixei, deixei. Que mais fazer? Não podia chegar ao Convento do Imaculado Coração de Maria com aquele embrulhinho... (*caricaturando-se*) "Madre, se não lhe importar, gostaria de guardar este amuleto em minha cela, não vale o seu e não terá pedestal de ouro, mas não vai incomodar ninguém, uma caveira incomoda muito mais. Este elefantezinho..."

C: Basta! (*e com menor vigor*) Basta, basta.

K: Não, não bastou então e não basta agora! Vivi vinte e dois anos com aquele fantasminha embrulhado entre as dobras do hábito, o hábito que faz a monja, e habituei-me a carregá-lo como parte da múmia enrolada em trapos pretos, que perdera o pai que a recusara ao noivo para preparar-lhe e enfim lhe pôr nas mãos aquele embrulhinho sem mais explicações, sem confissões que lhe maculassem o orgulho masculino.

C: Ele estava sob juramento, procure entendê-lo. É antes de tudo um soldado, obcecado, paralisado pela noção de honra, de fidelidade à palavra dada, a palavra de vários séculos petrificados dos von Herzogenbuch. Há de ter sofrido tanto ou mais que você por não poder dizer-lhe as palavras que os salvariam aos dois de um horrível mal-entendido. Pobre homem. (*K. olha-a quase enternecidamente e a Condessa endurece outra vez o rosto, corrigindo-se*) Pobre-diabo.

K: (*reprimindo um meio sorriso*) Não me fui com Rainer para Viena de uma vez para não ter que lhe esconder aquele embrulhinho que ninguém via, só eu. Eu e Deus. O Deus que me desposou e desapareceu, como minha mãe, meu pai, meu outro pai, meu quase filho, meu ex-futuro irmãozinho, meu irmão tísico e meu irmão tenente. Todos. Todos sumiram. Por vinte anos de dor na solidão sumiram todos, e Deus, meu esposo, também. Mandou-me uma vez um recado por uma andorinha, deu-me um susto um dia e voltou a sumir. Sumiram todos, visíveis e invisíveis, por vinte anos. Vinte anos e uma andorinha. Fiz meu Verão sozinha, no frio de um casarão de pedra cheio de múmias pretas como eu, todas com seus amuletos e seus embrulhinhos. E agora, vinte anos depois...

C: Agora descanse... Esqueça tudo isso.

K: (*voltando-se novamente para a C. e olhando-a demoradamente*) Vinte e dois anos depois, de repente, tudo o que me diz que esqueça agora, tudo o que não se joga fora como um embrulhinho qualquer, tudo o que sumira sem explicações me vem bater à porta, com explicações, cochichos, confissões, convites, planos, ordens. Noivo calvo, pai moribundo, pai morto, mãe paralítica, irmão perdoado, Monsenhor, Cardeal, Imperatriz... *Nach Paris! A Paris! A Paris! La Liberté guidant le peuple!*[195]

C: (*perturbada, mas temerosa de que a ouçam, buscando como acalmá-la*) Pense em como tudo lhe há de parecer outro à beira-Sena...

K: A cena em que venho girando como uma andorinha enlouquecida entre paredes inamovíveis, essa irá comigo aonde vá.

C: Verá como tudo há de ser diferente, as feridas se fecham, cicatrizam. Eu também pensava assim ao deixá-la em Veneza,[LXIV] ao tentar mais uma vez rever Fabio para ver se ainda impedia aquele absurdo duelo. Não me quis receber. Claro, em Veneza não há locomotivas sob as quais consagrar mais uma Ana Karenina...[196] Foi sem dúvida o que há de ter pensado. Mas tudo passou. Tudo cicatrizou e ele morreu entre seus maltrapilhos garibaldinos, pela unidade d'Itália.[197] E não imagina como anda de moda essa senhorita, a filha bastarda de Cavour e Metternich,[198] a Dama Unidade. Matam e morrem por ela.

K: Talvez. Mas pasme, saiba que entre mortes e cochichos, entre fantasmas e ressurreições, acabam

[195] Em alemão e francês, "Para Paris! A Paris! A liberdade guiando o povo!" – *La liberté guidant le peuple*: quadro de Eugène Delacroix, pintado em 1830, exposto no Museu do Louvre.
[196] *Ana Karenina*, romance de Tolstoi, publicado entre 1873 e 1877.
[197] Cf. nota 71, p. 488.
[198] Klemens Wenzel Lothar Nepomuk von Metternich (1773-1859), político alemão-austríaco, uma das figuras mais importantes do Congresso de Viena (1815), influencia decisivamente a nova configuração política da Europa na primeira metade do século XIX.

de me restituir a minha. (*a Condessa olha-a sem entender*) A minha unidade. E agrada-me tê-la de volta. Lhe parecerá natural que uma filha bastarda se dê bem com outra.

C: Não quis magoá-la, perdoe-me a *gaffe*...

K: Perdoo-lhe mais, perdoo-lhe tudo. Sobretudo a barganha com que comprou sua liberdade na Corte, e em Budapeste, estes anos todos. Perdoo-lhe também o projeto de meu casamento, a exumação de Rainer, o segundo convite para dama sua de companhia e confiança. Mas lamento ter de decepcioná-la outra vez. (*a Condessa tenta erguer-se, com ambas as mãos nos braços da poltrona, a face congestionada pelo esforço*) Poupe-se, fique onde está, ainda não terminei. (*a C. deixa-se cair outra vez e ergue o rosto, perplexa*) Poupe-se e procure ouvir, ouvir e entender. Nunca foi famosa por estas virtudes, mas agora convém-lhe cultivá-las, a solidão, onde quer que se esteja, é cheia de vozes que exigem ser ouvidas e entendidas. Não vou a Paris. Vou ao enterro de meu pai e em seguida vou voltar para casa. (*novo esforço da C. para se erguer, olhando para K. como se esperasse ajuda*) Não vou ajudá-la a erguer-se agora, tampouco, não há mais tempo para novas comédias, senhora minha mãe, Princesa Ehrshari e Condessa von Herzogenbuch.

C: (*renunciando ao estratagema, com uma raiva fria*) Insolente! Ao enterro de seu pai é que não poderá mais ir!

K: Fique e verá. Se estiver lá também, como convém que esteja – não há de estragar agora décadas de comédia –, verá que a unidade da família von Herzogenbuch não custa mais nada à minha. Bem menos do que a unidade d'Itália terá custado a esse pai que não vi enterrar-se por ela. Vou enterrar o pai que recuperei, o que me amou e me abençoou e a quem perdoei, como espero ser perdoada. Como a perdoo, como perdoo a todos.

C: E o que tem a perdoar-me? Que sabe do que me custou o que tive que fazer? O silêncio que tive que carregar?

K: Mas não até o fim. Não um silêncio silencioso até o fim como o dele. Não podia calar-se à beira de um leito de morte igual ao que desertou. Aqui veio depor a meus pés seu último cochicho. Seu derradeiro furto.

C: *Vous êtes folle!*[199]

K: Estou louca é por chamar os gendarmes, que impedem os ladrões de consumar seus furtos. Mas não seria caridoso. Perdoo-a porque não sabe o que faz.[200, LXV]

C: (*desafiante, altiva*) E o que é isso que faço sem saber que o faço?

K: O que sempre fez, falsificar a vida, reescrever a minha segundo seus desígnios do dia, suas necessidades da hora. E mentir-me de novo, roubar-me outra vez.

C: (*entre o espanto e o ultraje*) Roubá-la?! Quando foi que... E mentir-lhe! Ora, queira ou não queira, Fabio Contrini era o seu pai, o outro, o

[199] Em francês, "Você é louca!"
[200] Cf. Lc 23,34.

que virou seu amante, ame-o se quiser, perdoe-o, justifique-o, converta-o e enterre-o, mas não me acuse de mentir-lhe sobre o que só eu posso saber!

K: Mas é a *sua* verdade.

C: É a verdade!

K: *A-go-ra!* Agora é a verdade, a esmola que vem dar em troco daquilo que lhe falta, daquilo que deseja. (*arremedando-lhe o modo de falar*) "Aqui tem a moeda de duas caras da verdade, minha filha, dou-lha de cara virada para cima, a cara de seu pai verdadeiro. Quanto à coroa, acabo de perder as vantagens dela, as que troquei pela sua vida, pela verdade da sua vida. Que agora lhe devolvo em troca das prebendas da coroa, que passam a ser suas por capricho e vingança do moribundo meu marido. Deveriam passar a Werner, que é mesmo filho dele, mas que sempre me foi fiel. Dado, no entanto, que não estamos, esposa infiel e filho fiel, em condições de ganhar esta última partida, como os conspiradores que somos, apanhados em flagrante delito de *lèse-majesté*,[201] venho-lhe propor uma outra troca: dou-lhe a verdade e você me dá em pagamento os bens de volta, via Rainer. De quebra, pode ter um filho dele, eu o educarei e o ensinarei a falar húngaro e empurrar-me a cadeira de rodas pelos labirintos do poder, como os ratos mecanizados do novo século!"

C: Está delirando. A clausura afrouxou-lhe os miolos.

K: Ao contrário. Ensinou-me a ouvir. A entender o que vejo e escuto.

[201] Em francês, "lesa-majestade".

C: Ensinou-lhe a arte sutil da paranoia mórbida, isso sim.

K: É inútil, mamãe. Não adianta negar. Senão a idade, o desamparo a torna transparente.

C: E a você, o que a tornou insolente? As frustrações, a impostura?

K: Pois falemos de imposturas, de frustrações, visto que insiste. Negue que o testamento de papai a frustra de uma vida inteira de conchavos, e logo agora, que o Imperador lhe acaba de levar o que vovô lhe deixou! Por isso concebeu outra impostura: assim que soube do que nem eu sabia, do novo testamento dele... (*a Condessa tem um gesto de espanto, Katharina prossegue inflexível*) e soube-o como sempre soube de tudo, por seus espiões aqui, onde tudo são cochichos... (*a Condessa volta a protestar com uma careta indignada*) ...exumou aquele pobre-diabo e o enviou ao Convento, com seu buquê de rosas e seu novo pedido em casamento. Ou imaginou que eu não sabia o que o Império inteiro adorou saber: que pagou com o confisco de seus bens e dos de Werner o gracioso perdão de Sua Majestade? (*a C. lança-lhe um olhar de fogo, K. o sustém*) Veio aqui roubar-me a herança e, *en passant*,[202] roubar-me o pai também. O pai que me resta, o que sempre tive e não tive, mas amei como pude e até como não podia. Pois não o deserdo, não o renego e não o devolvo a quem não o quis! Quanto ao outro, fique com ele, que repouse onde está, *caduto per la libertà*.[203] Deixem-me o meu. Nenhum deles lhe vai empurrar mais o trono de rodas! O dinheiro deste

[202] Em francês, "de passagem".
[203] Em italiano, "morto em nome da liberdade".

vai para onde ele quer que vá, para a Santa Ordem das Carmelitas Descalças. Comigo.

C: Maldi... (*recobrando-se a tempo, entre dentes*) Maldita língua!

K: Maldita vida, disse um dia, por que não maldita filha? Não, não se avexe, maldições não me metem medo, sou filha de Rei. E esposa de Filho de Rei. Maldiga quanto quiser, mas saiba que não me rouba o que veio levar. Roubou-me demais, roubou-me a paz, a verdade, a infância, a juventude, a clausura, por pouco não me rouba o que me restava de Deus, da esperança sempre adiada de ser Dele, e Dele só. Mas falhou. Meus dois pais, O do Céu e o da terra, os únicos que conheci, não mos pode mais roubar. Como todos os que se amam muito, acabamos por nos entender.

C: E como se entendeu com ele? Como o fez fazer o que fez?

K: Não o fiz fazer nada! (*hesita*) Isto é, agora... Não tive nada a ver com esse testamento, nem sabia dele até dias atrás. Mas Helena tinha razão, fiz o que podia para que fizesse o que fez anos atrás, aqui, nesta mesma sala, diante da lareira que tinha vindo acender para esperá-lo. Sim, tirei-lhe as botas, numa suprema provocação, ele nunca o havia permitido antes, mas andava abalado, fraco diante do pedido de Rainer. Negara-o uma vez, não resistiria a um segundo avanço. Que iria demorar duas décadas, como sabe... E que só viria por sugestão sua.

C: Insiste nessa história rocambolesca! Saiba que tampouco creio no que me diz. Terá feito alguma coisa quando o soube doente, lhe terá escrito...

K: Não tem, já se vê, outra perspectiva. Nasceu intrigante e lamento que se disponha a morrer assim. Não, não lhe escrevi, vim cá a pedido dele, e a comando de Sua Eminência. Sem saber de nada, nem sequer de que estava enfermo, até o dia de deixar o Convento. Pensava deixá-lo por Rainer, imagine...

C: Mas aqui veio de bom grado. Por quê? Cheguei a pensar que deitaria tudo a perder para não ter que vê-lo mais. (*K. sorri ante o descuido da Condessa, que cai em conta da confissão e desvia os olhos*)

K: Sempre pensou em tudo, sempre soube de tudo, é mesmo verdade o que Helena dizia com orgulho e papai com tristeza. Sempre se esforçou por controlar a todos. E até a mim, de longe, esporadicamente, entende-se, não valia muito até os últimos acontecimentos, não é mesmo? Até estes tempos difíceis não tinha por que dar-se ao trabalho, a ilegítima falsificada e enjeitada, a freirota inquieta não podia servir para grande coisa. Uma carta ou duas cada dez anos bastava, Helena lhe diria tudo o que acaso necessitasse saber; se alguma coisa chegasse a haver em vidinhas tão obscuras que a pudessem interessar, a fiel Helena a informaria.

C: Escreveu-me apenas depois que você deixou o Convento! Há exatamente dez semanas atrás recebi seu apelo. E saiba que era isso mesmo, um apelo a que a mandasse de volta, imagine. Como se... (*tem um riso sarcástico, nervoso*) O que me surpreende é que soubesse que ia com vocês para Paris, evidentemente há espiões até sob a pele nestes nossos tempos... Se por acaso persistir na ideia de voltar a meter-se por lá, não a vá deixar com a ideia de que me deve alguma coisa do que implorava.

Lhe dirá que não entendo por que vai de volta para um antro tão detestado por tanto tempo, sobretudo agora que tem tudo para viver como e onde quiser.

K: Ah! Isso não pode mesmo entender, quase não o entendo eu mesma! Se uma andorinha... Houve uma que um dia caiu presa em minha cela e me tocou libertar... Se aquela andorinha voltasse no dia seguinte e insistisse até que lhe abrisse outra vez a janela para que voltasse a entrar, eu teria ficado perplexa como a vejo agora. Mas... (*aproxima-se da poltrona e inclina-se para ela*) Não tem medo de morrer? (*a Condessa recua o rosto para não olhá-la e K. retira-se, ainda tentando encará-la*) De morrer sem saber a que tinha vindo, para que nascera... É claro, não terá tido que se perguntar quem era, descobrir de quem era filha, procurar a mãe pelos espelhos e o pai pelos cantos do casarão vazio. Mas alguma vez há de ter tido... essa... diria essa *fraqueza,* creio que a haveria de chamar assim, visto seu triunfalismo inato. Há de se ter inquietado de ter asas, de ter espaço, de ter a relativa liberdade de escolher as celas sucessivas do luxo, do amor, do poder, e ainda assim não saber, não estar certa de saber bem quem é...

C: (*incomodada*) E aonde quer chegar com esse delírio agora, a que vem tudo isso?

K: Vem de onde vêm as andorinhas, do céu... Vêm e metem-se onde não cabem, depois onde não devem e finalmente onde não querem. E debatem-se, rogam, enganam-se ou enganam, até que de um modo ou de outro conseguem fugir outra vez. Mas aonde vão? Aonde hão de ir? São tão frágeis, tão ignorantes... Esta aqui, por exemplo, calejou-se toda de dar contra as paredes da santa ignorância, e da menos santa impaciência da carne, dessa coisa que o espírito corteja e atormenta porque é sua função remover a casca, camada por camada. Dói. Dói muito. Dói mais ainda porque ninguém quer ficar nu sem saber quem é e a que se entregar. Mas a criatura não é o réptil que se imagina e trata de imitar, não perde as cascas sucessivas arrastando-se simplesmente na indiferença do chão. As mutações não bastam, é a transfiguração que a espera, que lhe cabe aprender a reconhecer para aproximar-se dela. Com dor, com muita dor, porque é a dor que vai arrancando as epidermes calosas do ser que vai morrer sozinho para renascer como a totalidade e a perfeição que é, que traz inscritas em si desde o começo da viagem, da estranha e dolorosa viagem a que chama de vida. São Boaventura, creio que foi ele, disse que a criatura humana é em sua versão terrena um primeiro rascunho do ser.[204] A dor e o prazer fazem-no, diria eu, um verdadeiro mata-borrão, uma inextricável barafunda de sílabas e ais truncados, manchas entrelaçando-se sem aparente sentido ou função no desenho absurdo. Não é o dedo de Deus que faz esse labirinto impassável, é a mão da vida, as duas, aliás, a direita e a esquerda. Alguma vez rezou?

C: Ora!

K: (*sorrindo ante o trocadilho involuntário*) Ora às vezes?

C: *Mais, voyons! Occupe-toi de tes oignons!*[205]

[204] Para São Boaventura (1212-1274), toda a criação era um vestígio de Deus, e o ser, algo como um rascunho: em seus escritos, o itinerário humano consiste em saber ler os vestígios de Deus na criação e em reconduzir a pessoa, a imagem de Deus, ao próprio Deus (cf. São Boaventura, *Itinerário da mente a Deus*).

[205] Em francês, "Mas, veja só! Meta-se com a sua vida!" (ao pé da letra: "Ocupe-se com as suas cebolas!").

K: Ah, as minhas cebolas... Faziam-me chorar quando as descascava para Helena, ia sempre à cozinha quando precisava chorar durante o dia e não queria que me vissem tão fraquinha. Ia culpar as cebolas. Mas foi ocupando-me das minhas, justamente, que fui compreendendo o que dizia já não sei que Doutor da Santa Igreja, talvez São Gregório, o Grande,[206] a saber: que Deus não está no centro das partes, não está nem mesmo[LXVI] no âmago das diversas peles da cebola a descascar chorando, Deus está *entre elas*... Deus é uma contínua ligação entre as camadas dolorosas[LXVII] e alimentícias da vida, do ser que se dá ao trabalho de descascar atentamente a cebola que lhe coube. E de deixar-se descascar, é claro, é um erro grave[LXVIII] imaginar que nos cabe fazer tudo nós mesmos. (*comovida, cantarolando*)

Alouette, gentille alouette,
alouette je te plumerai...[207]

(*e, enxugando os olhos na manga do vestido*) A operação é longa e multiforme e tudo é instrumento. Até, e sobretudo, as ciladas da existência. Como a que me armou agora, estes últimos tempos...

C: E que cilada é essa que lhe armei ao mandar-lhe o noivo que você mesma cortejava, implorava em cartinhas piegas desde que o soube viúvo?

K: A melhor de todas, a última provavelmente. A que desmascara as outras todas, principalmente

[206] São Gregório Magno (c. 540-604), monge beneditino e Papa, um dos doutores da Igreja.
[207] Antiga canção infantil: *Alouette, gentille alouette, alouette je te plumerai...* ("Cotovia, doce cotovia, cotovia, vou te depenar...")

e finalmente as minhas próprias, de tantos, tantos anos...

C: Caso lhe importe, saiba que não entendi a sutileza. Aliás, não venho entendendo lá grã quê do seu solilóquio teológico.

K: Há de convir, mesmo assim, em que as ciladas da criatura, as mais sutis como as mais grosseiras, servem todas o propósito do Criador, que ata e desata todos os laços. Que me custava, por exemplo, ter sabido, ter entendido antes, o que me veio contar hoje? Não faltaram os indícios, os inuendos de Helena, quase brutais já lá para o fim de sua permanência nesta casa, e sobretudo desde que me vi no Convento. E os indefectíveis cochichos aqui na aldeia, até *Herr Doktor* disse-me alguma coisa perfeitamente compreensível agora. E não o entendi. Não me custava ser mais curiosa, menos orgulhosa, mas não! Não eram horas de saber o que tantos sabiam. A Cilada de Deus é a mais sutil de todas, contém e purifica todas as que pensamos armar nós mesmos. É evidente que Ele me queria para Si, por incrível que pareça! Deus é terrível. Obstinado e incompreensível a olho nu, o Deus de Israel é mesmo um Deus ciumento, sanguinário como o acusam de ser, e por que não? O sangue faz pesar as almas que não lava... Justo ou injusto como possa ser ou parecer aqui ou ali, o sangue ou obstrui ou limpa, mas sua função principal é lavar, esfregar e enxaguar antes que seque.[LXIX] As lágrimas não bastam, ou os crocodilos seriam sagrados para muito além do Nilo ou do Ganges.[208] É o suor de sangue que curva a criatura

[208] O Rio Nilo, o segundo maior rio do mundo, nasce no continente africano, próximo à linha do equador, e deságua no Mar Mediterrâneo; o Rio Ganges, um dos mais importantes rios indianos, nasce de

à vontade soberana e difícil de Deus. E custa muito suá-lo de bom grado. As oliveiras do Horto que o digam.[209] E a Ghetsêmani vou eu de volta, lavada, perdoada e por fim instruída. Por isso é que me deixo sangrar, aprendi finalmente... Isto é, não se preocupe, assim que receba a herança plena de papai dividirei tudo com Werner. Não foi caridoso dar-lhe o susto que lhe dei ainda agora, perdoe-me o mau gosto, ainda tenho muito o que aprender. A honrar pai e mãe, por exemplo.

C: Elizabeth...

K: (*docemente, com lentidão*) Mamãe... (*a Condessa imobiliza-se, compõe o rosto estudadamente e volta-o para ela, mas não diz nada; olham-se longamente. A filha faz-lhe uma reverência e começa a afastar-se; quando está por passar atrás da poltrona detém-se atrás da Condessa e toca-lhe os cabelos. Esta tem um movimento para afastar a cabeça, mas Katharina acompanha-a com a mão e a Condessa termina por abandonar-se à carícia*) Que Deus a ajude e perdoe. E perdoe-me e abençoe-me agora, mamãe. A vida toda quis vê-la e vou morrer contentada. Agora adeus. Reze por mim como passarei a rezar por você.[LXX] Confesso que nunca me havia ocorrido fazê-lo antes. Talvez não acreditasse que existisse, a alma tem desses estratagemas defensivos. Imagine só, da existência de Deus nunca pude duvidar um instante, e no entanto a sua me parecia quase uma lenda, precisamente o que dizem Dele! Até breve. Procure

diversas fontes no Himalaia e deságua em outro rio, próximo a Calcutá. Ambos são considerados rios sagrados. Nas antigas religiões egípcias, o Nilo teria cinco crocodilos sagrados; na cultura indiana, o animal é venerado por vários motivos, como representar a ligação entre o céu e a terra.

[209] Cf. Lc 22,41-44.

Pág. 515 uma andorinha no Purgatório, lá poderemos conversar melhor. Direi a Werner que a venha ver, não se preocupe, não ficará só. Agora deixe-me ir vê-lo morrer. (*afasta-se lentamente. À medida que o palco escurece, ouve-se uma voz, possivelmente a da própria Katharina, recitando o seguinte texto*)

E aqui venho eu de volta e Te agradeço[LXXI]
me haveres socorrido,
porque não levo mais no corpo combalido
a dor que ainda mereço.

Perdi-me muitas vezes, mas paguei logo o preço,
e por fim o alarido
do fogo eterno já não faz nenhum sentido.
A minha longa litania foi um terço

rezado às escondidas
sem que a consolação
da vida eterna me curasse desta vida.

Mas Te agradeço que um martírio sem razão
fechasse uma ferida
sem culpa e sem perdão.[210]

(*As últimas frases vai escurecendo em volume, no palco gradualmente às escuras, um coro de vozes infantis cantando* Alouette, *gentille alouette, até quando cai a cortina*)

FINAL

[210] Cf. poema 80 de *As horas de Katharina*.

As horas de Katharina

As notas a seguir, elaboradas por Jessé Primo, referem-se a variantes dos poemas que constam principalmente do livro *O mundo como Ideia*, publicado em 2002 pela Editora Globo. Quando não houver a menção a outro livro, as indicações de página referem-se a essa edição. As variantes de um mesmo verso foram indicadas, para facilitar a comparação, ao lado da citação do verso tal como aparece aqui e na primeira edição de *As horas de Katharina*. Os colchetes [ ] indicam exclusão de um sinal de pontuação ou de uma separação de verso; a inserção de um sinal de pontuação está assinalada pelas chaves { }. Antes de cada variante, cita-se aqui, em itálico, o verso do livro ao qual a variante se refere.

[I] *O anjo anunciador*: Este texto é uma versão em português da primeira parte do poema "Pontormo's Capponi Chapel", escrito originalmente em inglês e italiano, entre 1971 e 1972, e publicado pela primeira vez em *About the Hunt* (OPN), em 1978. Na versão de 1978, o poema possui duas partes escritas em inglês: "I. The Annunciatory Angel" e "II. The Maiden's Song" e uma parte escrita em italiano "III. Voci della Deposizione". Em *As horas de Katharina*, "O Anjo Anunciador" apresenta mais versos que a versão inglesa e a sequência dos três poemas foi desfeita: aos dois primeiros textos do original, correspondem aqui "O Anjo Anunciador" e "A donzela", sétimo e oitavo poemas, respectivamente. "Lamentos da descida da Cruz" passa a constituir o quadragésimo segundo poema. Em *O mundo como Ideia* (p. 137-142), Tolentino volta ao primeiro título "A capela Capponi do Pontormo" e reconstitui a sequência original ("I. O Anjo Anunciador", "II. A canção da donzela", "III. Vozes da descida da Cruz"), e apresenta também os textos em inglês e italiano (p. 143-146).

[II] *luminosa/ tarefa: retecer* Var.: "delicada tarefa: retecer" (p. 137)

[III] *o lume que anda oculto pela treva!* Var.: "o lume que anda oculto pela treva{.}" (*ibid.*)

[IV] *Porque a mão, desejosa/ e tosca, que O tentara* Var.: "Porque a mão[,] desejosa/ e tosca[,] que O tentara" (*ibid.*)

[V] *a dura contração do peito ansiado...* Var.: "a dura contração do peito ansiado{.}" (*ibid.*)

[VI] *Mas a haste* Var.: "Luz sem haste". (*ibid.*)

Pág. 518 [VII] *dos canteiros do céu* Var.: "Céu" (*ibid.*)

[VIII] *bendita entre as mulheres* Var.: "entre as mulheres{,}" (*ibid.*)

[IX] *nem a fímbria do manto nem o centro* Var.: "Não, não toques ainda/ nem na fímbria do manto nem no centro" (*ibid.*)

[X] *aguarda, ó muito séria, a ave mansa* Var.: "Ave Mansa" (*ibid.*)

[XI] *a Verônica única,* Var.: "Única" (*ibid.*)

[XII] *a coluna de luz, o capitel* Var.: "a coluna de luz e o capitel" (p. 138)

[XIII] *o Seu* Var.: "seu" (*ibid.*)

[XIV] *entre a dádiva, a perda e a renúncia:* Var.: "entre a dádiva[,] a perda e a renúncia:" (*ibid.*)

[XV] *em que serás enfim a sombra esguia* Var.: "em que não serás mais que a sombra esguia" (*ibid.*)

[XVI] *para o mistério e pela criatura.* Var.: "pelo mistério e para a criatura." (p. 139)

[XVII] *Canta a alucinação* Var.: "Canta a ressurreição" (*ibid.*)

[XVIII] *essa canção que és e que na treva,* Var.: "essa canção que és e que{,} na treva," (p. 140)

[XIX] *vem, desperta,* Var.: "ó desperta" (*ibid.*)

[XX] *matriz da eternidade e d'O sem-fim,* Var.: "ó mãe da eternidade e do sem-fim,/ ó mãe de Deus, canta e roga por mim..." (*ibid.*)

[XXI] Todo este poema aparece entre aspas em *O mundo como Ideia*.

[XXII] *A donzela* Var.: "A canção da donzela" Cf. nota (I)

[XXIII] *da lira de meu ventre* Var.: "da lira do meu ventre" (*ibid.*)

[XXIV] *e nua ao fogo puro* Var.: "que busca a chama e{,} brusca/ e nua{,}ao fogo puro" (*ibid.*)

[XXV] *é mais que o infinito* Var.: "Infinito" (p. 141)

[XXVI] *alheia como o hábito* Var.: "estranha como o esforço" (*ibid.*)

[XXVII] *a minha carne tinha* Var.: "aquela carne tinha" (*ibid.*)

[XXVIII] *será lenta agonia* Var.: "será luz na agonia" (*ibid.*)

[XXIX] Todo este poema aparece entre aspas em *O mundo como Ideia*.

[XXX] *Lamentos da descida da Cruz* Var.: "Vozes da descida da Cruz". Cf. nota (I)

[XXXI] *Tudo é leve, tudo é escombro.* Var.: "É tudo leve agora, tudo[,] escombro." (p. 142)

[XXXII] *e os perfumes, enquanto/ cada vez mais distantes* Var.: "e os perfumes, enquanto{,}/ cada vez mais distantes{,}" (*ibid.*)

[XXXIII] *profusão sem rumo,* Var.: "Rosas sem corpo,[/] profusão sem rumo," (*ibid.*)

[XXXIV] *a cada vez que respiramos,/ vamos* Var.: "a cada vez que respiramos,[/] vamos" (*ibid.*)

[xxxv] *e como nós/ tu também pouco a pouco esquecerás...* Var.: "Ah, como nós,/ como nós tu também O esquecerás..." (*ibid.*)
[xxxvi] *de tentar, mas parece uma criança* Var.: "de fazer como faz uma criança" (p. 208)
[xxxvii] *no instante exato em que as dissoluções* Var.: "no instante mesmo em que as dissoluções" (p. 209)
[xxxviii] Em *O mundo como Ideia*, este poema chamava-se "Auto-da-fé" e é dedicado ao poeta pernambucano Ângelo Monteiro.
[xxxix] Há um equívoco na divisão estrófica da primeira edição de *As horas de Katharina* (1995), na qual as duas últimas estrofes aparecem como uma só (cf. p. 137-138). Como esse poema não apresenta um número de versos que permita sua divisão em partes iguais, o critério utilizado para sua correção foi o do esquema de rimas que se apresentam em quatro grupos, determinando assim quatro estrofes: a primeira estrofe é constituída das rimas *a* e *b*; a segunda, *c* e *d*; a terceira, *e* e *f* e a quarta, *g* e *h*.
[xl] Na primeira edição de *As horas de Katharina*, este poema tem duas estrofes, ou seja, as duas últimas apresentam-se como uma única (cf. p. 178). Seguindo o critério mencionado na nota anterior, conclui-se que três é a quantidade correta de estrofes, o que não só é determinado por três grupos de rimas (abcdebd/fgfhghg/ ijkjiik) como é reforçado por uma quantidade de versos que podem ser divididos também em três partes iguais: 21 versos que se distribuem em três estrofes de sete versos.
[xli] *a noite que os cega*. Var.: "a escuridão que os cega." (*ibid.*)
[xlii] Este poema é a versão em português do texto "The Naple's Crucifixion by Masaccio", que aparece pela primeira vez em *About the Hunt* (1979). Em *O mundo como Ideia*, Tolentino publicou, em sequência, sob o título "On the Naple's Crucifixion by Masaccio", os textos em inglês e português. (p. 136)

A andorinha, ou: A Cilada de Deus

As notas a seguir, elaboradas por Jessé Primo, referem-se a variantes do texto da peça, encontradas em tiposcritos e arquivos em posse de Bruno Tolentino ou de conhecidos do autor. Tivemos acesso a cinco versões desta peça, designadas por A.1, A.2, A.3, UH.1, UH.2.
A versão A.1 é certamente a mais antiga, tendo sido entregue em disquete por Bruno Tolentino, no ano de 2003, aos editores. Essa versão difere em pouquíssimos pontos das versões A.2 e A.3, que são tiposcritos. A versão A.3 contém comentários escritos à margem do texto pelo

próprio Tolentino, mas não contém correções no corpo do texto.
A quase ausência de variantes entre essas três versões leva-nos a crer que se trata do mesmo arquivo, impresso em diferentes ocasiões. As três versões traziam como título *A andorinha* ou *A Cilada de Deus*. As versões UH.1 e UH.2 traziam o título *A undécima hora*. UH.1 é um tiposcrito impresso e autografado por Tolentino no ano de 2006. A versão UH.2 corresponde ao arquivo que se encontrava em seu computador pessoal na data de seu falecimento, em 2007. Esta última foi a versão utilizada para estabelecer o presente texto. Como se verá nas notas abaixo, a versão A.1 apresenta o maior número de variantes em relação a UH.2.
O texto utilizado para edição, o arquivo UH.2, apresenta o título *A undécima hora*, pois segundo o próprio Tolentino a peça teria sido escrita originalmente em inglês, com o título *The Eleventh Hour*, possível alusão a uma passagem bíblica (Mt 20, 1-15). Desconhecemos uma versão inglesa do texto. Entre junho e dezembro de 2006, Tolentino comentou com um dos editores que uma tradução direta da expressão inglesa – ou seja, "undécima hora" – soava estranha em português, o que talvez fizesse preferir o título do primeiro manuscrito. O título da peça nunca chegou a ser definitivamente estabelecido por Tolentino. Pela mesma dúvida sobre a propriedade de uma tradução direta da expressão inglesa, decidiu-se aqui adotar o título do primeiro manuscrito. Abaixo, os trechos sublinhados indicam acréscimos e variantes; os colchetes vazios [ ], supressão de palavras.

[I] Na versão *A.1* a dedicatória a Kátia Medeiros é acompanhada pelos seguintes versos de Camões: "...o dar-vos quanto tenho e quanto posso/ que quanto mais vos pago mais vos devo..." (Soneto XXII)
[II] Var.: *UH.1: Rainer Hendrinks,* Capitão da Guarda <u>Montanheira</u> do Tirol
[III] Esse acréscimo em língua francesa consta apenas na versão UH.2.
[IV] Var.: *A.1*: "eu não sei como aguento..."
[V] Var.: *A.1*: "Mas aguenta. Há quantos anos você me diz disso?"
[VI] Var.: *A.1*: "se incomodar"
[VII] Var.: *A.1*: "(...) isso é que me espanta, todo esse interesse em **coisas que não lhe dizem mais respeito**"
[VIII] Var.: *A.1*: A. "Você é mesmo..." K. "es...": nesta versão Katharina diz a primeira sílaba do adjetivo "esquisita" antes que Sóror Anselma a acompanhe no coro da fala seguinte.
[IX] Var.: *A.1*: "Não, **nem por dentro nem por fora. O que engordei**

Pág. 521 **só eu noto, foi tudo à toa**. Mas também, andei à toa todo este tempo e ainda queria mudar?”

[X] Var.: *A.1*: “É um mundo à parte **o porão desta fortaleza**”

[XI] Var.: *A.1, A.2, A.3, UH.1:* “Fim de agosto. Feche a janela. [ ]”

[XII] Var.: *A.1, A.2, A.3, UH.1*: “Aquela”

[XIII] Var.: *A.1, A.2, A.3, UH.1*: “aquela”

[XIV] Var.: *A.1, A.2, A.3, UH.1*: “Aquela”

[XV] Var.: *A.1:* “e tinha coisa bem maior”

[XVI] Var.: *A.1, A.2, A.3, UH.1*: “Nós rezávamos...?!”

[XVII] Var.: *A.1, A.2, A.3, UH.1*: “O”

[XVIII] Var.: *A.1, A.2, A.3, UH.1*: “[ ] Por quem?”

[XIX] Var.: *A.1, A.2, A.3, UH.1:* “[ ] Por que [ ] dele?

[XX] Var.: *A.1:* “O **Coronel** também foi muito bom comigo (...)”

[XXI] Var.: *A.1, A.2, A.3, UH.1*: “aquele”.

[XXII] Var.: *A.1:* “Trouxe o que pôde para aqui, tudo o que cabia na maleta, o Coronel **foi avisado de que devia mandar buscar tudo e levá-lo de volta**.”

[XXIII] Var.: *A.1*: “(...) me admira que ela se desse ao trabalho de esconder um tão... **tão insignificante**.” Var.: *A.2, A.3 e UH.1:* “(...) me admira que ela se desse ao trabalho de esconder um tão... [ ]”

[XXIV] Var.: *A.1*: “**exatamente** como quando...”

[XXV] Var.: *A.1*: “Ele? Padre Sérgio? **Como, se ele deixar?** Ele quem?”

[XXVI] Var.: *A.1*: “tudo perdoa”

[XXVII] Var.: *A.1*: “Madre, acha mesmo que ela vai jogar fora todos estes **longos** e amargos anos (...)”

[XXVIII] Var.: *A.1*: “(...) olhando-a **fixamente**”

[XXIX] Var.: *A.1, A.2, A.3, UH.1*: “Não, [ ] ela iria embora mais depressa ainda (...)”.

[XXX] Var.: *A.1, A.2, A.3, UH.1*: “(...) por amor às verdades que *soi-disant* [ ] deixamos lá fora.”

[XXXI] Var.: *A.1*: “Nós duas a conhecemos muito bem [ ] para não saber de tudo isso.”

[XXXII] Var.: *A.1*: “Não fico com a verdade [ ], **menos ainda com a verdade do mundo**, fico com o perdão, o impossível **e impensável** perdão que só Ele pode dar.”

[XXXIII] Var.: *A.1.*: “(...) nada do que ela quer, **ou imagina que quer**.”

[XXXIV] Var.: *A.2, A.3, UH.1*: “do”

[XXXV] Var.: *A.1*: “mundo **que as detesta uma por uma e contenta-se**

em chamar de Verdade suas verossimilhanças, suas comédias, seus simulacros da realidade, que é bem outra coisa."

[XXXVI] Var.: *A.1*: sobretudo aqui neste pedaço **esquecido por esse tal de mundo**.

[XXXVII] Var.: *A.1, A.2, A.3, UH.1*: "eu tenho que ir ver como andam as coisas por lá... [ ]"

[XXXVIII] Var.: *A.1*: "coronelzinho"

[XXXIX] Var.: *A. 1*: "as vitaminas **vermelhas**"

[XL] Var.: *A.*1: "**Coitado, entalado** entre o confessionário e a Imaculada Conceição..."

[XLI] "K. (...) É sempre assim, não é mesmo, Lutero disse que a Cruz...

M. Sempre Luterana...

K. (*com um muxoxo de desprezo para a interrupção*) ... [ ] que a Cruz não se escolhe nunca, apenas se aceita. Monsenhor devia ler..." (N.B. Essa adjetivação – "Lutero o herege" – não aparece nas outras versões consultadas, no que aliás são mais coerentes. Se K. quer realmente demonstrar desprezo pela interrupção, repetir o nome de Lutero, acrescentando-lhe o adjetivo "herege", tira o efeito da indiferença que ela quis afetar, passando uma ideia exatamente oposta.)

[XLII] Var.: *A.1*: "O Todo-Poderoso, Seu Filho e O outro, **a Santa Pomba que se disfarça em andorinha, esses Três podem ouvir-nos sim**"

[XLIII] Var.: *A.1, A.2, A.3, UH.1*: "Se ao cabo ainda insistir, ainda quiser mesmo... [ ]".

[XLIV] Var.: *A.1*: "Pô-lo no **tálamo-berço**"

[XLV] Var.: *A.1*: "(...) não gostava de dormir sozinho. **Coisas assim duram, ora se duram!**"

[XLVI] Var.: *A.1*: "Se estou lhe dizendo que ele vai morrer!"

[XLVII] Var.: *A.1*: "acompanhará Sua Senhoria mais tarde, que **se quiser almoçar só**..."

[XLVIII] Var.: *A.1*: "**Ó Céus!** Não me diga que ainda (...)"

[XLIX] Var.: *A.1*: "Tantos anos aqui e ainda não aprendeu as regras da casa! **Vamos, deixe-se de farsas e** responda!"

[L] Var.: *A.1*: "Não sabe **mesmo** o que ele me disse?"

[LI] Var.: *A.1*: "Se ele estivesse mesmo [ ] doente, s**e fosse grave, ela**..."

[LII] Var.: *A.1*: "ou quanto fosse, **que teria que ficar por lá**, acha que iria me dar tantos detalhes da viagem, cantar glosas ao futuro?"

[LIII] Var.: *A.1, A.2, A.3, UH.1*: "Quase nunca a achava, você não estava quase nunca em seu quarto, quando não dormia no meu ficava peram-

Pág. 523 bulando a noite **toda**."

[LIV] Var.: *A.1, A.2, A.3, UH.1*: "(...) e estava fazendo um frio [ ]!"

[LV] Var.: *A.1, A.2, A.3, UH.1*: "as botas, [ ] estavam encharcadas..."

[LVI] Var.: *A.1, A.2, A.3, UH.1*: "Era por isso que não a achava nunca em seu quarto, **não era**?"

[LVII] Var.: *A.1*: "há delírios de última hora **que** são sempre um risco."

[LVIII] Var.: *A.1*: "sobre"

[LIX] Var.: *A.1*: "**A moça** aquiesce"

[LX] Var.: *A.1*: "Natur**alm**..."

[LXI] Var.: *A.1*: "(...)"para amarrar suas ideias do mundo", **note bem**, do mundo, não da vida."

[LXII] Var.: *A.1*: "Ora, morrido! Comédias! **Um monumento daqueles não morre** na cama, de um duelo idiota!"

[LXIII] Var.: *A.1*: "...livros, **quadros**, esculturas, plantas, jardins..."

[LXIV] Var.: *A.1*: "Verá como tudo há de ser diferente, as feridas se fecham, **viver, meu bem, é colecionar cicatrizes**. Eu também pensava **de outro modo** ao deixá-la em Veneza, (...)"

[LXV] Var.: *A.1*: "Perdoo-a porque **sabe muito bem** o que faz." Obs.: A fala imediatamente posterior da Condessa é o bastante para justificar a razão de essa versão não ter sido acatada.

[LXVI] Var.: *A.1*: "que Deus **não está lá esperando-nos no centro das camadas, não está ao cabo da operação**, (...)"

[LXVII] Var.: *A.1*: "dolidas"

[LXVIII] Var.: *A.1*:" é um erro **tão banal quanto** grave"

[LXIX] Var.: *A.1*: "mas **é claro que** sua função principal é **vitalizar e limpar**, lavar, esfregar e enxaguar tudo antes que tudo seque e **enrijeça**."

[LXX] Var.: *A.1*: "Reze, **ore, e rogue** por mim como passarei a orar e **rogar** por você."

[LXXI] "E aqui venho eu de volta e Te agradeço". Esse poema é o *Wiedergekommen*, o octogésimo poema de *As horas de Katharina*. (É de se notar que o pronome "eu" aparece nas quatro versões de que dispomos, ao contrário do que acontece na primeira edição de *As horas...*, e na presente também, em que tal pronome é apenas sugerido pelo morfema pessoal, "o" de "venho". Embora seja um elemento a mais no verso, não chega a ferir o seu metro, que permanece decassílabo, uma vez podermos na elocução enfraquecer a pronúncia do "o" de "venho" para ressaltar o "eu":

E*a*-qui-ve-***nh'eu***-de-vol-ta*e*-Te*a*-gra-deço

1 2 3 4 5 6 7 8 9 10).

ÍNDICE DE TÍTULOS E PRIMEIROS VERSOS*

* Os títulos estão em itálico

A alma é como a sombra desse corpo; 202

A alma vive à míngua de esplendores 299

A andorinha 225

À aniversariante 209

A cabeça no centro, 349

A carta começada 175

A cesta de luz 311

A Deus 411

A donzela 49

A estrela-d'alva 177

A flauta 379

A fogueira 165

A fogueira absurda 41

À imaculada 51

A incompreensível solidão da Cruz, 196

A inesperada 399

A inglesa do século catorze 296

À janela 409

A ladeira das pedras apressadas 149

A Lázaro 57

A lição 305

A lupa 135

A Madre Superiora 127

A mais segura 103

A minha louca e incontentada vida 383

A morte num convento 135

A morte vem, se aninha 133

A noite (quase) escura 367

A outra 331

A paz que elude o humano entendimento, 195

A pé 377

A prece 405

A que o povo chama 331

A ratoeira 95

A sétima dor 145

A subversiva 387

A transfiguração tão esperada, 385

A truta 403

A única 329

A Via Crucis foi uma selvageria, 39

A vida boa 277

A vida, como a fumaça, 286

A vida terá sido como uma procura 195

A vida vai tão depressa, 99

A visitante 203

Abre tu este armário, 186

Adeus, poesia, 411

Agora o suor 347

Ah, canta, canta a mal-agradecida 317

Ah, poder de construir nessa esplanada 302

"Ai de mim", geme a alma, "*que me muero* 245

Algo intangível anda pelos cantos 93

Anfechtung 119

Ao fio e à medida 165

Após releitura d'"O castelo interior" 371

Aproveito o ensejo 345

Aquela essa não é! Não é a mesma, 149

Aquele solitário, O que carrega 369

Ars poetica? 157

As horas de Katahrina 111

As incontáveis sementes 43

As *luas* 149

Às vezes imagino-a , 203

Atravessa, meu pai, aquele umbral 197

Aux diables! 61

Badaluques 109

Belém 325

Blutvergiftung 163

Cada vez mais esquiva lhes parece 300

Calmaria 279

Canção do cadafalso 141

Cantar não deixa marcas no fugaz, 155

Contarão os ossos 355
Celebrar este mundo adivinhando 263
Certas estrofes perdidas 67
Civitas Dei 281
Cochichos 393
Com certeza não, 171
Commiato 383
Como as coisas, os remorsos 161
Como os prismas da neve, como o sal 301
Como um diamante, um quartzo de cristal 229
Corre, meu coração, não te desesperes! 215
Corredores 63
Correntemente 213
Crenças 315
Cristo meu, Cristo Rei 173
Cuidado! A dor inventada 105
Da canção 115
Dança, dança, lagarto 69
De como se desfez 133
De gafanhotos e de mel silvestre 386
De noite, de dia 144
Debates 401
Debateu-se, solitária, 225
Deito-me resignada, 401
Deparei-me, no último degrau, 89
Depois do estrago 205
Deram-me, quando criança, 123
Descendo à raiz 143
Desmaiei certa vez 191
Desolado crucifixo 119
Difícil escutá-la e não segui-la 253
Difícil vazio. Mais difícil 301
Diz São Luís Maria de Monfort 293
Dizem que vou morrer. Dizem que vou 397
– Do engano da linguagem 49
Dois olhos mansos 289
Domingo de Ramos 341
Dommage 91
Dou-te, por teus quarenta, 209

Dualidades 321
Durar no alto, arder, andar na altura 257
E a mais sutil noção do mal espera 247
E a ratoeirazinha 105
É ainda tão belo 173
E aquele querubim do Extremo Leste, 385
E aqui venho de volta e Te agradeço 211
E assim foi, Madalena, 284
E assim pouco a pouco desfalece 300
E assim, queimando cartas 167
E até vai ver que é... Falando sério: 295
É com efeito uma ferida a queimadura 371
É Deus que nos sustém, 291
E é assim que os sentidos vão chegando, 233
E eis que já tarde, 363
E era aquele o teu menino! 117
E estes são meus pecados: 183
É mentira que o corpo é inevitável. 201
E ninguém, nada existe nunca à parte 395
E o peregrino aos poucos arremeda 241
E súbito ao ombro 325
E tal um longo afresco pela abóboda 318
Edelweiss 363
Em cada vago feixe de alusões 156
Em face dos rendilhados 147
Em plena vida 129
Enquanto a tarde cai, cair com ela, 302
Entdeckung 283
Entrega tudo aquilo que te resta 198
Escutava o som da flauta 379
Essa proposição, esse algarismo 303
Essas colheitas, 157
Está bem, está bem, 57
Esta é a nudez da hora 183
Este é o meu jardineiro, 184
Este é o quarto, o quarto 183
Este é o testamento 187
Este é um *post-scriptum* 189
Este é um quarto vazio 185

Este meu povoado 185
Este... Naturalmente 184
Este pende vazio. 185
Estreitezas 71
Estrela-do-mar 123
Eu apenas lhe pedira 373
Eu me debato dentro de um vulcão. A esperança 53
Eu nunca tive e muito menos tenho 383
Existe a realidade e existe o sopro 201
Extraído a uma carta 309
Fingidora, como sofres! 103
Gnomos do ar, 193
Gostei de revê-lo, 172
Herodíade 81
Hoje, na minha cela, 399
In die illa 217
In extremis 193
INRI 349
Já a reclusa Juliana diz que Deus 295
Já disse que tenho medo 391
Já não voltarei a dar-te 403
José carpinteiro 333
Junto as mãos numa prece 405
La blanchisseuse 181
Lamentos da descida da Cruz 121
Le revenant 171
Leveza 373
Madalena, entre nós duas 113
Madalena, estou de volta, 283
Madalena, Madalena, 71
Maria, a do lenço 329
Mas a recém-nascida borboleta 243
Mas enfim habitado e habitante 249
Mas não te entregues, minha vaga irmã, 115
Mas não tem importância, 37
Mas que venha depressa, sem demora, 221
Mas se o exilado persevera e vence 239
Méchanceté 89
Medeia 59

Mesmo assim, se alcançado, cada andar 237
Metáforas 41
Meu auto-da-fé 155
Minha peregrinação... 75
Miserere 125
"Miserere, miserere!", 125
Missa de Sétimo Dia 137
Morro sem cuidado, 351
Mudei três vezes de cela; 275
Myrian-Maria 85
Myrian-Maria, a quem um dia 85
Nackt wie Gott sie schuf 215
Não, a morte no convento 311
Não chorarei o mundo; não chorei 384
Não é bem que *prefira* o amor de Deus: quem prova 309
Não é Deus o problema. 321
Não, falta uma peça.172
Não fiquei melhor, fiquei calma. 219
Não fosse em tempo assim de calmaria, 279
Não, não fui possuída 73
Não permitas, Senhor, que minha carne 271
Não saberei, Senhor, se era possível 269
Não sei mais nem que horas são, 59
Não sei por que o Mestre, 129
Não seria que a ausência era um contraste 367
Não soube descartar-me 177
Não toques no manto, 357
Necessariamente 381
Nem sempre O sinto e nunca sei ao certo 367
No carmin da tarde 275
No dorso do burro 341
No Horto 343
No infinito, no pálido pescoço 397
Noli me tangere 113
Noli me tangere 357
Noturno 35
O abismo 359
O adeus 33
O alarde triunfal daquelas anarquias, 213

O *amador de serpentes* 317
O *anjo anunciador* 45
O batismo de fogo é como o nácar, 359
O *beijo* 117
O *beijo* 345
O *bicho-papão* 313
O *bom ladrão* 354
O *camafeu desfeito* 131
Ó cidade de Deus, Santo Agostinho 281
O *convocado* 337
O Cristo é esse cristal que vem morar 368
O Cristo não é 353
O Cristo redescobre-se no escuro, 368
O *desmaio* 191
O *duo doloroso* 299
O *embrulhinho* 53
O *espelho* 151
Ó fuga de um rosto, ó rastro 151
O *gavião* 153
O *grito* 179
O *infinito* 397
O *invisível* 395
O invisível, que a criatura sente 393
O *lagarto* 69
O lagarto que viveu 159
Ó Maria, ó Maria 51
O mundo era ótimo, 355
O *padrasto* 327
O *pátio* 77
O projeto do telhado 387
O que não foi pai 327
O *rebanho* 339
O *relâmpago* 221
O sangue dos mártires 163
O Santo Espírito é o prolongamento 360
O *segredo* 353
O ser é uma canção por Deus cantada, 317
O ser não quer morrer; o ser elástico 261
Ó silêncio, ó silêncio, 55

O sumiço 333
O último temor 219
O velho relógio 79
O xarope 391
Olho três vaga-lumes 297
Ontem o velho Abade 61
Os cabides 183
Os rascunhos e a túnica 201
Os remorsos 161
Outra ainda 101
Outra prisão 99
Outro auto-da-fé 167
– Ouve, Maria, a nossa 45
Para fazer a lista 115
Passage à niveau 291
Passando, quem sabe, os dedos 111
Pavana sem luxúria 43
Pedro 335
Pedro, o pescador 335
Penélope 147
Planta, ó cantor, 157
Pobre de Sóror Helena, 377
Pobre forasteira, 143
Por fim os pecados alheios 181
Porque a alma e eu 145
Porque de súbito 365
Porque é possível fazer 107
Porque o amor não entende 35
Porque o olho é a lâmpada do corpo 299
Porque se fácil fora abandoná-lo, 235
Post-scriptum 189
Pouco importa o que pensa 315
Pourquoi pas? 127
Pousava aqui como quem chega 153
Praça de São Bento, 141
Quanto ao peso da História, à Cruz, à dor, 303
Que figura é essa? 171
Que foi, coração? 171
Que lástima que as poças 91

Quem baixa sobre mim e traz a música 360
Quero a totalidade que incendeia, 221
Rápidos passos 63
Recluse atte Norwyche 295
Reflexos 205
Reincidências 384
Romanza 75
Sant-Louis de Monfort 293
Salgueiros 87
Salgueiros! Os salgueiros 87
Salomé 83
São horas de pensar que dentro em breve, 384
São Luís de Monfort pousou o dedo 293
Se a carta começada e abandonada 175
Se ainda te iluminar 35
Se bem que o ser, seu breve malmequer 259
Se eu tivesse sabido 393
Se fosse o corpo 343
Se os cabelos de ofídio da Medusa 318
Se queres, canta! 157
Se *re-velar* significa pôr 369
Segundo a santa é o corpo o habitante 231
Sei que não tenho nada 169
Semelhanças 169
Senhor, as dispersões do dia curto 175
Septuagésima 143
Sete dias já na cova. 137
Silêncios 55
Sinto-me em uma pluma. 407
Só mesmo um quase-nada, 223
Só o santo há de chegar ao céu 217
Solilóquios 37
Somewhere, Somehow 107
Sonolência 407
Sopro 365
Sóror Bernarda é maluca, 95
Tal a pomba de luz que visitou 359
Talvez 93
Talvez a esta existência 179

Tenho apenas um maço 277
Tenho medo da emoção, 313
Tenho vários, pequenos amuletos: 109
Tentava muito explicar-Te 289
Tenho há tempos viver com uma fogueira 155
Teologias 159
Teresa e a limpidez da fortaleza. 267
Teresa encarcerada em seu castelo, 265
Teresa fala da metamorfose 251
Tocaram-me no braço! 79
Todos, ah, todos os dias, 101
Trazei-me esse rosto 81
Tu és como a freira 144
Tudo aqui embaixo quer o que ela quis. 255
– Tudo é leve, tudo é escombro. 121
Tudo se acaba, devagar, depressa, 197
Um ar de madrepérola, 131
Um dom dado de graça 195
Vade retro 73
Vaga-lumes 297
Vai, entrega-te a Deus, que Ele te quer 196
Vai, festa da vida, 409
Vai, vai, vai sozinha 144
Vai-se o moribundo 199
Valse oubliée 67
Velhos papéis 223
Vem, Lázaro, desce 337
Vem quase todo dia 93
Venho dar-te a lição 305
Verônica 347
Via Crucis 39
Vigiamos o berço 339
Vinheta final 199
Visses-me dançar 83
Vi-te montar teu cavalo. 33
Vivo entre sombras agora, 77
Wiedergekommen 211

REFERÊNCIAS BIBLIOGRÁFICAS

AGOSTINHO, S. *A cidade de Deus*. Trad., pref., notas e transcrição J. Dias Pereira. Lisboa, Calouste Gulbenkian, 1991 (v. 1), 2008 (v. 2).

ANDRADE, Carlos Drummond de. *Poesia completa*. Fixação de textos e notas de Gilberto Mendonça Teles. Rio de Janeiro, Nova Aguilar, 2002.

BANDEIRA, Manuel. *Estrela da vida inteira*. Rio de Janeiro, Nova Fronteira, 1993.

BAUDELAIRE, Charles. *As flores do mal*. Trad. Ivan Junqueira. Rio de Janeiro, Nova Fronteira, 1985.

Bíblia de Jerusalém. São Paulo, Paulus, 1995.

BOAVENTURA, S. *Itinerário da mente para Deus*. Introdução, tradução e notas de Antonio Soares Pinheiro, SJ. 3. ed. Braga, Faculdade de Filosofia de Braga, 1986.

JOÃO DA CRUZ, S. *Obras de São João da Cruz*. V. I: *A subida do monte Carmelo. Noite escura. Cautelas*. Introd. e notas Pe. Maurílio Penido. Petrópolis, Vozes, 1960.

MONFORT, Luis Maria G. O amor da sabedoria eterna. São Paulo: Paulus, 2018.

NORWICH, Lady Julian of. *Revelations of the Divine Love*. London, Penguin, 2005.

PESSOA, Fernando. *Obra poética*. Rio de Janeiro, Nova Aguilar, 1998.

TERESA DE JESUS, S. *Obras completas*. Texto estabelecido por Fr. Tomas Alvarez, OCD. São Paulo, Loyola, 1995.

TOLENTINO, Bruno. *As horas de Katharina*. São Paulo: Companhia das Letras, 1994.

______. *O mundo como Ideia*. São Paulo, Globo, 2002.

______. *About the Hunt*. Oxford, OPN, 1979.

VERDI, Giuseppe. *La Traviata*: melodramma in tre atti / parole di F. M. Piave; musica di G. Verdi. Milano, Ricordi, 1954.

Dicionários e obras de referência

BROWN, A. "Pavan". In: *Grove Music Online.* https://doi.org/10.1093/gmo/9781561592630.article.21120. (02/02/2021)

Bullivant, R. "Coda". In: *Grove Music Online.* https://doi.org/10.1093/gmo/9781561592630.article.06033 (02/02/2021)

The Cambridge Dictionary of Philosophy. Ed. Robert Audi. 2. ed. Cambridge, Cambridge University Press, 1999.

Dictionnaire de mythes féminins. Org. Pierre Brunel. Monaco, Rocher, 2002.

FARO, Antonio José; SAMPAIO, Luiz Paulo. *Dicionário de balé e dança*. Rio de Janeiro, Jorge Zahar, 1989.

Perseus Digital Library. Ed. Gregory Cane. In: http://www.perseus.tufts.edu/hopper/